事件当夜は雨

ォー

ヒラリー・ウォーのミステリの魅力は，なんといっても発端にある。たとえば本書では，どしゃぶりの雨の夜，幽霊のような姿の男がある農夫の家にやってきて「あんたには五十ドル貸しがある」といっていきなり拳銃を発射するのである。一見，手がかりは多そうだが，調べてみるとすべてが漠然としている。男の正体もことばの意味もまったくの謎。濃密な霧の彼方にあるような，まるで手がかりのない事件を，フェローズ署長とウィルクス刑事があらゆる角度から捜査して苦闘の末に真相にたどりつく。彼の作品は，警察官が主人公の名探偵小説なのだ。これはやはり，アメリカ本格派の一支流だろうと私は思うのである。　瀬戸川猛資

登場人物

フレッド・C・フェローズ……………コネティカット州ストックフォード警察署の署長
シドニー・G・ウィルクス……………同・部長刑事
ヴィクター・ロベンズ…………………果樹園の経営者
マータ・ロベンズ………………………ヴィクターの妻
ジョージ・ロベンズ……………………ヴィクターの弟
チャーリー・ウィギンズ………………ヴィクターの雇い人
スタンレー・ポラック…………………機械修理のアルバイト青年
マイク・トレイジャー…………………ヴィクターの隣人たち
ジェイク・コリクジック………………
アルフレッド・ジマーマン……………
コリンズ…………………………………肥料商
ジェームズ・マクファーレイン………ストックフォード病院の外科医
レナード・メリル………………………検察官

事件当夜は雨

ヒラリー・ウォー
吉 田 誠 一 訳

創元推理文庫

THAT NIGHT IT RAINED

by

Hillary Waugh

事件当夜は雨

序

ウェア・ブースの編纂になる殺人事件十件の実話集のなかで、とくに目をひく事件が三つある。一つはインディアナ州ペルーの労働者、ルーファス・デントンという男にかかわる事件である。ルーファスは残酷な大男だった。あるとき妻の腹をひどくなぐったため、妻は二日間ものが食べられなかった。妻をなぐったのはそのときが初めてではない。彼は嫉妬ぶかい男で、しばしば妻をなぐり、手の大きさぐらいのあざをこしらえることがよくあった。場所もかまわずなぐられ、妻はそのたび悲鳴をあげた。

デントンの嫉妬は根拠のないものではなかった。彼の妻サラはラルス・ニボルクというスウェーデン人といい仲だったのである。ニボルクは利口な男ではなく、デントンのような大男でもなかったが、心からサラを愛しており、デントンがサラに加える仕打ちに我慢ならなかった。一九二二年二月二日の夜、彼はデントンの家の玄関のベルを鳴らし、出てきたデントンの胸に二十二口径のライフル銃をつきつけ、手製のダムダム弾を撃ちこんで恨みを晴らした。

第二の事件は、一九三六年ミシシッピー州バクスターで起こった事件である。十六歳のシャーリー・ヘンレーとその恋人である十七歳のロバート・ブラウンは、ブラウンの大の親友であるジャック・ポッターからクーペを借り、愛をささやくのに恰好な場所に車を駐《と》めた。十一時半、ふたりは車のなかで、ウィルソン・グリーヴズという十九歳の少年に撃たれて死んだ。窓から銃で撃たれたのである。この事件の悲劇は、グリーヴズがブラウンとシャーリー・ヘンレーをぜんぜん知らなかったという点にある。彼は車を見て、中にいるふたりは、ポッターと、彼を振ってポッターに乗りかえたガール・フレンドであると思いこんだのだった。

第三の事件は、それとは違った悲劇的様相を帯びている。一九三七年のある夜、モンタナ州ヘレナの郊外の小さな家にひとりで住んでいたクロード・モーレーという守銭奴は、妙な物音がしたのでベッドから起きだして玄関に出てみた。来ていたのは、この男が金を持っていると信じて、浮浪者に変装し家に押し入ろうとしている近所の男だった。もみ合ううちに変装の一部が取れ、近所の男は正体を見破られることを恐れて、守銭奴を組み伏せ、ナイフで刺し殺した。賊があわてて凶器を振るわなかったならば、隠し貯めた金を出させることができたかもしれない。ところが、こうなった以上、賊はひとりで金を捜さなければならなかった。三時間捜しまわったが結局見つからず、ついに逮捕されてしまった。

この殺人で利益を受けた者はひとりもいなかった——モーレーの相続人たちでさえも。遺言執行者が、家にいっぱい詰まっているがらくたを燃やし、机の引き出しの中身を灰にしてしまうまで、金のあった跡さえ見つからなかったのである。火中に投じてしまってから、上げ底の下に数えきれないほどの千ドル紙幣が隠してあったことがわかった。一枚を除いて全部が灰になってしまった。

これらの事件、およびこの本におさめられている他の事件は、場所、時間、動機、犯人、殺害方法の点でそれぞれ異なっている。これらは、『戸口で待ち受けていた死』と題する本におさめられている。

そして、一九六〇年のある夜、この国の別の地方で、別の戸口に死が待ち受けていたのである。

1

一九六〇年五月十二日　木曜日―十三日　金曜日

コネティカット州のストックフォードという小さな町では、五月十二日木曜日は曇天で、季節はずれの寒さが襲った。午後になってほどなく、雷雲が空をおおい、四時になると雨が降りだした。晩になってもどしゃ降りがつづき、人々はやむなく家のなかにとじこもり、はやめに床《とこ》につき、いつもよりよけいに毛布をかける始末だった。

メドウ通りの分岐点に近いプレイン・ファームズ街道にあるジョン・ソレンスキーの家では、夕食がすむと子どもたちを寝かしつけ、ジョンと妻のテレサは九時に床についた。一時間後、どしゃ降りの雨が降りつづいていたが、ふたりは玄関をどんどんたたく音に眠りをさまされた。ソレンスキーは部屋着を着て階下におりたち、スイッチをひねってポーチの明りをつけた。表の上り段に、これまで出くわしたこともない、幽霊のような人影が立っていた。三サイズほど大きすぎる重そうなオーバーを着た男で、両手が袖のなかに隠れ、オーバーの端が靴の上端あたりまで垂れさがっていた。古ぼけた黒のフェルト帽をまぶかにかぶっている。鍔《つば》をさげているため、水がひっきりなしにしたたり落ちていた。灰色の剛《こわ》い毛が帽子の下からはみでており、雨水で眼鏡が曇っている。顔には老齢を思わせるしわがきざまれ、大きなダンゴっ鼻の下にカイゼルひげを誇らしげにはやしている。雨のなか、ポーチのはずれの上り段の最上段に立っていて、すぐにも立ち去ろうという恰好。口をひらくと、その声は耳ざわりで不自然だった。

「ロベンズのうちはどこかね?」

ソレンスキーは身振りをまじえて、「この道を四分の一マイルほど行ったところだよ。向こう側の最初の家だ」

男はうなずくと、くるりと向きを変えて段をおり、闇のなかへ姿を消した。ソレンスキーは明りを消し、ベッドに戻った。

十一時少しすぎ、またしてもドアをどんどんたたく音がして、ソレンスキーはふたたび眠りをさまされた。起きて階下《した》へ行ってみると、表の上り段にさっきの男が立っていた。この前と違うところは、服が雨でずぶ濡れだという点だった。まるで海峡を泳いで渡ってきたみたいに、びっしょりだった。

ソレンスキーはぶっきらぼうに、「こんどは何だね?」

「ロベンズの家に行ってみたんだが、だれも出てこない。あっしはブリッジポートからはるばるやってきたんだがね。ロベンズに肥料代を五十ドル貸してあるんだが、まだ払ってくれないんだよ」

ソレンスキーは怒鳴りたくなるのをぐっとこらえて、「庭に車があれば、家にいるよ」
「そうだろうなあ。あの野郎、一杯くわせやがったな」男はそう言うなり、ソレンスキーの言葉も待たずに姿を消し、闇のなかに呑まれた。ソレンスキーは少々気持ちが悪くなりながらドアをしめた。彼のところからはロベンズの家がいちばん近い。親友ではないにしても、好意は持っている。彼は電話をかけにいこうとしかけて、自分の家には電話がないことを思い出した。彼は溜息をつき、ベッドに戻った。

その夜、ジョン・ソレンスキーはあまり眠れそうになかった。午前一時十分に、またしてもドアをどんどんたたく音に眠りをさまされた。それに、こんどは女の叫び声。驚きあわてて階《し》下《た》におりてみると、マータ・ロベンズがポーチに立っていた。ナイトガウンと部屋着が雨に濡れ、恰好のいいからだにはりつき、片方の足には泥だらけの室内靴をつっかけ、もう一方の足ははだしである。髪は乱れ、濡れた、狂ったような顔にまといつき、喉のところで部屋着をぎゅっと掻き合わせている。「ヴィクが撃たれたんです」と、彼女はヒステリックに叫んだ。「救急車を呼んでください。救急車を」

2

金曜日　午前一時二十分―二時五分

警察署長フレッド・C・フェローズは、三時間ほど眠ったころ、電話のベルに起こされた。彼は片肘をついてくるりと身を起こし、明りをつけ、電話機に手をのばしながら、眠そうな目でちらと時計に目をやった。一時二十分だった。まぶしい光にまたたきし、送話口に向かって不機嫌な声をたて、宿直のラファエルの声に耳をすまし、毛布をはねのけて、ゆっくりと脚を床《ゆか》のほうへのばした。もじゃもじゃになった白髪《しらが》まじりの髪を掻きあげ、ナイト・テーブルの引き出しをあけて、鉛筆と便箋を取りだす。「何？　ロベンズ？」そう言って彼はメモを取った。「プレイン・ファームズ街道のどの辺だい？」さらに走り書きをする。「救急車はどうした？　道路封鎖は？」そして、相手の言うことに耳を傾けてから、「すぐに州警察に連絡しろ。真っ先にそれを思いつかなきゃ駄目じゃないか。人相を知らせて、道路封鎖をしてもらうように頼むんだ。いつ起こったんだ？　なぜぐずぐずしてたんだ？　まあいい。早速手配してくれ。すぐそっちへ行くから」彼は受話器を置くと、一瞬あらぬかたをじっとにらみ、それからゆっくり立ちあがって、パジャマの上着のボタンをはずした。少しばかりあけた二階の窓の外ではどしゃ降りの雨がひっきりなしに音をたてている。

隣に寝ていた妻が動きだし、頭を上げた。「何でしたの？」と、彼女は眠そうな声でたずねた。

「出かけなくちゃならないんだ。男が撃たれたんでね」彼はパジャマのズボンをぬぐと、身仕度にかかった。

足がつるつるすべる。車を出してみると、道路はがらんとしていた。彼はスピードを上げ、だが慎重に車を走らせた。がっしりした手でハンドルをぎゅっと握り、前かがみになってフロントグラスに目をこらし、ときどきてのひらで曇る内側を拭きつつ山を越えた。夜気は洗い清められたようにひんやりしている。彼ははっきり目がさめ、俄然機敏になった。運転に注意を集中し、頭のなかからほかのことを追いだした。

ロベンズの家の階下には明りがついていて、車が何台か駐《と》まっていた。警察のステーション・ワゴン、クーペ、セダンの黒い影、それに裏口には白塗りの救急車が駐まっているのがわかった。彼は救急車の横に車を駐めると、黄色の防水布、レインハット、オーバーシューズという恰好で雨のなかに降り立った。裏口のポーチの明りが、泥道に淡い光を投げかけている。ほかの者の足跡を避けながら、慎重に歩をはこんだ。ポーチへ上がって靴を拭き、ドアをあけた。

ヴィクター・ロベンズが担架に乗せられたところで、ふたりのインターンとひとりの若い医師が膝をついてかがみこみ、手当てをしていた。ロベンズは白髪《しらが》まじりの赤っぽい髪をした、顔かたちの整った大きな男で、四十を越してはいるが元気にあふれ、齢よりはずっと若く見える。だが、その顔も今は真っ青で、呼吸も苦しく、息を吐くごとに、聞いているのも辛くなるような苦しそうな溜息を漏らす。まぶたは完全には閉じておらず、担架を持ちあげると、頭がぐらっと揺れた。

フェローズは、撃たれた男を見おろして、真っ青な冷たいひたいに大きな手を置き、一瞬そのまま当てておいた。それからドアをあけ、「どこを撃たれたのかね?」と、医師にたずねた。

「胸です。ちょうど肺のところです。出血がかなりひどい」

「だれかに手術を頼んだかね」

「マクファーレインを呼びました」

フェローズは彼らをポーチへ出した。雨のなかに出る前に、医師は男の顔の上に注意深く毛布をかけた。パトロール巡査のジョン・ランバートが署長のところへやってきて、

「わたしは救急車が来るちょっと前、今から十分ほど前にここへ来たんです。かなりひどくやられています」

「うん」フェローズは気のなさそうな返事をして、救急車のうしろの口に担架が入れられるのをじっと見まもった。医師がそのあとから乗りこむと、彼はゆっくりと車のドアをしめた。

「この人たちが来ていました」とランバートは言って、「こちらが被害者の奥さんのロベンズ夫人です。それからソレンスキー夫妻にチャーリー・ウィギンズ」

フェローズはうなずいて帽子をぬぎ、雨の滴《しずく》を床《ゆか》にふるい落とした。小さな血だまりがふ

たつ、リノリウムの上にできていたが、だれひとり注意を払わなかった。「ロベンズ夫人《さん》、事件の模様を話していただけませんか」

ロベンズ夫人は、三十代にはいったばかりの、実にきれいな、金髪の女だった。一方の足はまだはだしだったが、ずぶぬれの部屋着とナイトガウンの上に、ソレンスキーのオーバーを羽織っていた。真っ青だが、涙は流していない。ほとんど完全に感情を抑えていた。彼女はしまったドアに最後の一瞥を送ると、フェローズのほうを向いた。口をひらいたとき、その声は穏やかで、かすかにつかえただけだった。

「主人とわたしが寝ていますと、裏口のドアをどんどんたたく音がして起こされました。この辺では、近所の人がいつ困ったことになるかわかりませんし、それに、うちには電話がないんです。で、起きて出てみました」

「何時だったか、ご存知ですか」

「十二時半ごろです」

「ふたりでお出になったんですか」

彼女はうなずいた。「わたしは部屋着を羽織り、主人はズボンをはきました。わたしは主人より先に階下《した》へおりていき、裏口へ行ってみましたが、だれもいないんです。外をのぞいてみましたが、だれもいませんでした。

で、ドアをしめてベッドに戻りかけますと、また、たたく音がするんです。『いったい何だろう?』そんなことを主人は申しました。いたずらか何かだろうと思ったんです。こんどは主人が裏口のドアをあけますと、ポーチにその男が立っていたんです。とても妙な男でした。男はこう言いました——」

「その男の特徴を言ってくださいませんか?」

彼女は口ごもって、「それが、あまりよく見なかったんですの。黒い帽子をまぶかにかぶっていましたので、顔がよく見えなかったんです。わかったことといえば、年をとっていてしわだらけで、白髪《しらが》頭で、眼鏡をかけており、大きな鼻をして口ひげをはやしていたことぐらいです」

「どんな口ひげでした?」

「白髪《しらが》まじりのカイゼルひげで、その先から水がしたたり落ちていました」

「身長は?」

「低いほうでした。五フィート六インチぐらい。ことによるともっと低かったかもしれません」それからソレンスキーのほうを向いて、「それくらいじゃありません?」

ソレンスキーがうなずくと、フェローズは言った。「あなたもその男をごらんになったんですね?」

「ええ、見ました」そう言ってからソレンスキーは、二度起こされた話をし、男の人相を説明した。

「十時と十一時ですか」フェローズは言った。「二度目は十一時だったのに、十二時半までお宅のドアをたたかなかったのですね、ロベンズ夫人《さん》?」

「十二時半ちょっと前でした。起きたとき時計を見たんです」

「で、男はソレンスキーさんのおっしゃったような服装《なり》をしていたんですね？　靴のあたりまでとどく、長い黒のオーバーを着て？」

彼女はうなずいて、「袖がとても長くて、指先がちょっとのぞいているだけでした」

「靴にお気づきになりましたか」

ロベンズ夫人は気づかなかった。「でも、泥だらけだったと思います」

フェローズはランバートの手帳をのぞきこみ、全部メモしているのを確かめた。

「ロベンズ夫人《さん》」と彼は言って、「男は帽子をまぶかにかぶっていたのに、白髪《しらが》頭であることがわかったんですね？」

「うしろの毛が見えました。耳のうしろあたりにもじゃもじゃはえていました」

「で、あなたがごらんになったとき、男はずぶ濡れでしたか」

彼女はうなずいて、「何時間も雨の中に立っていたみたいでした」

「その男を以前見かけたことがありますか」

「いいえ、一度も」

フェローズは唇を湿して、「ご主人がその男の姿を認めたとき、どんなことが起こったのか、話してくださいませんか」

彼女はごくりと唾を飲みこむと、落ちついた口調で、「男が最初に口にしたのは『ロベンズか？』という言葉でした。主人がそうだと答えますと、『わしはおまえさんに肥料代を五十ドル貸してある』と、男は言いました。『気でも狂っているのか』そんなことを主人は言いかけました。と申しますのは――」彼女の目に初めて涙が浮かんだ。「わたしどもがこちらへ参りましてから、主人は肥料など買ったことがございません。で、主人がそう言おうとしましたが、男は待っていませんでした。男はポケットに手を入れて銃を取りだし、主人を撃ったんです。そんなふうにして撃ったんです」彼女の唇が一瞬わなないた。「主《しゅ》――主人――ヴィクは、うしろによろけて、わたしの胸に倒れこんできました。支えようとしたんですけど、ずるずると床に倒れてしまいました。わたしは金切り声をあげたろうと思います。男は姿を消しました。急いでポーチに出てみましたが、男の姿はありませんでした。で、急いで引き返しますと、ヴィクは床の上にしびれたようになって倒れているんです。『撃たれた。チャーリーを呼んできてくれ』そう主人は申しました」

「チャーリー？」そう言ってフェローズは、パジャマのズボンだけの、黒い髪の、がっしりした若者のほうへうなずいてみせた。若者はソレンスキーのちょっとうしろにだまって立っている。

「この人です？」

ロベンズ夫人はうなずいた。「チャーリーはわたしどもの雇い人なんです。三階の玄関側に寝泊りしています」

「おつづけください、ロベンズ夫人《さん》」

「わたしはチャーリーを呼びに階段を駆けあがりました。ドアには鍵がかかっていましたので、わたしはドアをたたいて大声をあげました。ようやく聞こえたらしく、ドアをあけてくれました。そしていっしょに階下《した》へおりてきたんです」彼女はオーバーのなかで、ぞくりとからだを震わせた。「タオルやボロ切れを持ってくるようにって言われたので、わたしは見つけられる限りのものを持っていきました。でも、出血を止めることはできませんでした。主人が昏睡状態に陥りましたので、助けを求めにいくようにってチャーリーは言いました。とても危険な状態だって言うんです。わたしは車のところへ駆けつけましたが、車が動かないんです。五分ばかり動かそうとしてみましたけど、どうしても動きません。わたしはやぶれかぶれになって、ソレンスキーさんの家へ走っていきました。ジョンが救急車と警察を呼んでくれたんです。それからソレンスキーさんご夫婦が、わたしを車で送りとどけてくださったんです」

「何時でしたか、ソレンスキーさん」

ソレンスキーは痩せて背が高く、しかつめらしい顔をしていた。「一時十分すぎごろでした。わたしたちは身仕度をして、この女《ひと》を送りとどけました。警官と救急車がやってくるちょっと前にここに着いたんです」

フェローズはランバートの手帳を取ると、ちょっとのあいだそれに見入った。それから眉をしかめて、「その男が二度もあなたを起こしにきたなんて、変だと思いませんでしたか、ソレンスキーさん」

「たしかに変だと思いました。鼻のあたりをなぐりつけたくなりましたよ、まったくのところ」

「だれもいなかったと、それだけ言うために、なぜあなたをもう一度起こしたんでしょうね？」

ソレンスキーは、一方の肩をぐいとすぼめて、「さあ、ここへやってきたところが、真っ暗だったんでしょう。あの男はひと悶着起こしたくてうずうずしていた。で、どこにいるか、わたしなら知っているかもしれないと思って、やってきたんでしょう。車があれば家にいるはずだとわたしが言ったので、ふたたびここへやってきて車を見、ノックしたんでしょう」

フェローズは相変わらず顔をしかめて、「しかし、このメモによると、その男はノックしたとあなたに言ったそうじゃないですか。あるいは、少なくとも、だれも出てこなかった、と」

そう言ってから、くるりと向きを変えて、「起きる前にもノックが聞こえましたか、ロベンズ夫人《さん》」

彼女は首を横に振り、ふたたびぞくりと身をふるわせた。「ヴィクは死ぬでしょうか」

「牡牛みたいに頑丈そうに思えますよ、ロベンズ夫人《さん》。それに、マクファーレインは腕のいい外科医ですしね。助かる見込みは充分あるでしょうな。ところで、乾いた服に着替えたらいかがです。今夜は寒いし、うっかりすると肺炎になりますよ」

彼女はすなおに部屋を出た。彼は物思いにふけっているように彼女をじっと見まもった。

「チャーリー」と、彼はようやく口をひらいて、「きみには聞こえたかね？」

若者は首を横に振って、「いや。眠っていたもんで」

フェローズはくるりと向きを変え、一瞬、若者をじっと見つめた。チャーリーは体格のいい青年で、なめらかな皮膚の下で胸と腕の筋肉が波打っている。「だが、銃声は大きかったはずだぜ」

「でも、キッチンだったんです。おれは表側に寝泊りしてるんです」

「正確に言って、どこを撃たれたのかね？」

チャーリーは指先を、胸の右端から二インチほど左寄り、乳首の下あたりに当てた。「ちょうどこの辺です」

「きみが付き添っていたとき、彼は意識を取り戻さなかったかね？　何か言おうとしなかったかね？」

「いや。苦しそうに息をしていただけでした」

「撃った男のことを耳にしたり、見かけたりしたことはないかね？」

「この辺じゃ、そんな男のことなど聞いたこともありません。それに、ソレンスキーさんの話だと、その男はブリッジポートから来たそうですよ」

「カイゼルひげをはやしている男っていえば、目につくだろう。気がつかぬはずはあるまい」

ソレンスキーが言った。「このあたりであんなひげをはやしている男といえば、トニー・デアンジェロだけですよ。アッシュマムで桃の果樹園を持っている男です。でも、彼じゃありませんでした」

「それは確かかね？」

「トニーなら知っていますよ。トニーはもっと大柄で、あれほど年をとっちゃいません。それに、髪があの男みたいにもじゃもじゃしてない」

フェローズは物思いに沈んで口をすぼめた。カイゼルひげは本国生まれのアメリカ人よりも、移民のあいだに多く見られる。「あなたはその男の話すのを聞いたわけだが、外国人のような話しかただったかね？」

「そうは思えませんでしたね。低いゼイゼイいうような声でしたが、訛《なまり》はなかったように思います。もっとも、たいして口をきいたわけじゃありませんが」

フェローズは顔をしかめた。どうやら犯人は、このあたりの人間ではないらしい。それが悩みの種だ。彼はゆっくりと息を吐きだすと、ランバートに向かって言った。「ジョン。車のところへ行って、大至急三、四人こっちへ寄越すように本署へ連絡してくれないか。この家を監視してもらいたいんだ。そして、エド・ルイスを病院へ遣《や》るようにラファエルに伝えてくれ。ロベンズが意識を回復したら供述書を取れるように、準備しておいてもらいたいんだ」

3

金曜日　午前二時五十五分―四時三十分

シドニー・G・ウィルクス部長刑事と警官のダニエルズ、ホガース、ラーナーが到着する頃には、ロベンズ夫人はベージュのウールのドレスに着替え、髪をとかして口紅を塗り、キッチンに戻っていた。ソレンスキー夫妻はすでに帰り、チャーリーはパジャマのズボンだけという恰好のまま、なおもフェローズの尋問を受けていた。チャーリーは煙草を吸っており、ロベンズ夫人はコーヒーを沸かしていた。ランバートは病院へ遣《や》られ、私服警官ルイスの到着を待っていた。

ウィルクス一行は警察のステーション・ワゴンで到着し、服についた雨滴を払い落としながらキッチンにはいってきた。フェローズは、落ちつきを取り戻して家事にはげんでいるロベンズ夫人と、ものに動じない様子のチャーリーとを一同に紹介し、事件の模様をかいつまんで話した。ロベンズ夫人とチャーリーが話を繰り返した。

「どう思う?」事件の詳細を話しおえると、フェローズは部長刑事にたずねた。

ウィルクスはロベンズ夫人からコーヒーを受けとり、首を横に振って、「その男はずぶ濡れだったって？　車を持っていなかったのかい？」

「ソレンスキーは車の音は聞かなかったと言っている。ロベンズ夫人も聞かなかったそうだ」

「歩いてきたんだとしたら、余所者《よそもん》じゃなさそうだな。ブリッジポートから来たんじゃないことは確かだ」

「歩いてきたんじゃないと思うな。こんな晩に歩いて出かけるやつなんかいるかね、たとえ隣の家からでも」

「どこか近くに車を隠しておいたんじゃないかっていうんだね？」

フェローズはうなずいて、コーヒーをすすった。「そいつはどうも確からしい。明るくなったら、見つかるかどうか、ひとつやってみよう」

「大きな鼻、しわだらけの顔、もじゃもじゃの白髪頭、カイゼルひげ、度のつよそうな眼鏡。どうも妙だな、フレッド。変装くさいぞ」

「そういった人相に符合する男は、このへんにはあまりいない」と、フェローズは認めた。そしてカップをわきに押しやると、立ちあがって、ウィルクスに向かって、ついてくるようにと身振りで示した。ふたりは家の玄関側へと出た。「こんなふうな晩に、車を使わない可能性はひとつだけある」キッチンから声が聞こえないところにくると、彼はつぶやいた。「犯人がこの家に住んでいる場合だ」

「あのチャーリーだって言うのかい？」

「まあ聞きたまえ。ロベンズ夫婦がこの家に移ってから、まだ一年とちょっとにしかならない。

チャーリーもいっしょに住んでいる。この果樹園は、もとはロベンズの弟のジョージのものだった。チャーリーの話によれば、ジョージ・ロベンズは三年半ばかり前、マクレイという家族からこの果樹園を買い、手伝いとしてチャーリーを雇ったんだそうだ。ジョージは二年ほどやってからヴィクターに売り、自分はもっと大きな果樹園をニューヨーク州に買ったそうだ。ヴィクターがやってきても、チャーリーはそのまま雇い人としてとどまった。チャーリーの話によれば、ヴィクターはリンゴのことをあまり知らないんで、彼が必要だったんだそうだ。ヴィクターと細君は都会の人間だしね」

「で、撃ったのはやつかもしれないと思うんだね？」

「ありうると思うんだ。変装し、パジャマの上に長いオーバーを着て――たぶん、ヴィクターのだろう。パジャマは乾いている。おれがここに着いたときには乾いていた。その点は気がついたんだが、だからといって、彼がヴィクターを撃って急いで家の表に行き、部屋へ取って返して、ロベンズ夫人が来る前に脱いだことがありえないってことにはならない。時間的に言ってかなり苦しいが、できないことじゃない」

「ソレンスキーの家まで四分の一マイルほどの道のりを二度も歩いていったとすれば、パジャマが乾いているとは思えない。この雨じゃね」

「ここのドアをたたく前に着替えることだってできるじゃないか。男は十一時にソレンスキーの家へ行ったのに、十二時半近くまでここのドアをたたかなかったんだぜ。四分の一マイルの道のりを歩くのに、一時間半もかかるわけがない」

ウィルクスはうなずいた。「それに彼女が起こしにいったとき、チャーリーはすぐには出てこなかったそうだしね。おまけに、ドアには鍵がかかっていた。ロベンズが撃たれてからチャーリーがドアをあけるまで、たぶん五分はたっぷりあったろう。五分といえばかなりな時間だ」

「熟睡を装うには充分な時間だが、服をなんとか始末できるほどの時間じゃない。よかろう。何を捜すべきか見当がついているらしいな――濡れた服や変装用具だけじゃなく、部屋のなか表の階段かその辺に、水のしたたっている跡がないかっていうんだろう。ことによると、窓から服を投げたのかもしれん。前庭やポーチの屋根を調べてみるんだな。それから、クロゼットを忘れんように。ロベンズの服だとすれば、もとのところにかけておいたかもしれんからな」

ウィルクスはうなずいて、階段のほうへ一歩踏みだしたが、引き返してきて、「ロベンズ夫人をどう思う？　夫が死にかけているというのに、コーヒーを淹れている」

「服がこの辺にあるかもしれないと思うもうひとつの理由がそれさ」そう言ってウィルクスの肩をぽんとたたき、「ま、しっかり捜してくれ」

フェローズがキッチンに引き返してコーヒーを取りあげると、警官のひとりが外からはいってきた。

「ロベンズ夫人の車を動かそうとしてみたんですが、エンジンはかかるのに、動かないんです」

「どうしたのかわからんかね？」

「雨のせいじゃないかと思います。ひどい降りですから」

署長はうなずいて、コーヒーをすすり、くるりと向きを変えると、ロベンズ夫人にたいする尋問を再開した。ご主人には敵がありましたか？　彼女は頭からこれを否定した。結婚してどのくらいになりますか？　八年になります。おいくつですか？　わたしが三十二で、主人が四十二です。

次いでロベンズ夫人は、ヴィクターが建設工事の監督の息子としてニュー・ハンプシャー州キーンに生まれたことを話した。不況で父親が馘首《くび》になったため、彼の学校教育は九年間で終わっている。ヴィクターは学校を出ると家を出て、ニュー・イングランドをさまよい歩き、行く先々で片手間仕事をするなど、父親から背負わされた重荷を負って自活した。戦争がはじまると同時に、ハートフォードの飛行機工場に就職し、合衆国が攻撃を受けると、退職して陸軍に入隊した。

そしてパットンに勤務したのち、一九四六年春、ニューヨークで除隊になった。彼はニューヨークにとどまって、牛乳会社のトラック運転手の職を得、そこで、実業学校を出てすぐ同じ牛乳会社に就職したばかりのマータに出会った。マータも、ニュー・ハンプシャー州キーンの近くの町の出身で、共通の知り合いが数人あった。二年後ふたりは結婚し、そのまま仕事をつづけた。しかし、田舎育ちのふたりは、都会生活に不満を感じ、農場を買い入れようという目標を立てた。七年のあいだ、彼らはこつこつと金をため、つましく生活した。

ヴィクターの弟で三十二歳になるジョージは、若いころニュー・ハンプシャーのリンゴ園で働き、金をためて、ついにストックフォードのマクレイ果樹園を買ったのだった。ジョージはその果樹園でかなりな成功をおさめ、もっと大きくやろうとしていた。その頃には、ふたりは、彼からストックフォード農場を買えるくらいになっていた。

「もちろん」と彼女は言って、「それについては借金しましたし、ヴィクは弟ほど経験がありませんので、弟ほどうまくはいきませんでした。ジョージは初め、ティヴォリへいっしょに行かせて新しい農場を手伝わせたかったんですけれど、わたしどもとしては、自分の農場が欲しかったんです。もう他人《ひと》に使われたくなかったんです。そのために一悶着ありましたけれど、べつに悔やんではおりません。わたしたちは一生懸命働き、勉強もしました。それで、だんだんとよくなってきたんです」

「それで、あなたの知っている限り、ヴィクターは肥料を買ったことがないんですね?」と、フェローズはたずねた。

「いっぺんも買ったことはありません。帳簿をつけているのでわかるんです。ジョージ以外には、だれにもお金を借りていませんわ」

「あなたに内緒でなにか買ったというようなことはないんですか」

「どうしてです？　理由がないじゃありませんか。肥料なんかまだ要《い》りませんし」彼女は苦しげな口調で言った。「とにかく、とんでもない間違いですわ」

警察車の無線を聴取していた警官のひとりが裏口からはいってきた。彼は気にするようにあたりを見まわして、ためらいがちにフェローズに言った。「たった今連絡がはいったんですが、五分ほど前、ヴィクター・ロベンズが手術台で死んだそうです」

4

金曜日　午前四時三十分—四時五十分

ロベンズ夫人は夫の訃報に接しても取り乱しはしなかった。ハンカチを顔にあてて静かに泣きだした。フェローズは手のつけようもなく彼女を見つめ、三人の警官は困ったように脚を動かした。チャーリーが煙草の火を消して、「まさか」と言うなり両肘を膝に力なく突いた。

「道路封鎖でなにか引っかかったかね？」沈黙を破ってフェローズが言った。

「まだ、なにも」と、警官が答えた。

署長は立ちあがり、いかつい手をロベンズ夫人の肩に置いた。「少し横になったらいかがです？」

彼女は首を横に振り、ハンカチに顔をうずめたまま、「どうしてこんなことになったんでしょう？　なぜ五十ドルばかりの金のために人を殺したりするんでしょう？」

「わかりませんねえ、ロベンズ夫人《さん》。われわれもそこが知りたいのです。なにか力になれることでも？」

「ありませんわ」彼女はこもった声で答えた。「大丈夫ですわ。しばらくこのままにしておいてください」

「われわれのことはどうかご心配なく」彼は彼女の肩をたたいて、「お差支えなかったら、ちょっと見てまわってきます」

そう言うなり彼は玄関へ出た。そこで階段をおりてくるウィルクスに出会った。「ロベンズは死んだよ。なにか見つかったかね？」

「いや、まだだ。ときに、細君の様子はどうだい？」

「かなりよく耐えているよ」

「どの程度？」

「かなりさ。なぜだね？」

「芝居をしているとすれば、どんな行動に出るだろうかと思ってね」

「かなり本物らしく見えるぜ。だが、おれは女優についちゃ権威じゃないからな。雨水のたれた跡もなく、服も見つからず、なんにも見つからなかったんだろう、え？」

「部屋に落ちていた水といえば、あけはなたれた窓の前の床に少しばかりあっただけさ。ポーチの屋根にも、二階、三階のどこにも、服は見つからなかったよ。クローゼットはひとつ残らず調べたし、ベッドの下も全部調べてみた。こんどは、前庭や茂みや芝生を調べてみようと思うんだ」

フェローズはウィルクスといっしょにポーチへ出た。そしてワイシャツのポケットから嚙み煙草の袋を取りだすと、一口嚙んだ。ウィルクスは懐中電灯の明りで手すりの前の茂みを調べ、光を芝生の上に走らせた。「ないな」とウィルクスは言って、「明るくなったら、あたり一帯、納屋なんかもしらべてみよう」

「納屋で服を脱いで部屋へ上がって行ったなんて、考えられんよ」

「なにも部屋まで上がっていく必要はないじゃないか」

「なるほど。一本取られたな」と、フェローズは言った。

「チャーリーとあの女の共謀だと考えてみたまえ。彼は変装し、その姿を見せるために二度ソレンスキーのところへ行き、それからここへ引き返してふたりを起こす。ロベンズと細君が階《し》下《た》へおりてくる。ただ、あの女の言うように十二時半じゃない。十一時半なんだ。そして最初にドアをあけたのは彼女ではない。彼なんだ。チャーリーが外に待ち伏せていて、彼に一発見舞う。ロベンズは倒れるが、予定していたような致命傷ではない。ロベンズ夫人は騒ぎ立てて夫にとりすがる。いっぽう、チャーリーのほうは納屋へ行って服を着替え、始末する。井戸のなかにほうりこむか、あらかじめ掘っておいた穴のなかにうめる。それから表へまわる。夫はまだ生きている、とロベンズ夫人が言う。もちろん、手当てをしなければ生きられるはずがない。そこで、ふたりはしばらくぶらぶらし、出血など構わずほうっておく。そして、もう助からないと確信するに至ると、チャーリーはパジャマに着替え、彼女は車を動かそうとするようなふりをし、道路を歩いていってぐっしょり濡れ、いかにも危急な事態のように見せかける。で、救急車がやってくるまでに、ロベンズは二時間もキッチンの床に倒れていたということになる」

「そんな血の凍るような話、聞いたこともないな」と、フェローズが言った。

「しかし、ありうることだぜ」

フェローズはうなずいて、「うん、どうしてそいつを思いつかなかったんだろう。寝不足のせいかな」

「煙草をくれないかい、フレッド」

フェローズが手渡すと、ウィルクスは口に入れた。そして、嚙みながら言った。「肥料代五十ドルか。こんなデッチ上げの話、聞いたこともないな。五十ドル程度のことで人を殺すなんてありえない」

「ロベンズ夫人もそう言っている」と署長は言って、煙草の袋をポケットにおさめた。「難点は、チャーリーが五フィート六インチ以上あるということだ。五フィート十インチ近くある」

「五フィート六インチって誰が言ったんだい？　ロベンズ夫人かね？」

「ソレンスキーもそう言っている。だが、もちろん、そんなことはたいした意味はない。ロベンズ夫人の寝室にもはいってみたかね？」

「全部の部屋にはいってみた。彼女は夫といっしょにダブル・ベッドで寝る。クローゼットには、意味のありそうなものはなんにもない。水もたれていない。窓はしまっていた」

フェローズは顎を撫でて、「きみの話でひとつだけ腑に落ちないことがあるんだ、シド。なぜチャーリーはドアに鍵をかけ、出てくるまでにかなり時間がかかるように仕組んだんだ。おれがそんな話をでっちあげるんだったら、ドアを半分あけておいて、彼女がたたいたらすぐ飛び起きるところだがね」

ウィルクスはかすかに微笑を浮かべて、「やましいところがあるからさ、フレッド。チャーリーとあの女に関係があるとすれば、あらゆるドアに鍵をかけて関係を隠そうとするだろうよ。それが本能さ」

フェローズは上り段の端に立って、じっと雨に見入っていた。「今夜はなかなか切れるじゃないか、シド。眠らないでずっと働いてもらうかな」

「顔立ちの整った若者が、年をとった農夫と結婚しているきれいな女と一つ屋根の下に住んでいるとなると、いつも臭いと思うんだ」

「ロベンズは年寄りじゃないぜ。四十二だ。それとも、ロベンズ夫人が言ったから信じられないのかい」

「年寄りじゃないにしても、疲れた農夫さ」

「うん、そりゃそうかもしれん。だが、ほかにも調べてみなくちゃならん面が少しばかりある。あす、ブリッジポートで肥料を売っているところを少しばかり調べてみなくちゃならん——」

「ねえ、フレッド、その肥料の話は偽装だぜ、それも、まずい偽装だ」

フェローズは肩をすくめて、「それを聞いて、ある話を思い出したよ。純金のリンゴを贈り物にもらった女がいたんだ。ふたりの泥棒がこの話を聞きつけ、ある日、女の留守のあいだにその家に押し入り、家じゅう捜しまわったんだ。マットレスの下、帽子箱のなか、靴やポケットのなか、屋根裏部屋のトランクからトイレのタンクまで、いたるところを捜したんだそうだ。

あきらめて家を出ようとすると、泥棒のひとりが食堂のテーブルにのっている果物の鉢を目にとめて、『あの中にあるのかもしれないぜ』と言ったんだそうだ。

ところで問題のリンゴはそこにあったんだが、相棒に何か言われたんで、結局調べてみなかったんだそうだ」

「どっちがどっちだったんだい？」

「果物の鉢は偽装さ。それも、まずい偽装さ」

ウィルクスは微笑を浮かべて、「すると、部下が何人か忙しくなることだろうな――買わないと言っている人間に肥料を売ったという架空の老人を捜し求めて、ブリッジポートを駆けずりまわされて」

「忙しくなったって、べつに文句は言うまい」そう言ってフェローズは空を見上げ、「そろそろ明るくなってきたし、雨も小降りになってきた。すっかり明るくなったら、部下に庭の足跡を調べさせるんだな、シド――そのほか、何かを捜しにね。納屋で服を捜すのもいいが、一階も地下室も忘れんようにな」

「どこへ行くんだい？」

「病院さ。弾は肺の下部に撃ちこまれたんだ。なぜ死んだのか突きとめたいんだよ」

5

金曜日　午前五時五分―五時五十五分

小さなホテルを改造したストックフォード病院の、木造の建物の裏手にあるコンクリート敷きの庭にフェローズが車を乗り入れたのは、午前五時をちょっとまわったころだった。雨は霧雨に変わり、早朝の光は灰色で重苦しかった。三台の空車が空地にさびしそうに置かれ、あたりにはあばたのように水たまりができていた。

フェローズが非常口からはいっていくと、マクファーレイン医師がキッチンの長テーブルのひとつに向かい、看護婦といっしょにブラック・コーヒーをすすっていた。医師は大儀そうに目を上げて、「あなたが現われるころだと思っていました。遅すぎましたよ」

「わたしとハゲタカはね」署長はにがにがしげに言った。「死人か病人が出ると、姿を現わすのさ」

「あなたの部下が来ていましたけど、もう帰りましたよ」

「そりゃ構わん。部下に会いにきたんじゃないからね」

マクファーレインはもうひとつコーヒーを持ってくるように看護婦に合図してから、椅子を動かし、「最初から望みはありませんでした。傷の手当てをするために、肋骨を一本取らなくちゃなりませんでしたが、中をのぞいてみて、ふたをしたくなりましたよ。できるだけのことはやってみたんですが、半時間よけいに保《も》たすのがやっとでした」

「どうだったんだ？」

「これですよ」そう言ってマクファーレインは、のりのきいた白衣の脇ポケットに手を突っこみ、ひどくつぶれてねじくれた鉛をテーブルの上に置いた。

フェローズは眉を吊りあげて、「ダムダム弾か」

「まだありますよ」マクファーレインはふたたび手を突っこみ、鋼鉄の小さな破片を取りだした。「ほかにあるとすれば、彼のからだの中にはいっていますよ。見つかったのはこれだけです」

看護婦は署長の前にコーヒーを置いた。署長は弾を手に取って調べながら、彼女に礼を言った。彼女は部屋を出て行った。「四十五口径。たしかに四十五口径だ」と彼は言って、「おそらく、やすりで切り込みをつけたんだろうな――深く切り込みをつけたので、外被がはげたんだろう」彼は破片をワイシャツのポケットにおさめ、口をぎゅっと結んだ。「とにかく、ひどいものだ」

「誰がやったにしろ、相手を生かしておきたくなかったんでしょうな。誰がやったのかわかりましたか」

「いや、まだだよ、ジム。しかし、きっと突きとめてみせる」そう言って彼はコーヒーを飲んだ。

マクファーレインは片手で目をこすった。もう若くはないが、ひとりの男のいのちを救おうとして、真夜中、二時間も一生懸命やったのだ。疲労の一部は失敗による失望からきたのだった。彼は骨の髄まで疲れていた。「一年とちょっとのあいだに殺人事件がふたつか。この町、いったいどうなっていくんだろう？」

「町のせいじゃないよ、ジム、時代のせいだよ。犯罪はどこでも増加している」フェローズは溜息をつき、「人間が昔よりばかになって、恩恵がわからなくなったのか、いのちを粗末にするようになったのか、わからん」それから話題を転じて、「ロベンズは麻酔中に何か口走らなかったかね？」

マクファーレインは首を横に振って、「生きようとする努力を見せたほかは、何もしませんでしたよ。思ったより保《も》ちましたがね」

「すぐ手当てをしてたら、助かったかね？」

「やはり同じでしょうね、フレッド。片肺が完全にやられていましたし、心臓ともう一方の肺もひどくやられていましたから。それに、横隔膜と胃に穴があいていました。ちょっとばかりよけいに保《も》ったぐらいのところでしょうね」

「撃たれた時間は見当がつかんかね？」

マクファーレインは微笑を浮かべて、「わたしは魔術師じゃありませんからね。どのくらいの割合で、どの程度出血したのかわかりませんし、体力がどのくらいあるのかもわかりませんから。十二時半に撃たれたと聞きましたが、そうすると、手術をはじめるまでに一時間半経過していることになる。さらに二時間半も保《も》ったのには驚きました。あの傷では二時間も保《も》つまいと思ったのに、結局四時間も保《も》ったんですからね」

「死体はどこに？」

「地下の霊安室です」

「写真や指紋が必要になるからね」

「お済みになるまでは手を触れませんよ」

「ちょっとのぞいてきても構わんかね？」

「どうぞ。必要がなければ、失礼させていただきたいと思いますが」

フェローズはコーヒーを飲みほして立ちあがり、「結構だよ、ジム。帰って寝たまえ」

改造したその病院にはエレベーターが取り付けてあったが、フェローズは古ぼけた木の階段を通って地階におり、曲がりくねった廊下を通って、霊安室へ行った。明りが点《つ》いていて、救急車に乗ってやってきた若い医師が小さなデスクに向かい、報告書に記入していた。死体はまだ、部屋の中央の車付きの台に乗せてあり、シートがかぶせてあった。医師が言った。「もうすぐすみますけど、署長。何か？」

「差支えなかったら、死体を見たいんだが」

医師は台に歩み寄ると、シートをめくって、首から上を見せた。

「全身を見せてくれ」

医師がシートをすっかりはねのけると、フェローズは頭から爪先までつくづくながめた。ヴィクター・ロベンズは、フェローズが思ったよりもずっと大きく、身長は六フィート以上、体重は二百ポンドを優に超していた。がっしりしている点は、マクファーレインの言うとおりだった。筋骨隆々として、贅肉がほとんどない。見ひらかれた両の目と青白い肌はどう見ても死人だったが、それでもなお、生前の穏やかな力が霊気のようにただよっている。

「身元確認の特徴は？」と、フェローズは一歩さがってたずねた。

「報告書に記載してあります」と医師は言って、死体に元どおりシートをかけた。「ごらんになりますか」

「いや、結構。記載してあれば、それでいい」フェローズは相手に礼を述べると、車のところへ戻った。

次は本署だった。行ってみると、ラファエルがデスクに向かい、八時の交代時間がくるのを待っていた。

「ルイスかランバートがやってきたかね？」

「いいえ、署長」彼は椅子にかけたまま、ちょっと背をそらした。

「道路封鎖のほうから、何か連絡があったかね？」

ラファエルは首を横に振って、「ぜんぜんありません。まだ頑張っているらしいんですが」

フェローズは壁の時計に目をやって、「なにも引っかからんだろうな。ところで、つぎの交代時間になったら、ひとつ頼みたいことがあるんだ。アンガーはきょうは非番だ。彼を呼んで、ブリッジポートで肥料を売っているところをひとつ残らず調べるように伝えてくれ。プレイン・ファームズ街道のロベンズに肥料を売った店を捜しているんだ。それと同時に、鼻が大きくてカイゼルひげをはやし、眼鏡をかけた、白髪《しらが》頭の、身長五フィート六インチぐらいの老人を捜しているんだ。その辺になにか関係があるか、その辺で姿を見かけたかした老人をね。わかったね？」

ラファエルはすばやくメモした。「ブリッジポートの肥料店をひとつ残らずですね」

「そうだ。その仕事にふたり欲しい。アンガーに人選してもらいたいんだ。それから、ほかの三人に車に乗って出かけてもらい、この辺一帯で車を駐められそうな場所をしらみつぶしに当たって欲しいんだ。終夜営業の食堂とか、ガソリンスタンドとか、モーテルとか、そのほか午前一時にひらいている店をひとつ残らずね。問題の男を見かけなかったかどうか、訊いてまわってもらう。長い黒のオーバーを着て黒の帽子をかぶり、たぶんずぶ濡れで、カイゼルひげなどの特徴をそなえた老人をね。一般道や高速道路で、州警察に応援してくれるように頼んでくれ」そしてポケットに手をつっこむと、弾の破片を二箇取りだし、「州警察っていえば、こいつを封筒に入れて、ハートフォードに送り、弾道テストをしてもらってくれ。アンガーに頼めば、やってくれる男を見つけてくれるだろう」

ラファエルはぜんぶメモした。「交通の仕事や事務は誰がやるんですか？」

「臨時雇員さ。五人は必要だな。そうだな――ペブル、ロバーツ、ジャクスン、ブリンクス、ソコロフに連絡してくれ。八時にここへ集まってもらいたい。六時半に電話したほうがいいな」

「承知しました」ラファエルは手帳に記入しおえると、弾を封筒に入れた。フェローズがそれに付箋を貼った。「わたしはどうするんです、署長？　ずっとここにいましょうか」

「いや、応援が必要になったら、午後の勤務の連中に連絡するからいい。ウィルクスとおれはロベンズの家にいるから、なにかあったら、そっちへ連絡してくれ。プレイン・ファームズ街道のロベンズの家だ。電話はないが、無線を聴いているから」

ラファエルはうなずき、フェローズが行きかけると、「あの男は死んだんですか？」とたずねた。

「ああ、死んだよ」フェローズはぽつりと答えた。

6

金曜日　午前六時十分―六時四十五分

六時ちょっとすぎに署長がロベンズの家に戻ったときには、雨は完全にやんでいた。空気はまだ湿ってひんやりし、空は灰色だったが、あたりは明るくなっていて、鳥がさえずり、道路には車の影が見えはじめていた。

ロベンズの家の前庭では、ホガースとラーナーが手がかりを求めて草の上をゆっくりと歩いており、裏庭では、ジム・ダニエルズとジョン・ランバートとエド・ルイスの三人が、同じように歩いていた。

フェローズは車のドアをぴしゃりとしめ、近づいていった。「なにか見つかったかね？」

「こいつがポーチのそばに落ちてましたよ」ダニエルズがそう言って、四十五口径銃弾の薬莢を署長に見せた。

フェローズはそれを調べ、薬莢除去装置《エジェクター》の跡を発見した。「四十五口径オートマチックだな。ほかになにか？」

「これです」とダニエルズは言って、ポーチの近くの柔らかい湿った土にぽつんとついている足跡を指さした。「ほかにはこれだけです。犯人のです」

フェローズはそのそばにかがみこみ、顔をしかめた。雨にたたかれたため、靴の特徴がすっかり消えてしまっている。「こいつから特徴をつかもうとしても無駄だな。寸法を計ってみたかね?」と、彼はぶつぶつ言った。

ダニエルズはうなずいて、「十号です」

フェローズは立ちあがって、「五フィート六インチの男が十号の靴を? 鼻と、ひげと、足がでかいってわけか」

「でも、犯人の足跡に間違いありません。この辺はだれも歩かせませんでしたから」

「そう、犯人のだ」と署長はうなずいて、「でも、やっぱりでかい。ランバート、こっちへ来たまえ」

「はい」

「指紋係を連れて病院へ戻ってくれ。死体の指紋を取りたいんだ。そして、頃合いを見計らって《ブレティン》紙に電話し、ハンク・レモンに死体の写真をとってもらってくれ」

ランバートは、警察のステーション・ワゴンのところに行き、乗りこんだ。そのとき、家の裏手三十ヤードほどのところにある納屋から、ウィルクスが姿を現わした。しかつめらしい顔をしている。フェローズが言った。「どうだった?」

「まいったよ」と部長刑事は言って、「地下室から屋根裏まで家じゅう捜してみたし、納屋もくまなく捜してみた。今、裏の水ためをのぞいてきたところだ。服は見つからん」

「そう簡単にゃ見つからんよ」

「今朝はだいぶ辛辣だな」

「そうかい？」と、フェローズはぎくりとしたように、「寝不足のせいだな、きっと。それに、あの男に対するむごい仕打ちを見たせいかもしれん。犯人はダムダム弾を使ったんだ、シド。あれじゃロベンズは助かりっこないよ」

ウィルクスが穏やかに言った。「殺すつもりだったんだな、それじゃ」

「計画的な犯行だよ、謀殺だよ。問題は犯人と動機だ」

「チャーリーとあの女のしわざだと思うね、おれは」

「とすると、服はどう始末したというんだい？」

ウィルクスはわびしげに、ぐるりと庭を見まわして、「そのことについて、さらに考えていたんだよ。ここへは着てくる必要はなかった。ソレンスキーのところへ行くときだけ着ていった」

フェローズは感心したように眉を吊りあげて、「そういえば、たしかにそうだ——あの女との共謀だとすればね」

「裏口に現われるまでの一時間半ばかりのあいだに、森のなかに捨ててくることもできたろう。そうしてから、ノックする。ロベンズがドアをあけると、チャーリーがポーチに立っている。『いったい何だ』とか、そんなことをロベンズが言う。チャーリーが引き金を引く。服は、どこかわからんところに隠してあるような気がする」

フェローズは顎を撫でて、「そしてチャーリーが、家の中を通って裏口へ出、ドアをノックしたとすれば、濡れずに済んだというわけだな」

「しかし、証明がむずかしい」

フェローズはふたたび物思いに沈んだ顔になって、「ひとつ訊きたいんだがね、シド。彼の使った車はどこにあるんだ？」

ウィルクスは、家の近くにおいてあるプリマスのクーペを親指でさし示し、「あの車だよ、もちろん」

「ありゃ動かんそうだぜ。ダニエルズがやってみたが」

「故障してしまったのさ」

「雨で？」

「きっとね」

「とすると、なにを着ていたにしろ、濡れたはずだぜ。家ん中のどこかに、濡れた服があるはずだ」

ウィルクスは、ちょっとのあいだ、問題をじっと考えてから、「裸でやってのけ、部屋でからだを乾かしたのかもしれんな」

「オーバーを脱ぎ、変装用具をとって裸になったのかい？　真っ裸で車を乗りまわしたっていうのかい？　そいつはいただけないな、シド。問題の服がこの辺に見つからなけりゃ、チャーリーをやっつけることはできんと思うな」

「肥料店をやっつけることもできんと思うよ」

フェローズはにやりと笑って、「噛みついてるのはどっちだい？」

ウィルクスは微笑を返した。「どうやら、もっとましな意見を持っているらしいな」

「そうじゃない。まだよくわからんのだよ。もっと突っこんでみよう。そうすれば、じきにわかるかもしれん」

ふたりは中へはいった。フェローズが驚いたことには、ロベンズ夫人がキッチンで卵とベーコンを料理していた。ベージュのドレスの上にエプロンをかけている。まだ真っ青だったが、目は赤くはなく、涙の跡はなかった。「みなさん、朝食をおあがりになると思って」と、彼女は言った。「起きてお仕事をしてらしたから、おなかがお空《す》きになっていらっしゃるでしょう」

「ご親切はありがたいが、どうかお構いなく」と、フェローズは言った。

「やりたいからやっているんですわ。ほかに何か？」

キッチンの芳香はふたりに空腹を思い出させ、お言葉に甘えて食べさせてもらおうということになった。ふたりがキッチンのテーブルにむかって腰をおろすと、ロベンズ夫人は給仕した。この女はただ魅力的な女であるばかりではない、料理の腕もなかなかたいしたものだ——食事を味わいながら、フェローズはそう思った。卵はそれほど才能を必要としないが、このような味のコーヒーを淹れることのできる女は滅多にいるものではない。彼はまず腕前を賞《ほ》め、それから言った。

「チャーリーはどこにいるんですか」

「また寝《やす》みましたわ。ほかのかたたちもお呼びしましょうか」

「仕事が終わるまで待ってください」そう言ってから、さらにひと口ほおばって、「ひとつお訊きしようと思っていたことがあるんですが。義弟《おとうと》さんのジョージは、肥料を買ったことがありますか」

「ええ、もちろんありますわ。どこで買ったのか知りませんけど」

ウィルクスが目を上げて、「その質問はどんな意味があるのかね？」

「男は〝肥料〟という言葉を口にしたんだぜ、シド。こいつを見のがしちゃいかんと思うんだ」

7

金曜日　午前十時―十一時

十時ごろには物見高い近所の連中が、ロベンズの家の雨に濡れた庭に集まっていた。大部分は女だった。この辺は農業地帯であるため、男たちには雑用があったからである。ソレンスキー夫人がふたりの子どもを連れてやってきたし、反対隣の家からは、ポラック夫人というのが父親と母親を連れてやってきた。加えてデイヴィン姉妹と呼ばれている四人の女と、アッシュマムの境界あたりから三人、それに子どもたちが何人もやってきていた。子どもたちははねまわり、おとなたちはつっ立ったまま考えこみ、車は車寄せをうずめていた。新聞記者がふたりやってきて、帰っていった。

ロベンズ夫人は家のなかに引きこもっていたが、チャーリーは外に出て納屋にはいりこんだ。殺虫剤をまくには湿度が高すぎ、噴霧ポンプは故障していたので、彼は修繕に精を出していた。チャーリーは機械のことには詳しくなかったが、果樹園で成功するには時間を浪費すべきでないことを知っていた。彼はだれにも話しかけず、いかなる質問にも答えなかった。

ウィルクスは野次馬がはいりこんできたことに腹を立てた。「いまいましい亡者どもめ」彼は野次馬をそう呼んだが、フェローズは寛大だった。チャーリーに不利な証拠がまったくないために、ウィルクスはチャーリーが潔白であることをしぶしぶ認めざるをえなくなったが、署長のほうは、犯人がもっと遠くからきた人間であることを固く信じていた。したがって、近所の者が彼のところへやってこないとすれば、こちらから近づいてゆかねばなるまい。その動機はともかく、野次馬がやってきたことをありがたいと思った。彼は自由に彼らと交わり、自己紹介し、名前を聞き、せんさく好きな質問に常よりも気前よく答え、こちらからもさぐりを入れてみた。デイヴィン姉妹の最年長者で、痩せた、目の鋭い、七十代の印象的な女が、彼の最初の質問に答えた。ロベンズは正直で勤勉な男だった、と彼女は言う。次いで非難するような調子で、「でも、あの人はあたしらとは違っていた。なにしろ都会育ちですからね。農業には向いてなかった」だが、努力していたことは認めた。その点は認めなければなるまい。

「みんなに好かれていましたか」

「ええ、あたしの知っている限りではね。でも、気の毒でしたよ」

「気の毒って、なぜです？」

「あの奥さんですよ。浮気女でね」

フェローズは耳をそばだて、手帳を取りだして、「かなり浮気をしたんですか」

手帳を見ると、ミス・デイヴィンの熱意はいくぶん失《う》せたようだった。「でも、人を傷つけるようなことはしたくありませんからね」

「浮気女だとおっしゃったでしょう」

ミス・デイヴィンはにわかに態度をあいまいにして、「べつに、男に身をまかせたっていうわけじゃありませんわ。そんなことはぜんぜん知りません。でも、服装《なり》を見れば、どんな女かわかるものですわ」

「で、ロベンズ夫人はどんな服装《なり》をしていたんです」

ミス・デイヴィンの鼻が一インチほど上がったように見えた。「とんでもない服装《なり》でしたわ。都会の人間はあんないかがわしい服装《なり》をしたがるのかもしれませんけど、田舎じゃとおりませんわ」

「どんな服装《なり》なんです、説明していただけませんか」

「ショートパンツなんか穿《は》いてるんですよ」彼女はやっとの思いでその言葉を口にした。「それがとても短いんです。パンツなんて言えたもんじゃありませんわ。スタイルをよく見せるために自分の気に入った服装《なり》をするんだって言いますけど、あんなことをするのは、男たちに見せるためですわ。そのほうが楽だからって言うんですけど、男たちに追っかけてもらうためにしているんですわ。みんなそうですわ」

「ほかにどんな服を着ていたんです？」

「上着のすそをショートパンツの中にさしこもうともしないんです。脚を丸出しにするのはそれほど悪いことじゃないかもしれませんけど、あの女《ひと》ったら、お腹《なか》まで出しているんですのよ」

ポラック夫人が口をはさんだ。「それほどひどいとは思いませんわ、エルシー。あたしだって、今年はショートパンツを穿きましたわ」

「でも、あなたのはかなり長いでしょ、マリー。それに、あなたがどんな人か、みんな知っているし、立派な一人前の息子さんと立派なご主人がいらっしゃるし、分別も備わっているお齢《とし》ですからね。それにひきかえ、あのマータ・ロベンズは若いし、子どももない。あの女《ひと》があんな服装《なり》をするのは、ただ暑さをしのぐためとか、日焼けするためばかりじゃありませんわ。女は自分の夫のためだけにあんな服装《なり》をするもんじゃありませんわ」

フェローズは言った。「彼女を〝追っかけている〟という男をご存知なんですか、デイヴィンさん？」

「名前を挙げることはできませんわ。ただ見たままを言っただけです。あの服装《なり》では、男ならだれだって追っかけたくなりますわ」

ソレンスキー夫人が口をはさんだ。「でも、うちの主人は追っかけませんわよ」

「おたくのご主人のことを言ってるんじゃありませんわよ。立派なご主人ですからね。でも、あの女《ひと》は妖婦ですわ、それに男って、おたくのご主人のように誠実とは限りませんからね」

結婚している女が数人、抗議しはじめ、ミス・デイヴィンは守勢に立たされた。「見たままを言っただけですわ」

ロベンズが道楽者かどうかの問題については、女たちの意見は一致していた。なにしろ一生懸命に働いていたので、そのような傾向があったとしても、そんな暇はなかったろうというのだ。

ウィルクスが姿を現わし、一同に加わった。フェローズが言った。「あのチャーリーっていう男は何をしている？」

「まだ納屋にいて、噴霧ポンプを直しているさ。今朝修繕しにきてくれるはずなんだがと言って、ぷりぷりしているよ」

「修繕しにくるって、誰だい？」

「それは知らんよ。なんだい？」

「その男がやってこない。なぜやってこないんだ？　カナダ国境に向かっているからかもしれんぜ」

ポラック夫人が語気鋭く口をはさんだ。「あたしの息子になんてことを言うんですか。ラドロウのところのトラクターを修繕しているんで、来られないんです。それがすんだら、すぐにきますわ！」

「わかりましたよ、ポラック夫人《さん》。べつに悪気《わるぎ》があって言ったわけじゃありません。われわれはこの辺一帯の男たちの行動を調べているんです。どんな人間か、ゆうべ何をしていたかを」

「ヴィクターを殺したのは老人だって言ってたじゃありませんか」

「一応そういうことになっていますがね、ポラック夫人《さん》。しかし、われわれとしては、重大な問題に直面した場合、いろいろなことについて、関係のなさそうなことでもあれやこれやと訊かなければなりませんのでね。被害者、その家族、近所の人たちについて、いろいろと知る必要がありましてね。われわれの知りたいことの一つは、この辺の男たちがゆうべどこにいたかということなんですよ。だれといっしょだったか。どこにいたか」

エルシー・デイヴィンが言った。「あたしの弟のマーティンは、ゆうべ家にいましたわ。九時半に床《とこ》につきました」

フェローズはメモした。「ソレンスキー夫人《さん》、おたくは？」

「ご存知でしょ。主人は家にいて、あの老人のために起こされたんですわ！」

フェローズは愛想よくうなずいた。「ポラック夫人《さん》、おたくは？」

「あたしの主人も家にいましたわ」

「息子さんは？」

彼女はちょっとためらってから、きっぱりと言った。「映画へ行きました」

フェローズは手帳に書きとめてから、ぶっきらぼうに言った。「何時に帰ったか、ご存知ですか」

彼女は唇をギュッと結んでから、「一時ごろです。一時十五分でした」

フェローズはなおもさりげなく、「映画の帰りにしては、ちょっと遅すぎますねえ」

ポラック夫人はぶっきらぼうに言った。「女の子といっしょに行ったんですよ」

「ああそうですか」そう言って手帳に書きとめ、「で、その女の子の名前は？」

「知りませんわ」

「一時十五分にお帰りになったとおっしゃいましたね？　起きて待っていらっしゃったのですか」

「いいえ。帰ってきた音がしたので、時計を見たんです」

エド・ルイスが車の向こうから庭にはいってきた。「ここと ソレンスキーの家とのあいだの道路に車を隠せそうな場所が二ヵ所あるんですが、車を隠した形跡はないんです、署長」

「じゃあ、車を隠さなかった形跡は？」

「おっしゃることがよくわかりませんが」

「地面が軟らかければ、車の跡がつくはずだろう。跡がなければ、車が通らなかったということだ」

「さあ、そいつはよくわかりませんが」

フェローズはウィルクスに手帳を渡して、「シド、ほかの男たちの行動を調べといてくれ。おれはエドといっしょに行って、見てくるから」

行ってみたが無駄だった。雨が長いこと地面をたたきつづけたため、フェローズの熟練を積んだ目をもってしても、その二つの場所に車が駐まったかどうかを見きわめることは不可能だった。それでも、犯人が車に乗ってやってきたのだという確信は、少しも揺るがなかった。失望したのは、そのような車の存在がぜんぜんわからないという点だった。

署長とルイスがロベンズの家に戻ってみると、修理トラックが車寄せに駐まっていて、五フィート十インチほどの、筋骨隆々たる金髪の若者が、ロベンズのプリマスを動かそうとしていた。

「ポラック夫人の息子のスタンレーですよ。ゆうべ映画に行っていたという男です」と、ウィルクスが説明した。

若者は車から身をのりだし、首を横に振った。

「回ることは回るんですけど、スパークしないんですよ、ウィルクスさん」彼はぐるっと前へまわって、エンジン・フードをはずした。

フェローズは近づいて行って、じっと眺め、エンジンをのぞきこんだ。スタンレーが言った。「ああ、イグニッション・コイルだ。こいつがはずれている」彼はちょっといじってからフードをぴしゃりとしめ、作業ズボンのベルトにはさみこんだ布切れで手を拭いた。「さあ、これでいいだろう」

ふたたびエンジンをかけてみると、すぐ点火した。ウィルクスがフェローズのかたわらへ来て言った。「ワイアが濡れていたのかい?」

スタンレー・ポラックはエンジンのスイッチを切り、車からおりた。フェローズが言った。「このフードには掛け金をかけたのかい?」

「ええ、もちろん。ロベンズさんもひどいもんだな。この辺の連中ったら、何してるんだろう。まったく見当もつきゃしない」

「ロベンズのところの仕事はちょいちょいやるのかね?」

「ええ。修繕ならなんでもやります。ロベンズさんのところの噴霧ポンプはしょっちゅう故障している。中古を買ったんでね。新しいのを買いなさいって、二、三日まえに言ったばかりなんですよ。ちょっと行って、こんどはどこが悪いのか見てこよう」

署長とウィルクスは彼が立ち去るのを見まもった。フェローズは車のフードを片手でたたき、「犯人も馬鹿じゃないな、シド。ロベンズが必ず死ぬようにと弾にやすりをかけ、追跡されないように車にいたずらをした。相手はどうやら、なかなか利口らしいな」と言って急に向きを変え、フードの掛け金に手をのばし、持ちあげてみた。それからゆっくりとフードをおろし、静かに掛け金をかけようとしたが、半分しかかからない。二、三回やってみたが、完全にしめるには、思いきりバタンとやらなくてはならなかった。彼は両手を腰にあて、顔をしかめた。

「ゆうべもこうしなければならなかったはずだ。かなり大きな音がしたはずだ」彼は裏の寝室の窓を見上げ、そこまでの距離を目測し、音量をじっと考えた。「ドアをどんどんたたかれるまで何の物音も聞こえなかった、とロベンズ夫人は言っている」

ウィルクスが言った。「ロベンズ夫人はいろいろなことを言っているが、夫はそれに反駁できんしね」

「彼らの寝室の窓はしまっていたんだっけな?」

「うん、そうだ。何を証明しようとしているんだい?」

フェローズは首を横に振って、「何を証明しようとしてるのか、われながらわからん。何を捜しているのかさえわからん。いろいろ訊いたり、つついたりして、手がかりをつかもうとしているだけさ。連中には全員会ったかね?」

「うん、全員会った」彼はフェローズの手帳をぽんぽんとたたいて、「ロベンズ夫人を知っているか、あるいはなんらかの関係のある男十人のリストだ」

「夫人《ミセス》？」と、フェローズは微笑を浮かべて、「ミスターのほうはどうなんだい？」

「もちろん、彼ともだよ。どうも彼女のほうから考えちまうんでね」

「料理してたってことが気に入らんのかい？」

「あの悲しみようが気に入らんのさ。なんらかの点で、あの女は一枚嚙んでいるな、フレッド。どうも潔白とは思えん」

「ここに書いてある男たちのひとりとの共謀だというのかい？」

「そうじゃないかとおれは思う。調べてみるかね？」

「署へ帰るまで待とう。ここでできるだけのことはやったわけだが、電話がないと、どうも不便だな」

8

金曜日　午前十一時三十五分—午後一時二十五分

本署の署長室に腰をおろすと、ウィルクスはフェローズにむかって言った。「まずジョン・ソレンスキーだ。四十九歳。テレサ・ソレンスキーと結婚。ロベンズと同じ街道の、四分の一マイル町寄りに住んでいる。ロベンズ夫妻とは知り合いだ。ソレンスキー夫人の前で聞きだせたことといえば、それだけだ。ふたりがゆうべずっといっしょだったということのほかはね」

「彼はシロだよ、間違いない」と署長は言って、嚙み煙草を一口嚙んだ。

「次はチャーリー・ウィギンズ。十九歳。家族はアッシュマムに住んでいる。日曜日などに、ロベンズの車に乗って家族の者に会いに行く。アッシュマムに住んでいるグローリア・セラーズという女の子と付き合っている。結婚するために貯金している」

フェローズは微笑を浮かべて、「なかなか品行方正な男らしいじゃないか。結婚資金をこしらえるために働いている男が、変装用具や古オーバーに金を使うとは思えん」

ウィルクスはデスクの上の壁に飾ってあるヌードのピンナップを見上げた。フェローズもようやく目を上げた。ウィルクスはピンナップにむかってうなずき、「ほんとうにありえんと思うのかね、フレッド？」

フェローズは、むきだしの乳房やすらりとした腿の群れを見て、思案げに顔をしかめ、「うん、一本取られたよ、シド。だが、チャーリーが関係しているとすれば、あの女も関係しているな。女が彼を誘惑したのさ」

「おれが言っているのもそこなんだよ。あの女とだれかとの共謀――チャーリーじゃないにしても、だれかほかの者との。ま、よかろう。次は車を修理した青年スタンレー・ポラックだ。修理することのできる男なら、こわすことも知っているはず。二十二歳。この辺一帯の農家の修理の仕事を引き受けている。けっこういい商売になっているらしい。ゆうべは女の子といっしょに映画へ行って、一時十五分に帰宅。それから――」

「その女の子の名前はわかったかね？」

「まだわからんのだ」

「驚いたねえ、シド。きみのような老練な刑事がねえ？」

「名前を訊かなかったんだよ、フレッド。あの青年とは話もしなかったからな。ほかの名前を集めていたんだ」

「書いといてくれたまえ。調べなきゃならんからな」

ウィルクスは書きとめた。「次はスタンレー・ポラックの父親、ジャスティン・ポラック。四十二歳。ゆうべは家にいた」

「彼はロベンズ夫人にその気があったのかね？」

ウィルクスは微笑した。「細君のいる前じゃ、そんなことは聞きだせんよ。連中から聞きだせたのは、名前、年齢、職業、アリバイだけさ。男と女の関係のことは、そうそう口を割らないさ」

「そりゃそうだろうな」

「次はジョン・マーウィン。ポラック夫人の父親で、六十四歳。ゆうべはずっと家にいた。一晩おきに家にいるという。次はマーティン・デイヴィン。四人の姉妹といっしょに住んでいる。四人とも、今朝、ロベンズのところに顔を出した。彼は五十八歳で、同じ街道の、ロベンズの家から半マイルほど離れたところに住んでいる」

「もちろん、女を追っかけまわすような男じゃないな」

「彼がゆうべ家にいたと証言する証人が四人いる――四人の姉妹だがね」

「ミス・エルシーがその典型だとすれば、町じゅうでもっとももしっかりしたアリバイを四つも持っているってわけだな」

ウィルクスは坐り直した。「ところで、多少ゴシップめくがね。次に挙げる男たちは、細君がいないんだ。それだけに立場が苦しいってわけだがね。まず、マイク・トレイジャー。三十四歳。同じ街道の四分の一マイルほど上手《かみて》に住んでいる。ポラックの家の隣。その他の重要な点といえば、母親、伯母といっしょに住んでおり、父親の遺してくれた農場を経営しているっていうこと。なかなかたいした男で、何人もの女の子とデートしているが、いまだにだれひとりとして彼をものにすることができない。ある娘を妊娠させたという噂が立っている。その娘はたしかに妊娠したのだが、自分の責任じゃないと彼は言っているし、娘も頑として口を割らない。金で解決したんだという噂も立っているが、はたして彼が金を出したかどうか、そいつも証明できない」

フェローズはふたたび壁のピンナップを見上げて、「ロベンズ夫婦とはどの程度の知り合いなのか、わかったかね？」

「あの女どもは指さして示すことができんのだ。できれば、きっとやってのけたことだろう。もちろん、トレイジャーはロベンズ夫婦を知っている。この辺の人間は、みんなお互いに知り合いなんだ。農協の集まりやら懇親会やら、そういったものがある。トレイジャーが興味を持った女が既婚者だという証拠はぜんぜんない」ウィルクスは手帳のページをめくって、「次はジム・ボーレン。五十五歳の男やもめ。子どもたちは一人前になって、よそへ行ってしまった。初老の夫婦がいっしょに住んでいて、家の切りまわしと畑仕事をしている。男のほうは片腕がなく、第一次大戦で片脚を悪くしてしまった。さて、これで八人だ」

「雇い人の男のほうの名前は何ていうのかね？」

「それは知らん」

「調べるべきことが、まだありそうに思えるがね」

「片腕がなく、片脚の悪い男についてかい？」

フェローズが言った。「犯人は大きなオーバーを着ていて手が見えなかったそうだ。片腕がないためかもしれんじゃないか」

「脚が悪いという点はどうなんだい？　ソレンスキーもロベンズ夫人も、犯人がすぐさま姿を消したと言っているぜ。ソレンスキーは、少なくとも一回は犯人が立ち去るのを見ている。脚が悪かったら、気がついたはずだぜ」

「だからといって、すぐさま除外していいとは思えんがね、シド。まあよかろう、次は？」

「ジェイク・コリクジックだ。メドウ通りに住んでいる。この男も果樹園を持っている。六十五歳。細君は四十一。彼はこの女のためにひどい目にあっている。先妻とは十二年前に死別。彼は自分で女を見つけてきたそうなんだが、女どもの話によると、以来ずっと彼はそのことを後悔しているそうだ。コリクジックの細君はみんなに毛嫌いされている」

「みんな彼に同情しているってわけかね？　われわれの求めていることと、あまり関係がなさそうに思えるがね」

「いうなればゴミをすくっているだけさ、フレッド。ふるいにかけているわけじゃない」

フェローズはうなずいて、「これで九人だな。十人目は誰だい？」

「アルフレッド・ジマーマンだ。三十二歳で、結婚しており、十歳を頭《かしら》に五人の子どもがいる。細君は美人だ。似合いの夫婦ってわけだ。三年前、父親の援助で農場を買った。町から三人の男に来てもらい、昼間だけ働いてもらっている。ミス・デイヴィンによれば、この男がロベンズ夫人を追っかけまわしているらしいとのこと。少なくとも、いっしょにスクウェア・ダンスをしているらしいし、機会あるごとに彼女をつかまえている」

「細君はどんな反応を示しているんだい？」

「細君はダンスができない。年がら年じゅう妊娠している。やってきても、坐って見ているだけだそうだ」

「で、ヴィクターはどうだったんだい？　腹を立てなかったのかね？」

「一度も騒ぎ立てたことはないそうだ。やむをえない場合のほかはダンスをしない。裏に何かあるとミス・デイヴィンはにらんでいる。妹たちもその考えを支持したが、ほかの女たちは、よくわからないという。ロベンズ夫人はダンスがうまく、ジマーマンはダンスが好きらしいな。ふたりは最近、賞をもらったことがある。きみならそこから何か引きだせるかもしれんが、おれにはできんね」

フェローズが言った。「そいつがダンス以外に発展した形跡があるのかい？」

「ダンスのとき以外には、いっしょにいたところを見かけたことは一度もないそうだ」

「そのような集まりで何度もこっそり会っているんだから、それ以上こっそり会う必要もなかろうじゃないか」

ウィルクスはうなずいた。「今までのところでは、よそでロベンズ夫人とこっそり会っていたという事実は、つきとめておらん。さて、これで全部だが、これについてどう思う？」

「全部とは言えんよ、シド」

ウィルクスは頭をぴんと立て、「ほかに誰がいるんだい？」

「アッシュマムに住んでいるトニー・デアンジェロがいる。今までわかったところでは、実際にカイゼルひげをはやしているのはこの男だけだ」

ウィルクスは名前を書きとめた。「すると十一人、いや、脚の悪い男を含めると十二人になるな。それに、ブリッジポートの肥料店全部」

フェローズは皮肉を軽くやりすごし、「そのうちの何人かにはアリバイがない。こいつは注意しなきゃならん。それに、銃の問題がある。四十五口径のオートマチック。この辺ならどこでも買える」ここで言葉を切って手帳を見、「たとえばマニーの店あたりで」

「アンガーに頼んで調べさせよう。二、三日かかるかもしれんが」

「そのくらいかかるだろうな。ダンベリーから南、州境からブリッジポートあたりまでの店をひとつのこらず調べたいんだ。去年売った四十五口径をひとつ残らずね」

ウィルクスは立ちあがった。「そいつを伝えてから、昼めしを食ってくるよ」

一時までに、他の捜査地域から報告がぼつぼつはいってきたが、いずれも否定的だった。州警察の張った道路封鎖の網には何も引っかからず、〝ガソリンスタンド仕事〟と称する任務を命じられた三人の男からかかってきた二、三回の電話は、いずれもかんばしくなかった。近くのモーテル、ガソリンスタンド、終夜営業の食堂を洗ってみたが、カイゼルひげをはやした背の低い老人を見かけた者はひとりもいなかった。

ウィルクスが戻ってみると、フェローズはむっつりとコーヒーをすすり、サンドイッチをむしゃむしゃ食べていた。部長刑事は署長の前のデスクの上に、光沢のある大型の写真を何枚か置いた。

「新聞社から持ってきたんだがね。被害者かい?」

写真はいずれもきわめて鮮明で、ストックフォード病院の地下室の台に横たわるヴィクター・ロベンズを写したものだった。いろいろな角度から撮った大写しの顔写真が何枚かと、傷口とふさいでいない手術の切り口を写した写真が何枚かあった。フェローズはそれらをわきへ押しやると、さらにサンドイッチをほおばった。「うん、ヴィクター・ロベンズだ」

「なかなかでかいし、なかなかの男前じゃないか」

「かつてはな」そう言ってフェローズは、写真を裏返し、散らかった書類の下から捜しだしたボールペンで、裏に何やら走り書きした。そして、引き出しからマニラ紙の封筒を取りだして写真を入れ、封筒にラベルを貼り、書類の上に載せた。「こいつは何かあるな、シド。方向が誤っているのかもしれんぜ」

「というと、ロベンズ夫人がシロだと思うのかい？」

「これまでわかった限りの証拠では、その可能性を認めなくちゃならんと思うな」

「これまでわかった証拠では、他の全員がシロだし、少なくとも彼女には動機がある」

「全員シロだなんて言っちゃおらんぜ、シド」

ウィルクスは足で椅子を引きだして、腰をおろした。「じゃあ、うけたまわろう」

「肥料なんて、むろん口実にすぎん。ヴィクター・ロベンズの死を願う強力な動機を持つ人間がいたのだ。五十ドルよりも大きな動機を」

「あの細君も大きな動機たりうるだろうな」ウィルクスはフェローズのコーヒーカップに手をのばし、一口飲んだ。

「ほかの動機だろうと思うな」とフェローズは言って、「われわれのまだ知らぬ動機。まず第一に、今までわかった限りでは、犯人はこの辺に住んでいる人間じゃない。どこかよそからやって来たんだ」

「誰がそんなこと言ったんだ？」

「証拠だよ。これまでのところ、この辺の人間だという証拠は何もない。それに、そんな男のことを聞いた人間はだれもいないし」

「変装していたんじゃないのかね」

フェローズは首を横に振って、「むろんそうかもしれんが、この辺の人間じゃないとすると、変装でないとも考えられる」

「そういった顔で？」

「そういう人間だっているものだよ、シド。もじゃもじゃの白髪頭《しらが》に大きな鼻、眼鏡をかけたカイゼルひげの男は、おもてへ出るたびに出っくわすもんじゃないかもしれんが、それほど珍しいもんでもない。ま、そういったものさ。ロベンズに恨みをいだいているとか、細君にのぼせあがっている人間がこの辺に見当たらんということからしても、どうもそうらしいじゃないか」

「そいつは認めなきゃならんらしいな。それで？」

「ところで、われわれにわかっていることは何か？　夜遅く近所へやってきて見知らぬ家のドアをたたき、ロベンズの家はどこかとたずねた男がいたということだ。とすれば、かなり腹のすわった男らしい。どしゃ降りのなかをやってきた。車に乗ってきたにちがいないが、ずぶ濡れになっていた。変装するような男とは思われん。一つの目的にひたむきになっていた男と思われる。ダムダム弾を作った以上、殺意をいだいていたにちがいない」

ウィルクスは嚙み煙草を取りだしてじっと眺め、「細君の話だと、どこにも敵などいなかったそうだが」

「それに、あの男には見覚えがないとも言っている。だが実は、敵がいたんだ！　殺そうとするほどの男がね。この殺人事件のすべては一つの方向をさしているように思えるんだ、シド。いつか敵を作ったんだ。たぶん細君に会う以前だろう。ある男が、実際の、あるいは、なんらかの理由から、恨みを晴らそうと思い立ち——」

「そして、徐々に実行に移したというわけかい。細君と知り合ってから十年たっているのだから、だいぶ遡らなけりゃならんわけだな。だいぶね」

フェローズはうなずいて、「問題はそこだよ。この男からのがれるためか、男に狙われているのを知らないでか、ともかくロベンズはある町をあとにした。男は彼を追いつめようと思いたつ。それに十年の歳月がかかったのかもしれない」

ウィルクスは嚙み煙草で顎を撫で、「そしてついに、ロベンズがストックフォードという小さな町で果樹園を持っていることを嗅ぎつけ、その家をつきとめにやって来たというのかね？」と、たずねた。

「そのとおり」とフェローズは答えて、「男はこの辺のことを知らない。で、ソレンスキーをたたき起こしてロベンズの家へ行く。ところがまっ暗だ。やむなくソレンスキーの家に引き返し、ロベンズの居所を訊く」

「そして警察の目をくらますために、肥料代を五十ドル貸してあるんだがというようなせりふを吐く。ロベンズは果樹園を持っているので、恰好の口実のように思えたのだ」

「おれもそう見ているんだ」フェローズは手帳を取りだし、ページを繰《く》った。「ここにロベンズの略歴がある。彼はニュー・ハンプシャー州のキーンで生まれ、育った。十四歳のときに家を出て、ニュー・イングランドのさまざまな農場で働き、それからハートフォードの飛行機工場に就職。そこから陸軍に入隊し、除隊後、この農園を手に入れるまでニューヨークの牛乳会社に勤めていた」

ウィルクスは口をすぼめ、眉をしかめた。「軍隊じゃなさそうだな。相手は老人なんだから。とすると、働いていた農場の農場主かもしれんが、それも二十五年前のことだしな。どうもわからんよ、フレッド」

「二十五年といえばたいした年月だ」とフェローズ、「だが目下のところ、ほかに考えようがない」

「農場主だったら、いきなり腰を上げて追っかけることはできないかもしれん。隠退するまで待たなきゃならんかもしれん」

「あるいは、獲物の存在を嗅ぎつけるまではな」と、フェローズはつけ加えた。「ところで問題は、ロベンズが二十五年の恨みを買うようなどんなことをしたかということだ」

「娘を強姦したとか、他人《ひと》の細君と寝たとかいうことじゃないだろう。そういったことに対する復讐なら、すぐにやるか、ぜんぜんやらないかだ」

「明らかな点はただひとつ。何をしたにしても、あとまで尾を引いているっていうことだ。ある人間を激怒させるとか、その人間の一生をめちゃめちゃにしたのなら、その記憶はその男の頭にこびりついて離れないはずだ。どんなことであれ、その犠牲者が最近死に、その原因が彼の行為によるのかもしれない。男は愛する者を失い、責任ある男の居所をつきとめようと、乗りだしたのかもしれない」

ウィルクスはとつぜん思いついたように、「たとえば、その男の妻に一生残る障害をあたえてしまったというような。男は二十五年間妻の面倒を見、妻の苦しむのを見てきた。そして妻は死んでしまった……」

フェローズはぴくりと肩をすくめて、「そいつは何とも言えんな、シド。しかし、目下のところは、どうもそういったようなことに思われるな」

ウィルクスは重苦しそうに息を吐きだして、「そうだと仮定してみよう。ところで、そういった農場主をつきとめようとすることがどんなことか、考えてみたことがあるかね？　二十五年前、二、三週間働いた若者を覚えている人間が何人いるかね？　こいつはちょっと絶望的だよ」

フェローズは言った。「それほど絶望的じゃないかもしれんぜ、シド。ニューヨーク州のテイヴォリにロベンズの弟がいるのを忘れたのかい。そいつが力になってくれるかもしれんぜ」

「覚えておらんだろうよ、ロベンズ自身と同様」

「それに、キーンにはまだ両親が健在かもしれん。当時、彼は故郷《くに》へ手紙を出したかもしれんし、そいつを母親が取っておいてあるかもしれん。まだそいつが残っている可能性は充分ある。そいつが手にはいれば、名前もわかるし、大いに助けになる。ことによると、復讐の動機となるに至った事柄の手がかりがつかめるかもしれん」

ウィルクスは煙草を嚙み、立ちあがった。「よかろう、フレッド。おれはこいつらのアリバイを書き入れに、プレイン・ファームズ街道へ出かけなくちゃならん。途中ちょっと立ち寄って、ロベンズの家族のことなんかを細君から聞きだしてこよう」

「それに」とフェローズはつけ加えて、「牛乳会社にも当たってみる必要があるな。自分の妻に何から何まで話すってものでもないし、妻の知らないようなトラブルもあるかもしれんからな」

「それに、飛行機工場と軍隊もかい？」

フェローズはうなずいた。「もしできればね」

9

金曜日　午後五時十五分—六時

ウィルクスは五時半まで本署へ戻らなかった。ゴーマン巡査部長がアンガーから事務を引き継ぎ、交代したパトロール巡査が任務についていた。フェローズはまだ署長室にいて書類の仕事にかかりきっており、うずくような飢えをコーヒーで癒《いや》していた。ウィルクスがはいってくると、彼は目を上げて、「あまりついてないようだね」

「うん、あんまりね。きみのほうはどうだい？」

「ぜんぜんさ。ロベンズとブリッジポートの肥料店との関係はないし、終夜営業の店でカイゼルひげをはやした老人を見かけたという者もおらん。きみのほうの悪いニュースを聞こうじゃないか」

ウィルクスは腰をおちつけると、この辺の男たちの前夜の行動を調べる仕事を終了したと説明した。スタンレー・ポラックは女の子を映画に連れて行かなかったと証言した。スタンフォードのキャピタル劇場の最終回へひとりで行ったという。十二時二十分前に劇場を出て、マイクという食堂で食事をし、それから車で一時十五分に家に帰ったという。二本の映画の題名とそれぞれの荒筋を、微笑を浮かべてウィルクスに話したそうだ。映画は〈サファイア〉と〈愛するには急すぎて〉だった。

五十五歳の男やもめジム・ボーレンも映画へ行ったのだが、彼のほうは、ブリジッド・バルドー出演のフランス映画を見にボザール劇場へ行ったのだった。映画は十一時ちょっと過ぎに終わり、彼は車でまっすぐ家に向かい、十一時二十五分ごろ帰宅したという。ボーレンの雇っている、脚の悪い片腕の男は、名前をクリフ・ハケットという。六十六歳。ひからびたようにしわくちゃで、痩せぎすで頑健、白髪のうすい男だそうだ。彼の妻は彼より一つ年下で、テレビ番組の終わった十時半に床《とこ》についたという彼の言葉に間違いないと言った。

ロベンズ夫人とちょいちょいダンスをする、メドウ通りに住んでいる若き農夫アルフレッド・ジマーマンは、どうやらシロらしかった。外出しなかった、と彼の妻が証言した。九時半に床《とこ》についたという。

他方、じゃじゃ馬の妻を持つジェイク・コリクジックは、いまだにリストの数にはいっていない。前の晩早くからずっとジェイクを見かけていないという。コリクジック夫人によれば、ジェイクは行ってくるとも言わないで家を出、いまだに戻ってこないという。車に乗り、レインコートを着て出かけた、それしか知らない、と彼女は言った。ウィルクスの見た限りでは、彼女は夫がいなくて困っている様子もなかったという。「家庭内のいざこざらしいな。彼女はそれを認めようとしないけど」と、彼は言った。

それについて、署長のほうはそれほど楽観的ではなかった。「殺人事件が起こった場合の妙な行動の解釈として、家庭内のいざこざはとらんな。ぜひとも彼を捜しだしたい。車のナンバーはわかっているんだろう?」

ウィルクスはうなずいた。「終わったら無電で知らせるよ。ナンバーと特徴をね」そう言って微笑を浮かべ、「だが、そういったアリバイは額面どおりには受けとれんね」

「そんなこと断わるまでもないよ、シド。ところで、ほかに?」

マイク・トレイジャーもリストに載っており、前の晩はデートに出かけたという。母親も伯母も相手の女の子が誰だか知らず、トレイジャーも頑として口を割らない。せんさくされると腹を立て、あんたの知ったことじゃない、とウィルクスに言ったという。

「それからアッシュマムへ行ってカイゼルひげをはやしたトニー・デアンジェロという男を調べてきたんだ」そう言って部長刑事は首を横に振り、「ところがなんにも出てこないんだ。トニーには子どもが八人と細君がいる。それに義妹、母親、父親がいっしょに住んでいる。ここ九年間、晩には家から出たことがないそうだ。実際、細君が悲しげな口調でそう言っていたよ」

フェローズはコーヒーを飲みほすと、紙コップをくずかごに投げ入れた。「そうしようと思えば、これらのアリバイのいくつかは崩すことができるが、だれかひとりをさす証拠が必要だな。これらのうちのだれかとロベンズ夫人との噂は?」

「何もないね」

署長は椅子に背をもたせかけ、「そこが袋小路らしいな。ロベンズ夫人がだれかと関係があるとすれば、夫を亡きものにするほどの関係だと思うな。とすれば、これまでぜんぜん知られずにきたってことが解《げ》せない」

「ロベンズ夫人の方をすましてから、果樹園へ出てチャーリー・ウィギンズと話したんだ。様子を知っている者といえば、まず彼だろうが、彼は何も知らなかった」

フェローズは言った。「知っていたとしても、チャーリーのやつ、言うかどうかな」ここでさらに身を起こし、「そこが問題だ。どこかほかに動機を捜さなくちゃならん——過去のある時期にね。ロベンズ夫人からヴィクターの弟の住所を聞いたかね?」

ウィルクスはうなずいた。「しかし、彼のところへ行く必要はない。今朝われわれが帰ってから、彼女はヴィクターのことで彼に電報を打ち、折り返し彼から電報があった。明日、葬式の手伝いにやってくるそうだ」

署長は顎を撫で、「ダムダム弾を撃ったところを見ると、細君に関係があるよりも、むしろヴィクターに含むところがあったように思われるな。牛乳会社の者と話してくるように、きょうの午後、エド・ルイスをニューヨークへ遣《や》ったよ。おそらく、なにかはっきりするだろう」

「ヴィクターについて、いろいろな人間にたずねてみたところ、人が変わったんでもない限り、そのような敵を作る人間じゃないそうだ。いわば余所《よそ》者だが、男にも女にもみんなに好かれていたという。農場経営のことはあまり知らなかったが、いたって熱心で、すすんでものをたずねたり、忠告を聞き入れたりしたそうだ。あの夫婦に対する苦情といえば、今朝聞いた彼女に対する苦情だけだ。それもただ、サンスーツを着て、からだの線を見せるってことだけだ。それだけの理由で、彼女を殺人容疑でつかまえようなんて、ただのいやがらせだね、フレッド」

「ルイスが戻り、弟というのと話をすれば、やつの前歴も少しははっきりするかもしれない。検死審問での証言の材料が少しはできるかもしれん」

「検死の日どりは決まったのかね？」

フェローズはうなずいた。「きみが出たあとすぐメリルがやってきたんだ。月曜の九時からの予定だ。彼は明日にしたかったんだが、リードが、出かけるので計画変更をきっぱり断わった。とにかく、月曜のほうが都合がいい」フェローズは首を振り、なかばほほえんだ。「まったくのところ、メリルのやつ、独立記念日みたいな騒ぎだよ。殺人事件といえば、大がかりなピクニックみたいなものだな。町の検察官はもったいぶるしね。きょうの午後、一時間もおれの時間をつぶしていろいろと調べあげ、提案しようとした。たぶん今晩、ある集まりで、内部の消息をすっかり発表し、チョッキに親指でも突っこんで、『それで、わたしは署長にこう言ってやったんだ』とかなんとか言うことだろう」

「若いしね。レンはいい男だよ」と、ウィルクスは言った。

「うん」と、フェローズは単調に言った。「おれは殺人は好かんよ。ヴィクター・ロベンズはいいやつらしいし、その男が胸にダムダム弾を撃ちこまれて倒れ、死にかけて喉をごろごろ鳴らしているさまを見るのはたまらんしな」彼はデスクの上で思わず両の拳を固めた。「で、いったい誰が彼のために涙を流すというんだ？　みんな、レナード・メリルのようなものさ。わくわくすることでもあるだろうが、恥ずべきことだ、まったくもって恥ずべきことだ。だが、なにしろ大事《おおごと》なんで、恥ずべきもへったくれもなくなってしまう。ま、運のいい中休みってとこだな。多くの人間に、天気以外の話の種を提供するってわけだ。とにかく、人の命がからんでいる問題だからな」

「人間ってのはそういうものだよ、フレッド。そいつは心得ておくべきだね」

「妻ってのもそういったものかい？　夫が死んで厚板の上に乗せられているっていうのに、まるで彼が買い物から戻るまで家を仕切ってでもいるかのように卵を炒《い》っている。落ちついたものだ」とつぜん、彼は両手で顔を撫で、「これからも頑張るよ。やけに疲れちまった。エドの帰りを待つのはやめるよ。朝になってから報告を聞けばいい」

10

五月十四日　土曜日　午前七時四十五分—午後二時三十分

土曜日の各紙の朝刊は、この殺人事件にかなりの紙面をさいた。たしかにこの事件は、その奇怪な性質ゆえに、一小都市の農夫の殺人事件にしては、かなり大きく取りあげられた。記者連は、現場に群がり集まることはしなかったが、フレッド・フェローズが八時十五分前に本署にはいっていくと、三人来ていた。彼は点呼と指定外の仕事を監督し、前日よりもずっといきいきと元気そうに見えた。

夜勤の連中が帰ってきて、日勤の男たちが出ていき、一日休暇をとったアンガーに代わってホガースが事務を引き継ぐと、フェローズは記者会見をした。銃を持った男の足どりはまだつかめない、と彼は言った。現在のところ、犯人はある種の恨みを晴らすために町の外からやってきたものと思われる。ヴィクター・ロベンズがいかなる敵を持っていたかをつきとめるため、その前歴を調査中である、と。

フェローズはさらに詳しく犯人の特徴を説明し、情報を入手したら至急本署に連絡されたい、と頼んだ。検死審問は月曜日午前九時にひらかれる予定であり、ヴィクターの弟のジョージが手伝いに町にやってくることになっている、と彼は言った。

記者連が帰ると、彼は署長室にはいり、ウィルクス、エド・ルイスとともに部屋に閉じこもった。ジェイク・コリクジックについても、その自動車《くるま》についても、まだ何もつかめない、とウィルクスが言った。「八つの州にも緊急通報した。近所の者に当たってみたが、どこへ行ったのかわからないという」

「家庭内のいざこざだろうな」フェローズはそう言って、くるりと向きを変え、「ゆうべ何時に戻ったんだい、エド？」

ルイスは微笑を浮かべて、「七時半ごろです」

「待ってなくてよかった。ところで、どんなことがわかった？」

ルイスは両手をひろげてみせ、「牛乳会社では五十人の人間と話しましたかな。彼はトラックを運転していたので、運転手にもひとり残らず当たってみたんです。ヴィクターのことを立派な男だと思っていない人間はひとりもいませんでした。仲間とやり合ったことさえないそうです。大男にしては気性もおとなしく、のんきなタイプだったそうです。だれかれの区別なく背中をぽんとたたくほど陽気な男ではなかったし、人と気軽に友だちになるような男でもなかったが、みんなから好かれていたらしい」

「人と付き合わない男だったのかね？」とフェローズ、「ひとりで物思いにふけっているような男だったのかね？」

「いや。ただおとなしいというだけです。人と付き合わないというわけではない。愛想のいい、明朗な男だったそうです。隠し立てするようなことはしなかった。わたしの受けた印象では、猥談に顔を赤らめるような男だったらしい。決して毒づいたりすることはなかったが、ほかの人間が毒づいても気にかけなかったようですな」

「じゃあ、彼が今の細君と親しくなりはじめても、嫉妬されるなんてことはありえなかったわけだね？」

ルイスはいささか得意になって、「その点も考えてみたんです。勤めていたころ、マータは美人だったので、すぐ評判になったそうです。みんな彼女とデートしようとしましたが、彼女はヴィクターのように、どちらかというとおとなしく——人と付き合わないというわけではないが——引っこみ思案なんです。デートはしたが、恋人をつくることはしなかったし、ヴィクターが現われるまでは、だれといって特別に関心を寄せなかったそうです。

嫉妬するどころか、わたしの見た限りでは、会社の連中はよろこんだようです。ヴィクターもマータも評判がいいし、ふたりの結婚は俄然評判になったとか。男たちは金を出し合って、結婚祝いとしてヴィクターにスーツケースを贈り、会社の女の子たちは彼女に化粧道具入れを贈ったそうです。嫉妬した者がいたとしても、胸のうちにおさめていたんでしょう」

「それに、十年もたってから行動に出るとは思われん」署長は言った。「よかろう、エド、ご苦労だった。ところで、きみに見かけどおりの先見の明があるかどうか、二つ三つ訊いてみたいことがある。カイゼルひげをはやした男というのはどうなんだね？」

「そういった人相にいささかでも符合する人物は、ひとりもいませんでした」

「すると、彼の配達区域はどうかってことになるな。得意先の人間と問題を起こしたことはないのかね？」

「そのことを本店でたずねてみたんです。もちろん得意先のリストはあるそうで、人相に符合する人間がいるかどうか調べてみると約束してくれました。彼の配達区域を引き継いだ男と話してみましたが、カイゼルひげをはやした男と取引したことは一度もないそうです。もっとも、ロベンズがやっていたころと変わったかもしれませんが」

「トラブルを起こしたことはなかったのかね？」

「取引先から彼に対する苦情を申しこまれたことはいっぺんもないし、彼がトラブルを口にしたことも、覚えがないそうです。会社側は徹底的に調べてくれるそうですが、どうもそこには手がかりはなさそうですね」

牛乳会社を調べても見込みがないことは、フェローズとしても認めざるをえなかった。残るはヴィクター・ロベンズの軍隊時代かそれ以前ということになる。軍隊記録に当たって、彼の上官の名前を調べてくるように、と彼は指示し、エド・ルイスがロベンズ夫人の協力を仰ぎに出かけて行った。「到着次第ジョージ・ロベンズに会いたいと彼女に伝えてくれ」と、フェローズは言った。

ジョージ・ロベンズは午後早く出頭した。やはり大男だが、兄ほど大きくはない。顔かたちが整っていて、ヴィクターを若くしたような具合だが、態度はまったく違っている。努力がいつも成功をもって報いられてきた人間に見られる、あふれんばかりの個性の持ち主だ。

ウィルクスは彼をフェローズの部屋に連れて行き、一同に紹介した。ジョージはかたく握手し、ピンで壁にとめてあるピンナップを感心したように見あげた。「たいしたコレクションですねえ、署長」と、彼は微笑を浮かべて、「なかなか趣味のいい選択だ」

「つまらんもんですよ」とフェローズは言い、手振りで彼に椅子をすすめた。

ジョージはふたたび微笑を浮かべ、「兄貴のことで愁嘆場を期待しておられるんでしたら、それは期待はずれですね。ヴィクターはいい男でしたし、わたしは好きでしたが、親しくはありませんでした。齢《とし》が十ばかりはなれていますし、彼が家にいた時分のことはほとんど覚えていません。特に両親が死んでからは、ずっと連絡をとってはいますが、二十年間に三度ぐらいしか会ったことがありません。わたしにとっては、ちょっとした知り合いが死んだようなものです」

「そうだとしたら」フェローズはひややかに言った。「わざわざおいでになったとは意外ですな」

「血を分け合った人間で生き残っているのはわたしだけですからね、署長さん。そりゃ、やってきますよ。よく知らないかもしれませんが、なんてったって兄貴ですし、それに自然死じゃありませんからね。そりゃ心配になりますよ。農場の今後のこともありますし、きちんとしておかなけりゃなりませんし、マータの面倒もみてやらなければなりませんしね」

「マータをよく知っておられるんですか」

ジョージはいたずらに手振りをまじえて、「ニューヨークでの結婚式に列席しましたよ。それに、果樹園を売るとき、ふたりに会いました。彼女に会ったのは、その二回だけです——もちろん、きょうは別として」

「とても魅力のある女《ひと》ですね」無表情のまま署長は言った。

「ええ、とても。ちょっと古風なところがあって、わたしの趣味には合いませんが、ヴィクターにはぴったりでした。いたって幸福な生活を送っていたと思いますね」

「あなたの趣味というのは？」と、フェローズ。

ジョージは微笑を浮かべ、「若くてきれいな女ですよ」そう言いながら、「そこに貼ってある写真のような」と手で示した。

フェローズは話題を変え、両親はいつ亡くなったのかとたずねた。母親は戦時中に死に、すぐそのあと父親が死んだという。

「家はだれの名義になったんです？」

「われわれふたりの名義に」

「で、どうなさったんです？」

ジョージは溜息を洩らし、「売り払いましたよ。ふたりとも、ニュー・ハンプシャーなんかには住みたくありませんでしたからね」

家を売り払った金はどうしたのかとたずねると、ジョージはふたたび笑いだした。抵当と税金を払ってしまうと、あとにはほとんど何も残らなかったという。「五百ドルずつ手にはいりましたかな。で、それとヴィクの死と、どんな関係があるとおっしゃるんです？」

フェローズは言った。「それはわかりませんけどね、ロベンズさん。われわれは事件の動機を探りだそうとしているんです。で、あらゆる方向を当たってみているんですよ。家をお売りになったとき、家財道具はどうなさったんです？」

「家といっしょに売れないもので値打ちのあるものは、競売に付しました。そのほかのものは、全部焼いてしまいましたよ」

「たとえば、ヴィクが転々と居を変えていた先から出した手紙なんかも？」

ジョージはうなずき、それとともにフェローズの望みのひとつが絶たれた。署長は顔をしかめ、ヴィクターがこれまで敵を作るようなことがあったろうかとジョージにたずねた。ジョージはこの考えを一笑に付し、「いったい誰がヴィクを憎むというんです？　ヴィクは人に憎まれるような人間じゃありませんや。人に憎まれるには、意地が悪くなきゃならない。ところがヴィクには、意地の悪いところなんか、これっぽっちもありませんでしたからね」

「だれかに憎まれていたようなふしがあるんですがね」

「もし敵を作ったとすれば、それは昔のことじゃない。昔のことだったら、わたしにもわかるはずですからね。おそらく後になってからでしょう――戦時中か、戦後のことでしょうな。両親の死後どんなことになったか、わたしにはわかりませんからね。ヴィクはきちんきちんと家へ手紙を出してましたから、わたしは母親から兄貴の消息を聞いていました。でも、それ以後は、ほとんど連絡がありませんでした」

その方面からは、ほかにはほとんど得るところがなさそうだったので、フェローズは犯行のことに話題を転じ、細部にわたって説明した。ジョージ・ロベンズは、その話と犯人の特徴の説明とに静かに耳を傾けていたが、そんな人相の男は見たことも聞いたこともない、と言った。肥料代として五十ドル貸してあるという犯人の言葉から何かわからないだろうかとたずねると、ヴィクのことは何も知らないし、ブリッジポートのこともまったくわからないという。自分の知っている限り、ヴィクはブリッジポートへ行ったことは一度もないはずだが、その点はマータのほうがよく知っているだろう、という。

「あなたはどこで肥料を買っていたんですか」と、フェローズはたずねた。

「この町のコリンズという男からですよ。でも、どうぞご心配なく。四十前の男ですし、ひげなんかはやしていませんからね」

この会見からは、これ以上興味ある事実は得られなかった。フェローズは、警察の取った限りの行動と今後取るべき手段とを、ジョージ・ロベンズに話した。それは心強い、とジョージは愛想よく言った。そして、ここにいるあいだはウェントワース・ホテルに泊まるからと言って、その番地を教えた。彼はすでに葬儀屋へ行っており、葬儀は月曜日の午後におこなわれることにきまっていた。「もちろん、検死審問には出ますよ」帰りしなに彼は言った。「まだ一度も出たことがありませんのでね」

彼が行ってしまうと、フェローズは深々と椅子にもたれ、ぼんやりと嚙み煙草を嚙んだ。ウィルクスも嚙み煙草を嚙み、こう言った。「冷血漢だな、あの男は。背丈が五フィート六インチで、充分な動機があれば、ヴィクターにダムダム弾を撃ちこんだのはあの男だと思いたいところだね」

フェローズはうなずき、宙をじっとにらんだ。「あの男には何人敵がいるかな」と、彼は反射的に言った。

「おれも造作なく敵にまわれるね。それが何か重大な関係があると思うかね?」

「犯人はソレンスキーに、ロベンズの家はどこかとたずねた。〝ヴィクター〟とは言わなかった。ジョージをさして言ったとも考えられる」

ウィルクスは向きなおり、署長をまじまじと見つめた。「で、間違って射殺したっていうのかね?」

「そういうことも考えられる。ふたりは多少似ているし、ドアをあけたとき、ヴィクターはうしろから明りに照らしだされたろうからね。そのような間違いは往々にして起こるものだしね。それに細君によれば、ヴィクターは犯人を見て、見覚えのあるような様子は見せなかったというから、そこが問題だな」

ウィルクスはその考えにだまされはしない。「さあ、それはどうかな、フレッド。人を殺そうとする場合には、相手を確かめるものだろう。ジョージ・ロベンズのことはある程度知っているはずだ。たとえば、ジョージが独身であることなんかを。いいかい、ロベンズ夫人が最初にドアをあけ、犯人はひょいと姿を隠したんだぜ。そうなると、多少時間があったはずだと思わんかね?」

「うん」署長は穏やかに言った。「ジョージが女といっしょにいることが異常な出来事ならばね。ところが、ピンナップをながめていた目つきからすると、異常なことでもないらしいね」

「で、犯人がそれを知っていたというのかね？」

「知りすぎるほど知っていたんだよ、シド。そのために、犯人は殺そうとしたのだ」

ウィルクスはじっと坐ったまま、ゆっくりと話した。「じゃあ、ジョージ・ロベンズが他人《ひと》の細君につきまとうような男だというのかね？」

「さっき会っただろう、シド。きみはそうは思わんかもしれんが、女といちゃつくような男であることは間違いないと思うね。それに、彼のような利己的な男は、相手が結婚指輪をはめていようがいまいが、そんなことはお構いなしじゃないかと思うね」

「異議を唱えるつもりはないよ」ウィルクスは言った。「きみの意見に賛成さ。ジョージ・ロベンズの愛の遍歴を少々調べたほうがいいと思うね」

「それ以上のことをしなけりゃならん。もし間違って殺したのだとしたら、犯人はそれに気がつき、おそらくもういっぺんやってみようとするだろう。とすれば、ジョージのいのちが危険だ」

ウィルクスは立ちあがった。「彼を追いかけよう。ボディガードの役を務めると同時に、彼を誘導尋問することができるかもしれない」

フェローズも、ぼんやりと嚙み煙草を嚙みながら立ちあがった。「うん、頼む。そのうちだれかを交代にやる。おれはそのコリンズっていう男と話してくる」

11

土曜日　午後三時―三時五十分

コリンズ肥飼料店といっても、それはブラック・ロック街道と北ポンド街道のあいだのメドウ通りの、とある家の裏手にあるがらんとした建物だった。フェローズが車を乗りつけたとき、十六歳ぐらいの少年がその建物の近くにいて、車のところへやってきた。「コリンズはいるかね？」車から降りて署長はたずねた。

「うん、家《うち》んなかにいるよ。おじさん、お巡りさん？」

「まあそういったところさ」フェローズはそう言って、裏口の網戸のほうへ歩いて行った。ノックすると、「どうぞ」という女の声がした。はいってみると、女は庖丁を手にして、食べものでいっぱいの流しに身を乗りだしていた。かたわらの新聞紙の上には、食べ残しがうず高く積まれている。背の高い、痩せこけた女で、黒い髪を束ね、エプロンの下から汚れた部屋着がのぞいている。

「何ですか？」と、振り向きもせずに彼女は言った。

「ミスター・コリンズに用があるんです」

「地下室にいますわ。左側のドアよ」

フェローズはドアを見つけ、厚板でできた段を降りて、明りのついた涼しい部屋にはいった。石炭置場と食料貯蔵室との境を粗板で仕切り、コンクリートの床《ゆか》は掃除した形跡もない。一人の男が、水漆喰が剝げてむきだしの壁にもたせかけた仕事台の前に立ち、ほとんど修理もきかないような木挽台を直そうとしていた。

「コリンズさんですね？」

「うん」男は目も上げずに言った。「こっちへ来て、こいつを押さえていてくれないかい」

フェローズは近づいてゆき、命じられたとおりにした。木挽台の脚と穴が合わず、釘をやたらに打ちこんだために、木にいっぱい穴があいている。

「それでいい」と男は言って、ようやくフェローズのワイシャツと金のバッジが見える程度まで目を上げた。「ああ、お巡りさんですね。すぐすみますよ」そう言って釘を当てた。

「万力がいるでしょう」と、署長は言った。

「万力はこわれてるんですよ」そう言って男は、釘を三本打ちこんだが、木が大分いたんでいるので、脚がまだぐらぐらした。男は押してみて、舌打ちし、木挽台を床《ゆか》におろした。ぐらぐらしていたが、ちゃんと立った。「まあ、前よりもよくなったな」そう言って目を上げ、「何かお求めになるんですか。いや、どうもそうじゃなさそうですな」

「二つ三つ、お訊きしたいことがあるんです」

「訊くだけなら金はかかりませんよ。さあ、どうぞ」と、コリンズは言った。見たところ、三十代なかばの男で、上の台所にいる女と同じように、貧乏に慣れきった顔つきをしている。服はくたびれて擦り切れ、髪はもつれ、ひげは一日分のびている。

「ジョージ・ロベンズという男に肥料を売ったことがありますね？」

「ええ、でも、彼はもうここにはいませんや。それがどうだっていうんです？」

「彼はあんたに借金していますか」

「みんな借金してまさあ。でも、彼はないんじゃないかな、引っ越しちまったから。帳簿を見なきゃ、はっきりしたことは言えませんけどね。帳簿をごらんになりますか。でしたら、ホープを呼びましょう」

「いや、今は結構。話がすんでから見せていただくことになるかもしれませんが」

「お好きなように。ところで、ここにながくおられるんでしたら、話をしながらこのパイプを分解してもかまいませんかね？」彼はつなぎ合わせた古パイプとパイプレンチを二本取りあげた。

「万力があるといいんだがなあ。こっちの端をしっかり持っていてくれませんか」

フェローズは微笑を浮かべ、言われるとおりにした。「肥料はどこから仕入れるんですか」

「時と場合によりけりですな」とコリンズは言うと、パイプレンチに力を込め、ふんと鼻を鳴らした。「普通の肥料はこの辺で調達してるね。農家に引き取りにいくんでさ。牛糞とか馬糞とかはね。ところが化学肥料となると——よそから仕入れなくちゃならない。畜生、このパイプはやけにきついな。ゴミ捨て場で拾ったんだが、分解すれば、まだ充分使えるんだがな」

「ひょっとして、ブリッジポートから化学肥料を仕入れたことはありませんか」

「ないね。どうしてまたそんなことを？　さあ、パイプレンチを持って、パイプを台の上に押さえといてくださいよ。この雁首についてる接着剤は、セメントみたいに固まってやがる……。いや、ブリッジポートなんかにはぜんぜん関係がありませんや。西のほうから運んでくるんですよ。畜生！　運んでくると、すぐ現金を欲しがりやがる。客は掛け買いをしたがるし、こっちは現金で払わなくちゃならない。食っていくのも楽じゃありませんや。……どうやら、交代したほうがよさそうですな。あんたのほうが大きくて強そうだし」

フェローズは交代した。「どの程度ジョージ・ロベンズを知っていたんですか」

「かなりね。長々と話しこんだりしましたよ。……畜生、押さえられないな。もう一度やってみてください」

フェローズはやってみたが駄目だった。コリンズがしっかり押さえていることができなかったからである。「このパイプは何に使うんです？」と、彼はたずねた。

「さあね。どっかが漏れたとき、必要になるかもしれませんしね。なんでジョージのことを知りたいんです？　ずっと前、よそへ行っちまったのに」

「殺人事件に関係があるんですよ」

「殺人事件？」

「おととい の晩、ジョージの兄が殺された事件ですよ」

「そりゃ初耳ですな。ああ、こいつは駄目だ、万力を直しとかなくちゃならん。ジョージに兄さんがいるなんて知りませんでしたよ。この辺の人間ですか」

フェローズはパイプレンチを置き、ひたいにうっすら浮かんだ汗をぬぐった。「ジョージの果樹園を買った男ですよ。殺されたことをご存知ないとは意外ですな」

「ラジオはあんまり聞かないし、新聞はとっていませんからね」

「しかし、あちこちで話題になっているでしょう」

「水曜からこっち、客がありませんでしたからね。犯人はわかったんですか」

「目下捜査中なんですよ。ジョージのことはよくご存知だと言われましたね？　どんな男ですか」

「多少お話しできると思いますね。ところで、一杯やりたいな。ビールはいかがです？」

フェローズは辞退したが、男のあとについて上へあがった。コリンズは、パイプと同じようにゴミ捨て場から拾ってきたような冷蔵庫の中をかきまわし、自家製のビールを一本取りだした。

「おーい、ホープ、栓抜きはどこにあるんだ？」

女は相変わらず流しのところにいて、振り向こうともしない。「引き出しのなかにきまってるじゃないの」

「この人は警官なんだ。ジョージ・ロベンズの兄さんが殺されたんだそうだ。調べておられるんだ」

「こんにちは、どうぞお楽に」コリンズ夫人はそう言って、仕事をつづけた。

フェローズは台所の丸テーブルに向かって腰をおろし、男がグラスにビールをつぐのをじっと見まもった。泡が立たない。細かい泡がちょっとできただけで、お茶みたいだった。「ジョージからブリッジポートのことを聞いたことがありますか」と、署長はたずねた。

「おかしいな、そんなことを訊くなんて」とコリンズは言って、ビールをすすり、「この前のやつよりもうまいぞ」と、細君に向かって叫んだ。

「おかしいって、なぜです？」と、署長は問い返した。

「ジョージはここに住んでいた時分、ブリッジポートの女と付き合ってましたよ」

ホープが流しのところから口をはさんだ。「あれはフェアフィールドの娘《こ》よ、川のそばに住んでいた」

「いや、あの娘《こ》のことじゃない」とコリンズ、「あれはウェイトレスだ。おれの言ってるのは、子どもを育てていた女のことだよ。覚えているだろ？」

「はなを垂らしていた子ども？　ステーション・ワゴンを持っていた女ね？」

「そうだよ」とコリンズは言って、署長のほうを向き、「亭主が町にいないとき、ふたりはここへ週末を過ごしにやってきたんですよ」

フェローズはびっくりして、「果樹園に？」

「いや。うちの納屋にですよ。果樹園じゃ、闇夜に黒人を連れこんだって、すぐわかっちまいまさあ」

フェローズはますますびっくりして、「おたくの納屋へ？」

女は仕事を終え、前掛けで両手を拭きながらテーブルのところへやってきた。かつては美人だったらしいが、とうの昔に、夫の容貌も自分の容貌も気にかけなくなっていた。「ジョージは納屋の奥のほうをきちんと片づけてくれましてね」と彼女は言って、ビールを少しラッパ飲みした。そして壜を下に置き、「うん。この前のよりいいわ」

「連れこみ宿として、ジョージに部屋を貸してたんですね？」

「ええ。一晩五ドルくれましたよ。ホテル並みの相場だねえ、ホープ？」

女が言った。「ジョージが壁板を買ってきて取りつけましたの。屋根裏にあった古い家具と、寝室に敷いてあった絨毯を貸してあげました。結構きれいになりましたわ」

「それがどんなことか、ご存知なんですか」と、フェローズ。

「もちろんですとも」とコリンズ、「ちょっとばかし金をもうけようと思いましてね。自分の持ち物を貸しちゃいけないって法はありますまい。免許か何かがなきゃいけないってこともないでしょう？」

フェローズは茫然と首を振り、「今、誰に貸しておられるんです？」

「もう貸しちゃいませんよ」とコリンズ、「ジョージが引っ越していっちまってからは、そのままにしといてもなんにもなりませんからね。絨毯と家具は元の場所へ戻し、壁板は売っちまいました。かなりいい値に売れましたよ。中古の壁板としちゃ、かなりいい品でしたからね」

「絵も置いてったじゃないの。あれも多少お金になったわ」と、細君が言った。

「壁板も絵もいらないから、やる、ってジョージが言ったんですよ。正当な金もうけなんです」

フェローズは首を横に振って、「その点はご心配なく。そのためにここへ来たんじゃないんですから。その女たちのことを話してください」

「話すことなんかありませんわ」と、コリンズ夫人、「ブリッジポートの女には、はなを垂らした子どもがふたりいました。そのほかには何も思い出せませんわ」

「子どもの齢《とし》は？」

コリンズが言った。「六ヵ月ぐらいの子と二歳半ぐらいの子でしたよ。うちで面倒をみてやりました。二階に寝かしてやったんですよ。おい、ホープ、クラッカーでもなかったかい？このお巡りさんに食べるものをさしあげなくちゃ。おもてなししないと」

クラッカーはいらない、とフェローズは言った。「あなたもその女にお会いになったでしょう、コリンズさん。名前は何ていうんです？　どんな女なんです？」

コリンズは笑い、ビールをもう少し飲んだ。「ミセス・スミスっていいました。ミセス・ジョン・スミスっていうんです。な、そうだろ、ホープ？」彼はふたたび笑って、「本名は何ていうんだか、訊きませんでしたがね」

「どんな女です？」

「鳶《とび》色の髪をした、若くてすらっとした女です。かなりいいからだをしていたなあ、ホープ？」

「ああいったタイプが好きならね」と、ホープが言った。

「ほんとにビールを飲まないんですか」

フェローズは申し出を断わり、言葉をつづけた。「その女について、ほかに何かお聞かせくださることはありませんか」

「何もないね、子どもがふたりいるってこと以外には。ふたりとも女の子でした。名前は何ていったっけね、ホープ？」

「ジョゼフィンにローラ。赤ん坊のほうがローラっていう名前で、年じゅう泣いてばかりいたわ」

フェローズは書きとめた。「で、その女はどうやってここへ来たんですか。ジョージの車に乗ってきたんですか」

「いや」コリンズが言った。「自分の車を運転してきましたよ。真新しい五八年型のプリマスのステーション・ワゴンです。ぴかぴか光った淡褐色のきれいな車でしたよ。うちみたいな貧乏はしたことがないんじゃないですかな。あんないい車を持っているくらいだから」

ミセス・スミスについて彼らが知っていることはそれだけだった。フェローズは次にウェイトレスのことをたずねた。

「さっき家内が言ったように、フェアフィールドの女ですよ」

「金髪だったけど、染めてたんじゃないかしら、ねえ、あんた」

「うん、染めてたな。明るい黄色にね。名前はメイベルっていいましたよ」彼はふたたび笑って、「苗字はやっぱりスミスでしょうな」

メイベルについて彼らが知っていることはほかになかった。フェローズは、ジョージが納屋へ連れこんだほかの女たちのことをたずねた。

「週末にですか、それとも平日にですか」

「いつでも結構」

コリンズは細君を見やって、「そうですねえ、ミセス・ホールってのがいましたよ。その頃はミセス・ホールじゃなかったけど。あとになって結婚したんですからね。名前はルーシーっていいました。当時の彼女の苗字は何ていったっけね、ホープ？　彼女が結婚したとき、新聞で見たんです。ホールのほうは覚えているんだけど、元のほうの苗字は忘れちまった。父親はこの町で鉛管工をしてますよ」

「なんでも長い名前だったわ。うまく発音できたためしがありゃしない」と、ホープ。

「ほかに誰か？」

「昼間、二、三回、ジム・ボーレンの末娘を連れてきましたっけ。シシー・ボーレンをね。昼間は二ドル五十セントしか請求しなかったんですよ」

「いつもと同じだけ請求すればよかったのに。あの人ならきっと払ってくれたわ」と、細君が言った。

「いや。そいつは公平じゃない。昼間と泊りじゃ、わけが違わあ」

「シシー・ボーレンですね」とフェローズは言って、手早く手帳をめくった。「その女は現在結婚してますか」

「ええ。結婚して二年近くになりますかな。な、そうだろ、ホープ？　ジェイク・コリクジックの息子のトムと結婚しましたよ」

手帳には、ジョージのガール・フレンド全部、少なくとも納屋に来た者全部の名が書きとめられた。フェローズは首を振りながら辞去した。さっきの十六歳ぐらいの少年が、納屋の横で木めがけて石を投げつけていた。署長は近づいて行って、「きみはここで働いているのかね？」

「いいえ」

「ここで何をしているんだね？」

「ここに住んでるんです」

「ここの子じゃないんだろう？」

「でも、ここに住んでるんですよ。コリンズはぼくの従兄《いとこ》なんです。離婚したとき、母ちゃんはちっちゃい子を引きとり、父ちゃんはよその女を引っぱりこんだんで、ぼくひとり取り残されちゃったんです」そう言って石を一箇拾いあげ、投げつけた。フェローズはくるりと向きを変え、車へと向かった。

12

土曜日　午後四時十分—六時十五分

交代時間の少しあとで署長が本署に戻ってみると、ゴーマン巡査部長がデスクにむかって日誌を書いており、ウィルクスがパトロール巡査のゲイリー・ウェイドと話をしていた。

「ウェイドをジョージ・ロベンズにつけようと思うんだ。ところが、そいつが問題になりそうなんだよ」と、ウィルクスが説明した。

「なぜだい？」

「ロベンズは護衛なんかいらないっていうんだ。余計なことをしてくれるなっていうのさ。無理に護衛をつけるわけにもいかないから、ウェイドが目立たぬようについているんだ」

「やっこさん、何になりたいんだろう——英雄にでもなりたいのかな？」

「なにもかも馬鹿げているっていうんだ——だれにも狙われてなんかいないっていうんだよ」

フェローズは首を振って、「自分が利口だと思っている人間は馬鹿だし、好かれていると思っている人間は嫌われている——こりゃいったいどういうことだろうな」

ウィルクスはウェイドにむかってジェスチュアをまじえて話しかけた。ウェイドはまだ制服のままだ。「もういい、脱ぎたまえ、ゲイリー。もし彼がきみを見つけて文句を言ってきたら、ここは自由の国だと言ってやりたまえ。夜中にホテルの部屋までは上がって行かないからってな」

「承知しました」と、ウェイドは言って、日なたに出て行った。フェローズは署長室にはいって行った。ウィルクスがそのあとにつづいた。署長が腰をおろすと、ウィルクスは椅子に片足をのせて、「兄貴は誤って殺されたんだという考えを、やつに信じこませることはできそうもないな、フレッド。強情で頭の悪いやつだが、殺されそうだっていうのに、ほうっておくわけにもいかないし。どうして一般市民が警官よりも犯罪に詳しいと思っているのか、わからんな」

「知らぬが花さ。これまで関係のあった女はどうなんだい？」

「そんな女はひとりもいないと彼は言っている」

「ところで彼は、きみがそれを捜しているとは思っていないのかい？」と、フェローズ。

「うん。余計なお世話だっていうのが彼の口ぐせなのさ」ウィルクスは物思いに沈んで言った。「ところで、ねえ、フレッド、彼は若くて元気で顔立ちも整っているが、賭けてもいい、腹に一物あるんだろう」

「あのダムダム弾を賭けてみるかい」つづいてフェローズは、コリンズ夫妻との会話を詳しく説明した。それは、椅子にのせたウィルクスの足をおろさせ、ちゃんと腰かけさせるだけの効果があった。説明が終わると、ウィルクスは言った。

「いろんなことがあるもんだよ。内職に連れこみ宿を経営したっていうことで、何か手を打つのかい？」

「そいつはたいして意味がないよ、シド。同じようなことをやっているホテルやモーテルの経営者と同様、罪にはならんだろうよ。それに、社会がそういったことを非難しているってことを彼らは知らないんだから、なおのこと罰することはできんと思うな。彼らはわれわれに協力してくれたんだ。そいつを罰するなんて、ちょっと卑劣だと思うよ」

「それに、もう足を洗ったんだしな。ところで、いよいよブリッジポートがこの事件にはいりこんできたってわけだ。ブリッジポートと何か関係があるかとロベンズに訊いてみたところ、ぜんぜんないと言っていた。行ったこともないし、ブリッジポートの人間なんかひとりも知らないとね」

「あの町の大きさとその近さから考えると、まったく意外なことだな」フェローズは立ち上がった。「ところで、このミセス・スミスっていう女がこの謎の鍵だし、そろそろジョージ・ロベンズがこの女のことを言いだしてもいい頃だよ。今度はおれが話してみるよ、シド。それから、ミセス・ルーシー・ホールっていうのは何者か、そいつも知りたいな。それに、だれかシシー・ボーレン・コリクジックと話してくるべきだ。それから、もうひとつやってもらいたいことがある。もう一度近所の者全員に会って、今度はジョージ・ロベンズのことを聞きだすんだ。われわれの目ざす男は、彼の女のうちの夫のひとりだろうな」

ウェントワース・ホテルは、公会堂と警察本署から半ブロックほどのところ、メドウからパークに至るメイン通りにある。署長はロビーでジョージ・ロベンズに面会を求めたところ、ちょっと前にバーへ行ったと言われた。バーはロビーのはずれにある〈デビルズ・コーナー〉という名の薄暗い部屋で、深紅と明るいオレンジ色の内装に、ぐるぐる回るミラーボールが、赤や白の光の水玉模様をまき散らしている。ドアをはいった左手がカウンターになっていて、向かいの壁際には赤い革張りのソファーが一列に並んでいる。テーブルクロスには赤とオレンジ色の炎のような抽象画風の模様が描かれ、向こう側の一角からメドウ通りに出られるようになっている。四人の女性グループがドアの近くに陣どり、ふたりの男と若いふたり連れが、それぞれ別のテーブルについていた。ゲイリー・ウェイドは片隅でグラスをもてあそんでいた。ジョージ・ロベンズはカウンターで微笑を浮かべ、金髪をヘナ塗料で染めた若い女と話していた。女はぴっちりしすぎている黒のドレスを着、それに合ったジャケットを羽織り、明るすぎるくらいの微笑を浮かべている。

ウェイドは署長と視線が合い、グラスを指さして、ジンジャー・エールと同様害がないということを示そうとしたが、フェローズはほんの一瞬、ちらと目をくれただけだった。彼は麦わら帽を手にして、ロベンズの向こう側、女からはなれたところへ行った。女はぴかっと光ったバッジに目をとめ、話をやめた。ロベンズは振り返ってまばたきし、気に入らぬげに、ひややかな口調で言った。「こんなにお巡りがいるのを、これまで見たこともない。この町にはお巡りがうようよしている。どこへ行ってもお巡りだらけだ」

フェローズは心に思っているよりも丁重な口調で言った。「われわれは市民を守りたいんですよ、ロベンズさん。それがわれわれの務めですからね」

「そう聞いていますがね。そんなに頼りなさそうに見えるとは知りませんでしたよ」

「お差支えなかったら、二つ三つお訊きしたいことがあるんですが」

「それが、差支えがあるんですよ。客がいるんでね。お気づきになりませんでしたかね？」

「われわれと少し話してから、お客さんのところへお戻りになればいいでしょう」

ロベンズは一瞬考えてから、「あっちへ行かなくてもいいよ」と女に言い、グラスをテーブルのところへもっていった。フェローズもついていき、腰をおろした。彼は、蠟涙のいっぱいこびりついた壜のなかに立ててある、火のついていない赤いロウソクの横に帽子を置き、テーブルクロスに両肘をついた。「われわれの直面している状況について、ウィルクスさんから説明がありませんでしたか」

「ありましたよ」

「あなたの兄さんは間違って殺されたので、犯人は実はあなたを撃つつもりだったとわれわれは見ている——そう話したことと思いますが」

「ええ。それにしても警察は、馬鹿げた考えを持ちだすものですな」

フェローズは柔和な眉を吊りあげた。「あなたには、どこが馬鹿げていると思われるんですか」

「第一、わたしを射殺したいと思うような人間はどこにもいないし、第二に、殺人犯人がそんな間違いを犯すはずがない」

「そのような間違いを犯した例が実際にあるんですよ。それも、かなりね」

「で、何をなさりたいんです？　議論ですか。部下のひとりをつけるようにわたしを説得なさりたいんでしたら、おやめになってください。わたしはひとりで結構ですから」

「そのことで、ここへ来たんではないんですよ、ロベンズさん」

「そうですか。そいつはありがたい」

「われわれは手がかりをつかんでいるんですよ、ロベンズさん。で、そいつを追及するために、あなたのお力が必要なんです。お兄さんを殺した犯人捜しに協力することには、反対なさらないでしょうね？」

「そりゃもちろんですよ。できる限りお力になりたいと思います」

「それはありがたい」解決がついたかのようにフェローズは言った。「実は、あなたがご存知の、ミセス・スミスと名のる、ブリッジポートの女の身元を知りたいんですがね」

ジョージは一瞬、異様な目つきでフェローズを見た。「ブリッジポートにしろどこにしろ、ミセス・スミスなんていう女なんぞ知りませんね」と、彼はぶっきらぼうに言った。

「ジョゼフィンとローラというふたりの娘のいる女ですよ。現在、四歳半と二歳半ぐらいになっているはずですが」

「そんな女のことも、その娘のことも、聞いたことがありませんな。ミセス・スミスなんていう女なんか知らないと言ったでしょう」

フェローズは言った。「実はその点が知りたいんですよ、ロベンズさん。あなたの兄さんが殺されたことに大いに関係があるとわれわれはにらんでるんです。協力したいとおっしゃいましたね」

「でも、知らないことはお話しできないでしょう」そう言ってくるりと振り向くと、カウンターにいた女はどこかへ行ってしまっていた。「そらごらんなさい」と、彼はにがにがしげに言って、「振られちまった。お巡りときたら——毒みたいなもんですな。コレラ菌みたいなものだ」

フェローズの眉がさがり、声が硬くなった。「ふざけるのはいい加減にしましょう。あなたはその女をご存知のはずだ。コリンズ夫妻に子どもの面倒をみてもらい、コリンズの納屋であなたはその女といっしょに寝たはずだ。さあ、どんな女か話してください、さもないととんでもないことになりますよ」

ロベンズはしょげかえらなかった。署長のように顔をこわばらせ、「じゃあ、コリンズと話したんですね？　彼の言葉を信じておられるんですね。言っときますが、あの男は嘘つきですよ」

「彼の言うことに、細君がいちいちうなずいていた」

「そりゃそうでしょうよ。ふたりとも嘘つきだし。わたしがそう言ったと言っても構いませんよ」

「それに、あんたと関係のあった女の名前を何人か挙げてくれたんですよ、ロベンズさん。今ごろ尋問を受けているはずです。あんたはスープのなかに入れられたも同然だ。われわれとしては、スープを熱くすることもできる。協力してくださらなければ、熱くしますよ」

「弁護士と話してください。わたしにはかまわないでください」

「結構です、ロベンズさん。本署へ行きましょう、弁護士を呼んでください」そう言ってフェローズは指をぱちんと鳴らし、「さあ、行きましょう」

「まだ飲みおえてないんですよ」

「あなたには二度とお訊きしませんからね」それからフェローズはウェイドにむかってうなずいた。その身振りをロベンズは目にとめた。彼は立ちあがりかけたウェイドのほうを振り向くと、フェローズにむかって嚙みつくように「尾行してきたんだな」と言い、立ちあがった。

「注意してればよかった」

フェローズは相手の腕を取ったが、ロベンズがとつぜん力いっぱいつきはなしたので、テーブルが壜のロウソクやグラスもろともひっくり返ってしまった。ロベンズはくるりと向きを変え、表のドアのほうへすすんでいった。ウェイドは叫び声をあげ、署長を飛び越えて追いかけていった。署長はバランスをとろうとし、テーブルの脚からからだを引き抜こうともがいた。ロベンズはすでに遠くへ行ってしまっていた。ウェイドは戸口についたとき拳銃を構えていた。フェローズはあとを追い、叫んだ。「撃つな」戸口から出てみると、ウェイドはまだ拳銃を手にしたまま、歩道に立っていた。ロベンズは、メドウ通りの半ブロックほど先を鹿のように走っている。

「つかまえられません」と、ウェイドが言った。

「車をとめろ」そう言って、フェローズは周囲を見まわしたが、こちらへやってくる車は一台もない。見ると、ロベンズは角を曲がり、ノリス通りへと駆けていく。「心配するな。本署へ戻って緊急連絡を取れ。さあ」

ウェイドは大急ぎで出て行き、フェローズはカウンターのあいだをゆったりと戻っていった。客たちは相変わらず目を見はり、バーテンは倒れたテーブルを起こしていた。

「すみません。こんなことをするつもりはなかったんです」フェローズはバーテンにむかってそう言うと、バーを出、ロビーの係員のところへ行き、「あのジョージ・ロベンズという男だが、どんな車を持っているか知っているかね？」

係員は言った。「存じません。ボーイなら知っているでしょう。来たときに手伝ったでしょうから」

「訊いてみてくれ。できるだけ早く頼む」

ふたりのボーイが呼び鈴に応えて姿を現わした。ひとりがジョージ・ロベンズのことを覚えていた。車もカバンも持っていなかった、と彼は言った。「ぶらっとはいっていらして宿帳にサインなさったんです。わたしはフロントにおりました。とても大きなかたなので、気がついたんです」

「カバンも持たずに？」と、フェローズは係員のほうを振り返って、「カバンを持たない人間を泊めたのかね？」

係員が言った。「きのう電報で部屋を予約なさったんです。一時間半ばかり前にはいってこられて、部屋におはいりになり、ウィルクス部長刑事がお見えになると、部屋に上がって話しておられました。部長刑事がおりてこられたすぐあと、ロベンズさんもおりてこられ、バーにおはいりになったんです。記帳なさったとき、お荷物のことをお訊きしますと、車のなかに置いてきた、あとで取ってくる——そうおっしゃいました。車はどこにとめてあるのか存じません。ホテルの前にはとめてありませんでした」

フェローズは礼を述べると、急いで本署へ戻った。はいって行くと、ウェイドが通信室で警報を出しているところだった。署長はロベンズ夫人を呼びだそうとして受話器を取り上げたが、彼女のところに電話がないことを思い出し、受話器を置いた。彼は大股で通信室へはいって行き、いちばん近くにいるパトカーをロベンズの果樹園へ走らせ、夫人から義弟の車の特徴と、できればそのナンバーを聞いてくるようにと、グレイス・ムーニーに命じた。

彼は自分の車に乗りこみ、一時間近くも町のなかを乗りまわしたが、ジョージ・ロベンズは影も形もなかった。戻ってみても、彼についての情報はぜんぜんはいっていない。車は青い色で埃だらけだということ以外には、ロベンズ夫人は何も知らなかった。

フェローズが一日の仕事を終えて帰宅したころも、ジョージ・ロベンズは依然として見つからず、逃亡したものと推定された。

13

五月十五日　日曜日

日曜日の朝は、事件の解明に役立つような情報は何ひとつもたらされなかった。ウィルクスはルーシー・ホールとシシー・ボーレン・コリクジックのことを調べたが、役に立ちそうなことは何もわからなかった。ルーシー・ホールの結婚前の姓はザンコヴィッツといった。彼女は、ジョージ・ロベンズを知っていることは認めたが、農民共済組合会館での懇親会で二、三度会った程度の関係にすぎない、と言い張った。シシー・ボーレンは、二年前トム・コリクジックと結婚して以来ジョージに会ったことはない、と言い張った。このふたりも、ふたりの夫も、凶行の夜は確固たるアリバイがあった。さらにトム・コリクジックを尋問してみたが、姿を消した父親の行方は依然としてわからなかった。

ジョージ・ロベンズの行方をつきとめようという警察の努力は、ジェイク・コリクジック捜しの努力と同じく空《むな》しかった。ホテルの部屋を捜索し、ロベンズの果樹園を監視してみたが、行方は杳《よう》として知れなかった。ニューヨーク州のティヴォリへ逃げ帰り、そこからコネティカットの警察を嘲笑しているのではなかろうかというのが、唯一の解釈だった。ティヴォリの警察に緊急連絡が取られたが、行動を要請するというよりも情報を得るためだった。逃亡犯の引渡しには犯罪事実の摘発が必要なのだが、フェローズにはその用意がなかった。「スミスという女のことが知りたいだけなんだが、ジョージはそいつを話したがらない」と、彼は言った。「ということは、まだその女に会っているってことじゃないかな」と、ウィルクス。

それを聞くとフェローズは肩をすくめ、気むずかしげに言った。「ねえ、シド。あの程度の突きは覚悟しとけばよかったと思うよ。そうすれば、腹に一物ある、というきみの説を、検証することもできたろうからね」

午後になるとエド・ルイスが戻ってきた。とくにジョージ・ロベンズの女性関係について、近所の者にたずねてまわってきたのだった。彼らの言うことはてんでんばらばらで、フェローズがコリンズから聞いた情報とは矛盾していた。近所の者の言うところによれば、ジョージはおそろしく猥談が好きで、男たちには見さかいなく、ときには女の前で口にすることもあったという。そのため女たちにはいやがられたが、ひどく毛嫌いされていたというわけではなかった。ジョージは女の尻を追いまわす男だという噂が、とくに女たちのあいだでひろまっていたが、具体的な事実を挙げられる者はだれひとりいなかった。女を追いまわしていたとしても、そうした事実を明かさなかったし、そうした行為の証拠を残さなかったわけだ。

ジョージに対する人物評は、だいたいそんなところだったが、ルイスの捜査もあながち無駄ではなかった。ふたりの人物が、多少違った、特殊な面を話してくれたからである。

ひとりはチャーリー・ウィギンズだった。果樹園でジョージといっしょに住んでいた男である。チャーリーは、一度、ジョージが納屋でシシー・ボーレンとキスをしている現場を見つけたことを認めた。彼の知っている歴然たる行為はそれだけだったが、ジョージは別のところで女と会っていたことは確かだ、と彼は言った。ルイスは彼の言葉を引用して、「たいして重要でもないことにかこつけて、彼はよく町へ出かけて行った。三十分か一時間ですむはずなのに、ほとんど丸《まる》一日帰ってこないことがときどきあった。戻ってきても、手間どった理由《わけ》を話してくれたためしがない」

それに週末には、友だちに会うとかなんとか言って出かけて行ったが、はっきり言ったことは一度もなく、友だちの名前を言ったこともなかった。女に会いに行くのではないか、とチャーリーは思い、相手はシシー・ボーレンではないかと一時思ったりしたが、ジョージの留守のときに、彼女を何度か見かけたことがあった。実は一度、日曜日にシシーは戸口にやってきて、ジョージが留守のことを知ってがっかりした顔をした。

情報を提供してくれたもうひとりの人物は、ロベンズの車を修理した青年、スタンレー・ポラックだった。ジョージがしじゅう故障ばかりしている中古の道具をたくさん持っていたので、スタンレーは、しばしば果樹園を訪れ、たいていはジョージひとりに会った。彼はセックスの話しかせず、そうした話をして悩ませるために、わざわざ呼び寄せているように見受けられたという。ルイスは言った。「見たところ、ポラックは未経験の青年らしい。ジョージは、猥談や女の話をして彼を悩ましては喜んでいたんだろう」彼に数回エロ本やエロ写真を見せられたことをポラックは認めた。あるときは大いに経験があるような口ぶりだったという。また、名前を挙げたことは一度もなかったが、この地方の女をものにした話を得々としてしゃべり、おれに細君や娘を誘惑されたことを知ったときの、この辺の男たちの顔が見たいもんだと、一再ならず言ったという。

こうした情報はおそらくジョージの性格を明らかにはしたが、事件の解明にはあまり役に立たなかった。このような人物のなかには、ジョージにたいする恨みからヴィクターを射殺した者はいない。もし間違って殺したのだとすれば、ジョージ・ロベンズが引っ越したことを知らぬ者のしわざだ。

「ミセス・スミスと問題のウェイトレスは、ぜひとも捜しださねばならない。明日からとりかかってくれ」と、フェローズはウィルクスに言った。

ウィルクスは微笑を浮かべて、「おれといっしょに国勢調査をする相棒は?」

「ミセス・スミスのほうは、たいしてむずかしくないだろう。ブリッジポートの役場へ行って、出生届を調べさえすればいい。ジョゼフィンは現在四歳半ぐらいだし、ローラのほうはそれより二つ年下だ。同じ時期に同じ姓のジョゼフィンやローラがそう何人も生まれているとは思えんしな」

「午前中で片がつくだろう」とウィルクス、「だが、メイベルっていうフェアフィールドの金髪のウェイトレスのほうはどうだろう?」

「一連隊を用意するさ。あるいは、フェアフィールド警察で手のあいている連中を」

四時すぎまで新しい報告がはいらず、フェローズとウィルクスは帰宅の用意をしかけていた。

すると電話が鳴り、アンガーが受話器をとり、署長は戸口で足をとめた。巡査部長は身振りで合図し、送話口を手でおさえた。「コリクジックのことです。ケトルマンが彼の車をつきとめたそうです。トランブルとニューホルトのあいだの中央通りに駐《と》めてあったそうです。駐車違反呼出状《パーキング・チケット》が二枚……」

フェローズは顔をしかめて、「で、呼出状《チケット》の日付は？」

アンガーはその質問を中継し、目を上げた。「金曜です」

「そいつはすごい。まったく、頼りになる部下を持ったもんだ。東部じゅうの警察がその車を捜しているあいだ、連中は駐車違反の取り締まりをしてたってのか？」フェローズはアンガーから受話器を受け取ると、「ケトルマン、呼出状《チケット》は誰の名前になっている？」

署長の口調に、ケトルマンの声がしぶった。「臨時雇員ですよ、署長。交通の仕事を扱っている臨時雇員がいたでしょう」

「誰の名前になっているのかと訊いているんだ」

「ジム・ロバーツとディック・ブリンクスです」

フェローズは書きとめておくようにアンガーに命じた。それから、送話口にむかって、「ひとつやってもらいたいことがある。その近辺のホテルやバーをひとつ残らず調べてくれ。コリクジックを見かけた者、居所を知っている者を捜しだすんだ。人相は知っているだろうな？」

「はい」ケトルマンが感謝をこめた口調で言った。「人相書を読みました」

「あとでまた電話をくれ。おれはここにいるから」彼は電話を切ると、うなるように言った。

「ケトルマンのやつ、車を捜しだしたご褒美に背中をぽんとたたいてもらいたかったらしいな。二日前に見つけだしてくれればよかったのに」それから、アンガーのほうを振り向いて、「掲示を出してくれ。赤い大きな字でな。〈警官、臨時雇員、予備雇員各位に告ぐ――勤務につく前にこの掲示を読み、銘記されたし！〉たぶん、こいつにスポット・クイズでもつけたほうがよさそうだな」そう言い残すと、ゆったりした足どりで署長室へはいっていった。

ジェイク・コリクジックはそれから二十分後に見つかった。酔いつぶれて、デンヴァーという三流ホテルで眠っていた。「今朝三時にチェックインしたんです」と、ケトルマンが電話で報告してきた。「荷物といえば酒壜だけで、宿帳には本名が書きこんであります。壜はからっぽで、彼はまだ眠っています。ご希望でしたら、シャワーを浴びせて、そちらへ引っぱっていきますよ」

フェローズはコリクジックが悩める夫にすぎないとひそかに確信していたので、同情のあるところを示した。「こっちから出かけていく。少しばかり顔に水をふりかけて、話ができるような状態にしといてくれ」

フェローズとウィルクスが行ってみると、コリクジックは三日間着つづけた服のまま、ベッドのへりに腰かけていた。とろんとした目をしており、ケトルマンに監視されながら顔を拭いていた。からのライ・ウィスキーの壜がそばのテーブルに載っている。署長がはいってくると、コリクジックは目を上げ、三日間そっていない顎ひげを撫で、「客に会えるような顔じゃない」と恥ずかしそうに言って、「いったい何にとりつかれたんだろう。前はこんなことしたことがないのに」

ウィルクスは署長よりいかめしい顔をしていた。目の前にいる屈強な大男が人相書に符合せず、犯人ではないとの確信を、署長ほどに持っていなかったからである。彼は腰をおろしたが、その表情はコリクジックをいちだんと居心地わるくさせた。フェローズはウィスキー壜の載っているテーブルにもたれて、ケトルマンに話しかけた。「車は調べたかね？」

ケトルマンはうなずいて、「鍵がかかっていませんでした。でも、何もありませんでしたよ」

「この部屋は？」

「ここにも何もありません」と、ケトルマンは親指をぐいと突きつけて、「この男のほかには」

コリクジックは署長をひたと見すえた。「うちの女房に頼まれて捜したんだね。べつに迷惑をかけるつもりはなかったんだ。きょうは何曜かね？　あのお巡りは教えてくれねえんだ。なんにも教えちゃくれない」

「日曜日だよ」と、フェローズは言った。

「ふーん！　女房が心配するのも無理はねえな。どうしてあんなふうにぷいと出かけちまったのか、自分でもわからねえ。心配をかけるつもりはなかったんだが」

フェローズは、細君がいまもなお心配していることを彼に言うまいと決心した。「そのことをわれわれに話してくれないかね？」

「話すことなんか、何もありゃしませんや」と、コリクジックは面白くなさそうにもぐもぐ言った。「木曜の晩に、ぷいと家を出ちまっただけでさあ。カーッとなったんでしょうな。女房には行く先も言わなかった」

「どこへ行ったのかね？」

「最初、パディーズっていうバーへ行ったんでさあ。ご存知ですか」

フェローズはその店を知っていた。町じゅうのバーは一軒のこらず知っているのだ。「いつ行ったのかね？　どのくらいいたのかね？」

「八時半か九時ごろ行ったんでさあ。そして、かなり飲みましたっけ」コリクジックはそう言って、ふたたび当惑したような顔をした。「そして、そこから放りだされたんです。で、そこを出たんですが、何時だったかわからない。真夜中ごろだったんでしょうな。自分でホテルを見つけたんでさあ。そこんところは覚えてるんです。ワートンっていう安宿です」ここでちょっと言葉を切り、「あんたがたがあっしを見つけたっていうことを、女房は知ってますか。心配かけたくねえんでね。あれで、なかなかいい女なんですよ。あっしは駄目だけどね。先天的にいい亭主じゃねえんでしょうな。尻に敷かれどおしだった」

「ワートン・ホテルにパディーズ・バーか」そう言ってフェローズは、ケトルマンにむかってうなずき、「こいつは簡単だな」

ケトルマンはきっかけをとらえて部屋を出た。コリクジックは彼を見送り、それから署長のほうを振り返って、「あっしの言うことが信じられませんかね？」

「ただ調べているだけだよ。調べるのがわれわれの務めでね」

「どうだっていいじゃないですか。あんたがたは今、あっしを見つけた。なにかあるんですかね？　あっしはほんとに女房が心配するとは思わなかったんだ。あっしがいなくなって困るとは、ぜんぜん思わなかったんだ」

つづくコリクジックの話は同じことの繰り返しだった。金曜の正午《ひる》ごろ目をさまし、出かけ、ふたたび酔っぱらい、土曜日にふたたびウェレトンで目をさますまで何も覚えておらず、ふたたび飲みだす。そして、土曜の夕方近くまで何も覚えていない。「あんたがたに見つけてもらって助かりましたよ。金が残っていたら、きょうもまた飲みだしたかもしれませんからね。ひょっとすると、女房が少し心配しだすのを待っていたのかもしれないな」

階段を下りる支度ができるまで、フェローズは大男のコリクジックのそばを離れなかった。階段を下りると、木曜の晩以来使っていない車が置いてあった。ウィルクスが運転して彼を家へ送りとどけた。署長はあとからついて行った。車寄せにはいると、コリクジック夫人がポーチに出てきた。彼女は開口一番、「この大まぬけ、さっさとはいって白状なさい」と言った。彼らはその先を聞かずに帰った。

フェローズの推測どおり、家庭内のいざこざが原因だった。ケトルマンが調べたところ、コリクジックはその言葉のとおり、木曜日の夜は十二時すぎまでパディーズ・バーでねばり、十二時半にワートンに泊まったことが判明した。ともかく、ヴィクター・ロベンズにもマータ・ロベンズにも関係なかった。

14

五月十六日　月曜日

ブリッジポートの出生記録を通して、ミセス・スミスという雲のようにつかみどころのない女を捜しだす仕事を課されたウィルクスは、月曜日の朝、起きぬけに車で出かけて行った。月曜日の朝は検死審問が行なわれる日でもあり、フェローズは出席を求められた。そして九時の開廷に先立つ半時間を、レナード・メリル検察官とともに、あらゆる資料を検討することに費やし、最新の情報を知らせた。そのなかには、被害者の体内に発見された銃弾は四十五口径のものであるとの、ハートフォードからの弾道報告もふくまれていた。フェローズは、ジョージ・ロベンズがコリンズの納屋を利用していたという情報をメリルに話し、さらに、そこにロベンズを訪ねたふたりの子持ちと、メイベルという名のウェイトレスのことを明らかにした。しかし、ふたりの娘の名前も、ルーシー・ザンコヴィッツとシシー・ボーレン・コリクジックの名前も明かさなかった。

「こいつはとんでもないことだな」と、メリルが不平がましく言った。「金曜日よりもまずくなった。金曜日には少なくとも誰が殺されたかわかっていた。ところが今は、それさえあてにならなくなってしまった。今となっては、誰を殺すつもりだったかがわからない」

「ジョージじゃないかと思うんだ。もちろん確信はないがね」

「で、いったい彼はどこにいるんだろう？　兄であることを証明してもらうために、訪ねようと思っていたんだが。いったいどこにいるんだろう？」

「どうやら、どこかに隠れているらしいな。少なくとも、まだティヴォリには戻っていない」

「きみが調べたのかい？」

「いや、そうじゃない。ティヴォリの警察が調べてくれたんだ。今でも連絡はとっている」

「もちろん、そうしてもらいたい。ところで、どうして身を隠してしまうほどおどしたんだい？」

「われわれの捜査に必要な情報を教えてくれようとしないんだ」

「しかし、もし実際に犯人がジョージを狙っているとすれば、彼は危険にさらされているわけだ」

「われわれの手で捜しだせないんなら、犯人にも捜しだせないだろう。とにかく、われわれにはなんともできない。ティヴォリの家へ戻れば、そこの警察が目を光らしている。現在も、足の大きい、カイゼルひげをはやした、背の低い、鼻の大きい男を捜している」

検死審問そのものは簡単に終わった。コビット・リード判事が町庁舎の一階の講堂で裁判長役をつとめ、定員八百人の大きな部屋はかなりの入りだったが、満員というほどでもなかった。無名の農夫の射殺事件は、新聞記者、一般市民の注意をひきつけるほどの魅力がなかった。友人や近所の連中、法廷好きの連中、野次馬たちには興味をもたれた。その他の者は仕事に精を出していた。

ロベンズ夫人は証言台に立ち、運命の木曜日の夜の出来事を述べた。これは病的に好奇心の旺盛な連中にとっては注意をひかれる呼びものだった。彼女は地味な薄いブルーのドレスを着て、静かに坐っていた。彼女は涙を流さずに物語り、そのようなドラマにありがちな生々しさはなかった。ロベンズ夫人は近所の連中にそれほど広く知られているわけではなく、知らない連中からは偏見をもって見られていた。美人の妻をもつ夫が非業の最期をとげた場合にはその妻に疑いの目が向けられるのが常だが、彼女が証言台で取り乱さなかったことが、そうした印象を深めた。

証言を終えると、彼女は証言台をおりて席に戻った。同情が寄せられたとすれば、それは証言の内容よりも、ひとり淋しく歩き、坐っているという事実によるのだった。ロベンズ夫人は親友がなく、援助の誘いを断わり、自分で車を運転し、前列のフェローズ署長の近くの席にひとりで坐ることを好んだ。

次いでチャーリー・ウィギンズが証言台に立ち、知っているわずかなことを証言した。殺人のあった日以来、彼はポラック家に寝泊りしており、昼間はロベンズの果樹園で雑用をし、家には足を踏み入れなかったという。昼食は、弁当を持って行くか、ポラックの家へ食べに戻るという。

しかしながら、この慎重な行動は、最初フェローズとウィルクスを刺激し、今また町民のあいだに広まっている同じ推測を妨げるものではなかった。体格のいい若者と雇い主の美人の細君との情事は当然の成り行きであり、証拠がないために、フェローズとウィルクスがその説をかなり捨て去っていたとしても、住民の大部分はそうした説をでっちあげていた。

　チャーリーが口をひらくと、傍聴人はいっせいに身を乗りだして目を見はり、たこのできたその右手がヴィクターの胸に銃弾を撃ちこんだのだろうかと思ったりした。彼が疑いを固めるようなことを誤って口走ったり、マータのほうへ視線を走らせたりしないかと、耳をそば立て目を見はっていた。

　チャーリーは、彼女が証言しているときはまたたきもせず見まもっていたが、どういうわけか、自分が証言台に立っているあいだは彼女のほうを見ようともしなかった。彼女も彼のほうを見なかった。うなだれて前の席に坐っていた。顔は青ざめ、両手を膝に組んでいた。

　次いでマクファーレイン医師が証言台に立ち、死因と、被害者を救おうとして行なった手当てについて説明した。彼が証言台に立つと、ロベンズ夫人は顔を上げたが、その視線はぼんやりしていた。涙は浮かんでいなかった。

　署長の番になると、彼はメリルの質問に答えて、凶行の夜以来の活動と、到達した仮の結論とを述べた。ジョージ・ロベンズを撃つつもりではなかったかという警察の見解を明らかにしたが、予想したほどの動揺は起こらなかった。意外の感をいだいた者も多少いたが、大部分の者にとっては耳新しいものではなかった。失踪した弟についてたずねた結果、おのずと答えが知れた。ジョージは自分が狙われているのを知って、警察の保護をはねのけ、恐慌をきたして逃げたのだという噂がひろまっていた。

検死審問は、予想どおりの評決をもって、一時間で終わった――〈不明の襲撃者の手で射殺されたもの〉。警察にゆだねられた仕事は、犯人の正体をつきとめ、捜しだすことであった。

一時間後、ウィルクスがブリッジポートからフェローズに電話したとき、その方面に多少の進展が見られた。「きみの言うとおり、むずかしくはなかったよ、フレッド。問題の女は、スプリングサイド通り四十二番地に住むキャサリン・ハントっていう女だ。亭主の名前はスプレイグ・ハントという」

フェローズは、満足に近い微笑を浮かべた。「そいつを知りたいと思っていたんだよ。すぐ行く」

「わかった」とウィルクス、「本署へ行って、事情を彼らに知らせよう。そこで会うことにしてはどうだい?」

スプリングサイド通りはブリッジポートの市内ではなく、東ウッドサイドとして知られる郊外にあり、独自の警察隊をもっていることを、到着するなり署長は知った。彼とウィルクスはウッドサイド警察と話す前にサンドイッチをとり、急いで食べ、ぱさぱさしたやつをコーヒーで流しこんだ。「どうもよくわからん」と、ウィルクスが説明した。「二歳半前後のローラっていう女の子をひとり残らず調べあげ、それからジョゼフィンのほうにも当たってみた。こっちのほうがむずかしかった。その子は四歳半というよりも五歳に近い。符合するふたりの子を捜しだすためには、ずいぶん調べなければならなかった。それぞれの子どもの住所が違っていた。

ということは、ハント夫婦が、ふたりの子どものあいだを行き来したっていうことだろう。そしてふたたび引っ越した。スプリングサイド通りの住所は出生証明書に載っていない。電話帳に出ていたんだ」

「スプレイグ・ハント――そういった名前なら、ことは簡単だ。そんな名前の人間は、このへんには多くないだろうからな」

ふたりは昼食をすますと、フェローズの車で、メリット高速道路を通ってパーク・アヴェニューへはいり、東ウッドサイドという小さな町へ行った。警察本署は小さな半島にあって、署長はおそろしく太った、ピンク色の顔をした、ホッジズという男だった。ふたりの話に耳を傾けてから、彼は言った。「では、こうしましょう。わたしもいっしょに行きましょう。もしその亭主が殺人を犯したというんなら、必ず捕えてみせます。この町はすっかり眠りこんでいるから、朝目をさましたら、きっとビッグ・ニュースになるでしょうな。最近捕えたものといえば、近所の芝生に侵入した五つの子どもですからね。それで十年くらわせたいところだが、そのうえサンスーツを脱いだんで、露出罪で十五年というところですかな」

フェローズは言った。「公共の場所でおしめを濡らした赤ん坊はどうするんです?」

「きびしく取り締まりますよ、フェローズさん。そういったことは衛生的じゃありませんからね。もしそいつを放り投げたりしたら、極刑でしょうな」

彼らはウッドサイド警察の車で新開地へ行った。「もしほかの車で行ったら」と、ホッジズが言った。「わたしが誘拐されたとみんなは思うでしょうな。必要以上にみんなを喜ばせても意味ありませんからね」

ウィルクスが言った。「こうすれば、逮捕したように見えるでしょうな」

「そのとおり。おふたりとも変装した悪漢に見えますからね」

スプリングサイド通りには新しい家が雨後の筍《たけのこ》のように建ち並び、四十二番地は通りの角地にあって、尖り杭の柵がなかったらまわりの家々と区別がつかない。ホッジズはその家の前に車を駐め、前よりはまじめくさった口調で言った。「さあ、フェローズさん、ピクニックに行ってらっしゃい。手錠をかけたかったら、用意してありますが、まずご自分からお話をなさってください。よほどのことがない限り、わたしは口出しをしませんから」

車寄せに、きたない、ひどくいたんだプリマスのステーション・ワゴンが駐めてあり、だれかが家にいることを物語っていた。応答がないので、ウィルクスとホッジズのあいだに立ったフェローズがチャイムを鳴らし、三人は待った。もう一度鳴らしてみて、それから裏庭へまわった。低い門が車寄せとの境を仕切り、柵のなかでは、小さな女の子がふたり、砂場で遊んでいた。「だれか家にいるな。裏口を当たってみよう」と、ホッジズが言った。

裏口のベルを押してみたが、やはり返事がない。フェローズは取っ手をまわし、ドアをあけて、「どうしますかね、ホッジズさん」

「おはいりなさい。住居侵入罪で逮捕したりはしませんから」

彼らはキッチンのリノリウムの床《ゆか》に足を踏み入れ、フェローズが声を張りあげた。「どなたかいませんか」

下から物音が聞こえてきた。二階はないが、地下室がある。署長が階段のドアのところへ行ってみると、痩せて血色の悪い、三十代の男が上がってくるのが見えた。その背後の地下室は、鏡板の壁とみがきたてられたタイル張りの床《ゆか》とを見せていた。男はフェローズのバッジに目をとめ、階段の途中で足をとめた。「いったい何ですか」

「ハントさんですね？」

男は一瞬ためらって、「それがどうしたんです？」

「お話ししたいことがあるんですが」

男は前よりもゆったりした足どりで階段をのぼりきると、驚きと警戒の入りまじったまなざしで他のふたりの警官をながめやった。「いったいぜんたい何ですか」

「黙ってお答え願えればありがたいんですがね」とフェローズは言って、「奥さんはおられますか」

「さあ。いるはずなんだが。買物に出かけたかもしれません」

「何に乗って？」

「車を持っているんですよ」

「プリマスのステーション・ワゴンですか」

「ええ」

「車寄せにありますよ」

「だれかとおしゃべりをしに、歩いて出かけたのかもしれませんよ。いったい何です？」

「お話ししたいことがあるんですよ、ハントさん、二つ三つおたずねしたいことがね。居間へ行って腰をおろしたいんですが、構いませんか」

「ええ。構いませんとも」

彼は先に立って行ったが、フェローズはすぐあとについて行った。この男はジョージ・ロベンズより背が低く、小柄だが、足は速いかもしれない。フェローズは二度とヘマはしたくなかった。

ハントは椅子に腰をおろした。三人はそれと気《け》どられないように、彼を取りかこむような形に近くに腰をおろした。「さて、説明してくださいませんか」と、ハント。

「さきほど申し上げたように、質問にお答え願いたいのです。お仕事をしてらっしゃるんですか」

「ええ」

「どこで？」

「地下室の書斎でです。わたしは物書きでしてね」

「何をお書きになっておられるんです？」

「記事とか、そういったものです」

「仕事をおはじめになってから、どのくらいになりますか」

「七、八年ですね。大学を出てからです」

「結婚なさってから、どのくらいになりますか」

ハントはごくりと唾をのんで、「五年になります。ところで、もし——」

「この一週間、何をなさっておられましたか」

「この一週間ですか。ところで、もしスプレイグ・ハントが何かしたというような証拠でもあるんでしたら、それはわたしのことじゃありませんよ」

「では、スプレイグ・ハントという人が何かしたかもしれないとお考えなんですね？」

「いや——いや——ただ——どんなご用なのか、わかりませんのでね」

ウィルクスは言った。「この一週間何をなさっていたか、知りたいんですよ」

「さあ、覚えていませんよ。仕事をしていましたよ」

「夜もですか」と、フェローズが問い返した。

「いいえ、昼間です」

「奥さんはどこにおられるんです？」と、ウィルクスが口をはさんだ。

「出かけましたよ。すぐ戻るでしょう。キャサリンとお話ししたいんでしたら——」

「あなたとお話ししたいんですよ」署長は言った。「この前の木曜日の晩、どこにおられましたか」

「木曜日？　そんなこと覚えているもんですか」

「思い出してくださいませんか」

「木曜日っていつです？　ずっと昔のことでしょう」

「水曜日のあくる日ですよ」と、ウィルクスが言った。

ホッジズ署長は立ちあがった。「こうしましょう、フェローズさん。わたしはちょっと出かけてきます。よろしいですか。用があったら呼んでください。近くにいますから」

フェローズはうなずいてホッジズを送りだすと、男に向きなおって、「ところで、木曜日の晩ですがね……」

「ここにいたと思いますよ」

「思う？」

「そのう、出かけて行って、どこかで二、三杯飲んだかもしれませんがね。そんな昔のことは覚えていませんよ」

フェローズは言った。「少しお宅を見てまわっても構いませんかね？」

「構いませんとも。どうぞご自由に」

署長がウィルクスにむかってうなずくと、ウィルクスは立ちあがって部屋を出た。男は彼が出て行くのを見送り、訴えるように振り返った。「ここには何もありませんよ」

「木曜日に出かけたかもしれないとおっしゃるんですね？　雨のなかを」

「ああ、雨のひどかった晩ですか」と、男は作り笑いを浮かべて、「お話ししても、黙っていてくださいますね」

「話の内容次第ですよ」

「あの晩、夫婦げんかをしたんですよ。わたしはひと暴れしましてね。キャサリンの車に乗って家を飛びだしたんですよ。ブリッジポートのドヤ街へ行ったんです」

「何時に出かけ、何時にお戻りになったんですか」

「出かけたのは八時半か九時ごろです。帰ったのは――そのう――翌日でした」

「翌日？」フェローズは片方の眉を吊りあげて、「どこへお泊りになったんです？」

「そこなんですよ。キャサリンにはホテルに泊まったと言ってあるんですよ。うまく話をデッチ上げましてね。あなたには正直なところを申し上げましょう。女と寝たんですよ」

「その女の名前は？」

男は唇をなめて言った。「苗字は知りません。わたしはサリーと呼んでました。その娘《こ》を拾ったんですよ――行ったバーの名も知りませんが、捜しだせると思いますよ。場所をお教えすることもできます」

「そのサリーっていう女はどこに住んでいるんです？」

「どこかに下宿しているんですよ。ブリッジポートの下町にね。どこだかはっきりわかりませんが、捜しだせると思いますよ。彼女に道を教えてもらって、車でそこへ連れてったんです。バーからそれほど離れていませんでした」

フェローズはバーとその女のことを追及したが、それ以上の事実は引きだせなかった。男はそれ以上のことは言わなかった。「キャサリンには内緒にしといてくださいよ。ホテルに泊まったと思っているんですから」

ウィルクスが戸口に現われた。四十五口径の自動拳銃《オートマチック》を手にしている。「これ、あなたのですか」と、彼はたずねた。

男はまじまじとそれを見つめ、「いいえ」と、はっとしたような口調で、「キャサリンのでしょう、きっと。今まで見たこともありません」

「奥さんはこれをどこで手に入れたんですか」

「さあ、わかりません」

「結婚して五年になるんでしょう」とウィルクス、「それなのに、奥さんが拳銃をお持ちのことをご存知なかったんですか」

「見るのは初めてです」

フェローズが言った。「オーバーはなかったかね、シド？ 大きなオーバーは？」

「拳銃だけだ。大きなオーバーは持っていないんじゃないかと思う」

「わたしが何をしたというんです？」と、男は言った。次いで口をあんぐりとあけ、「木曜日ですね。ちょっとお待ちください。あなたがたはどこからおいでになったんです？」

「ストックフォードからですよ」と、署長は言った。

男の目が大きく見ひらかれた。「例の殺人があった場所ですね。あなたがたはひょっとして――でも、いいですか、そんなことあるもんですか。殺された男のことは聞いたこともないんですから」

「あなたの奥さんは死んだ男の弟を知っておられた。あなたにしてみれば、おそらく気にくわないでしょうがね。たぶん、なんとかしたかったでしょうね」

「そんな馬鹿な。なんでそんなこと気にします？」

フェローズは言った。「そんなこと、われわれにはわかりませんがね。でも、あなたにはそれなりの理由があるでしょう、かなりれっきとした理由が」

ハントは舌なめずりをして、「キャサリンがその弟というのといちゃついていて、わたしにはそれが気にくわないとおっしゃるんでしょう。そういう意味ですね？」

「そうだったとしたら、ハントさん、そりゃ気にくわないでしょうね」

ハントは神経質そうに両手をこすり合わせた。「ところで、そんなことはなかったと証明するために、何をしなければならないんです？」

「今のところは、いろいろとしなければならないことがおありでしょうから」フェローズは言った。「ホッジズ署長が戻ってきたら、お子さんのほうは何とかしましょう。そしたらご同行願います」

「でも、わたしは無実ですよ」

「それを証明なさるチャンスは充分あります。弁護士を呼ぶこともできますし――」

「ちょっと待ってください」と、ハントは口をはさんで、首筋を掻き、「そのう、あなたがたに正直に申し上げませんでした。キャサリンとわたしのことで隠していたことがあるんです。面倒なことになりたくなかったので。しかし、殺人事件ということになると……。実は、キャサリンとわたしは結婚していないんです」

フェローズは一瞬動かなかった。が、ついに口をひらいて、「庭で遊んでいるのは、あなたのお子さんですか」

男は首を横に振って、「いや、彼女の子です」

「あなたはスプレイグ・ハントさんですね？」

「いや」男は即座に言ってのけた。「わたしの名はビル・ヴァーレーといいます。ここで寝起きしているだけです。証明できますよ。運転免許証を持っています。取ってきましょう」

彼は立ちあがりかけたが、ウィルクスが戸口から怒鳴った。「坐っていたまえ」

彼は腰をおろした。「でも、いったいどうやって証明——」

「話してくださるだけで結構」フェローズが言った。「すっかりお話しください」

ヴァーレーの話しぶりは神経質で、多少つじつまの合わないところがあった。キャサリン・ハントはスプレイグと四年間結婚生活を送ったが、一年前離婚した。それは議論の余地のないリーノ（ネヴァダ州西部の都市。離婚裁判所で有名）での離婚で、スプレイグ・ハントは町から出て行った。キャサリンは子どもを近所の者に預け、バーをうろつきはじめた。ヴァーレーが五ヵ月ほど前初めて彼女に会ったのは、バーでだった。ふたりはしばらくいっしょに暮らし、やがて彼が彼女の家に移った。式を挙げない同棲結婚だ、と彼は主張した。子どもたちは彼のことをビルおじさんと呼んでいる。「訊いてごらんなさい、きっと話しますよ」と、彼は言った。

彼自身は世に認められようと苦闘している物書きで、細々と生計を立てており、彼の言によれば、いい家に引っ越すということは断わりきれない誘惑だった。「彼女はいわばパトロンなんです」と彼は説明したが、少したつと、難があることを認めた。

「しょっちゅう要求を出すんです」と、彼は不平を言った。「人を自分のものにしたがる。しょっちゅうわたしを支配しようとしているんです。することなすことケチをつけられ、やれ子どもを動物園へ連れて行ってくれの、買物に行ってきてくれのと、思いつくままにいろんなことを命じるので、ろくに執筆もできない始末なんです。いっしょになる前よりも原稿が売れなくなった。小遣いもろくにないし、ここに釘づけにされてしまった。ここから出ようにも出られやしない」木曜日の喧嘩も、そうした問題が原因だったのだ。彼は彼女のハンドバッグから二十ドル持ちだして出て行った。車を置き荷物を取りに行く以外に戻らぬつもりだったのだが、朝までに二十ドルの金はほとんどなくなってしまい、彼は窮地に立たされたことを知った。彼は戻らなければならなかった。

「彼女はどこから金がはいるんです?」と、フェローズは好奇心に駆られてたずねた。

「慰謝料ですよ。スプレイグ・ハントのほうから離婚を言いだしたんです。一ヵ月二百五十ドルずつ払うことになっているんですよ」

離婚の原因を知っているかとたずねると、ウァーレーは知らないと言った。「彼女の話によれば、ほかに女がいたというんです。でも、わたしとしては、彼女が遊びまわり、彼がそれを嗅ぎつけたんじゃないかと言う気がするんですよ」

それからウィルクスが男について行き、男は運転免許証を取ってきた。「あまり疑いはなさそうですな」戻ってくると、ウィルクスはフェローズに言った。「彼の言うとおりらしい」

「これでおわかりになったでしょう」ウァーレーが言った。「わたしがその男を射殺するわけがない。そんなこと、ぜんぜん知りませんからね」

「で、ミセス・ハントがこの前の木曜日の晩どこにいたか、ご存知ないのですね?」と、署長がたずねた。

「ええ。わたしはここにいませんでしたからね——とおっしゃると、彼女がやったのかもしれないと思ってらっしゃるんですか?」彼は両手をひろげてみせ、「彼女にはやれませんでしたよ。わたしが車に乗って行ってしまいましたからね」

ホッジズがふたたび戸口からはいってきた。「近所の者と話してきたんですがね。おわかりになりましたかね? この男はスプレイグ・ハントじゃありませんよ」

ウァーレーが言った。「ね、そうでしょう?」

次いでフェローズが言った。「これでわかりましたよ」

15

五月十六日　月曜日―二十日　金曜日

月曜日の午後、本署に戻ってきた署長と部長刑事は、しかつめらしく恐ろしい顔をしていた。一息つけるという望みは無残にくじかれ、ふたりはひどく失望していた。ウァーレーとの面談につづいてミセス・ハントとの騒々しい会見が行なわれ、フェローズもウィルクスもこの女がたまらなく嫌いになったが、この女を殺人犯とするに足る決め手はなかった。むろん、明らかにしなければならぬ細部の問題があった。拳銃を照合し、ウァーレーのアリバイを調べ、ミセス・ハントの前夫を尋問しなければならなかったが、それらは形式的なもので、犯人捜しは明らかに別のところにあった。

その週も終わりに近づくにつれ、捜査は遅々として進まなくなっていった。メイベルというウェイトレス捜しは、火曜日にはじまったが、これまでの手がかりは次第に消えていった。牛乳会社が得意先のリストを調べてくれたが、結局何もわからなかった。周辺の銃器店から四十五口径の自動拳銃を買った人間は、すべてシロだった。軍隊時代の上官の言葉から、ヴィクターには敵がいなかったことが確認された。

火曜日までに他のすべてが行きづまり、依然としてつづけられているのは、ウェイトレス捜しだけだった。メイベルという名の四人の女が、フェアフィールド警察に協力しているフェローズの部下のふたりに発見され、三人がシロと判明した。もうひとりは結婚して引っ越してしまい、行方をつきとめる努力が依然としてつづけられていた。

報告書をじっとにらみ、新しい手がかりをつかもうと空しい努力をつづけていたフェローズは、次第にふさぎこんでいった。事件はどうみても不可解で、ふだんは陽気で極端に忍耐づよいフェローズも、気むずかしく、短気になっていた。

金曜日に、二つの報告書がデスクで彼を待っていた。一つはティヴォリ警察からで、ジョージ・ロベンズが前夜果樹園にふたたび姿を現わしたという報告だった。「ほうっておけ」というのが、求められた意見に対するフェローズの答えだった。もう一方の報告書は、行方不明のウェイトレスに関するものだった。現在はジェンキンズという名前で、ネブラスカ州エリスンに住んでいるという。これで、残っていた唯一の望みが完全に絶たれ、フェローズも思わず笑いだしてしまった。にが笑いだったが、その週初めて見せた笑いだった。「まるでインドシナだねえ?」と、彼は言った。

十時ごろ、レナード・メリル検察官とダドリー・ウォーナー第一行政委員が立ち寄り、フェローズはふたりと細部にわたって論じ合った。署長の言ったように、メイベル・ジェンキンズの線から何かつかめない限り、細部はどうにもならなかった。

ウォーナーはこの事態に満足しなかった。「見落とした道でもないのかね？　このようなことはまったくひどい事件だし、それも、この町にとってだけというわけじゃない。ヴィクター・ロベンズは実に立派な人間だったそうだし、こんなことがそういった人間の身にふりかかるっていうのが気にくわん」

「わたしの見落としていることでも思いついたら、どうか教えていただきたい。今はそれが必要なんでね」

メリルは首を振って、「わたしの解《げ》せないのは、警察を出し抜く、知能指数八十五以下の、痩せこけた、ちびの老いぼれなんだ」

「あんたの誤解しておられるところはそこですよ」とフェローズは言って、「痩せこけた、ちびの老いぼれかもしれんが、知能指数が八十五っていうことはない。この捜査が行きづまれば行きづまるほど、わたしには、犯人は利口なやつだという確信が強まるんですよ」

「わたしの見たところ」とメリル、「署長が困っておられるのは、動機がないっていうことでしょう」

「まあ、そんなところですな。どこを捜していいかわからない。メイベル・ジェンキンズを除いては、この事件に結びつけられるものはひとりもいない。その彼女も、ネブラスカのどこかにいることになっている」

メリルはうなずいた。「動機がぜんぜんないってことも考えられませんかね？」

「え？」

「利口な男だ、と署長は言われた。それでは、利口なことを証明するためだけに殺人を犯したってことは考えられませんかね？」

「帽子からウサギを取りだす手品師みたいに、帽子から被害者を取りだしたってわけですかね？」

「まあね」

「なるほど」と、フェローズは一歩譲って、「そんなことが起こらなかったとはいえないが、そうだったとしたら、狂人をかかえこんだってわけですな。狂人について心あたりでもありますか」

「いや。ただ、そんなことじゃなかろうかと言っているだけですよ」

ふたりが出て行くと、ウィルクスがはいってきた。フェローズは言った。「どうもわからん。検察官が協力しようと言ってきたんだが、持ちだしたのがそれさ。動機なき殺人というやつだ」彼はメリルの考えをウィルクスに話して聞かせた。

ウィルクスは肩をすくめて、「他の可能性をすっかり排除したうえで残った可能性は、たとえありそうにないことでも、唯一の可能性である――そう言ったのはだれだったかね？」

「まだすっかり排除してはいないよ。メイベルっていうのがいる」

「ニュースがあるんだ。そいつはもう駄目だよ」

フェローズは目を上げて、「シロなのかい？　信じられんな」

ウィルクスはフェローズのデスクの上にテレタイプの通信紙を置いた。「れっきとした証拠だよ」

それにはこうあった。

〇八一　ファイル四　ネブラスカ警察　エリスン　一九六〇年五月二〇日
コネティカット　ストックフォード警察

メイベル・ジェンキンズ　現住所／イースト・メインストリート三十二　身長／五フィート五　髪／ブロンド　年齢／二十九　旧姓／メイベル・ターナー　ジョージ・ロベンズと面識あることを認めるも三年近く会っていない由　現住所には夫と十三ヵ月在住　夫の職業は電信技師　指示を待つ

発信／P・B・ローズ　受信／クリアリー　午前一〇時一四分

フェローズはロベンズ事件のファイルをひらき、通信紙をはさんだ。「これ以上指示はないとドリイに伝えてくれんか」

ウィルクスが言った。「ありがたいことに、ヴィクターが埋葬されてから、新聞はこの事件に注意を払っていない。で、少なくとも、未解決の殺人事件がひとつふえるなんて、彼らに言う必要はないだろうな」

「おれはあきらめはしないよ、シド」

「ぜったいあきらめはしないが、結局同じことさ」

「道がもうひとつあるってことだよ。メリルと話していて思いついたんだ」

「動機なき殺人ってわけかい？」

フェローズは微笑を浮かべて、「そういったことは、まあ考えられん。おれは自分の言ったことを話してるんだ。知能指数が八十五ってことはないってことをね。こいつには、なにかあるかもしれん。めっぽう運のいいやつか、われわれの想像しているよりも利口なやつか、どちらかだ。めしを食いに出て、その線をちょっとばかり考えてみようと思う」

16

金曜日　午後二時三十分―三時十分

フェローズは二時間、署を留守にした。戻ってきたときの足どりはきびきびしていて、いらだちはすっかりなくなっていた。署長室にはウィルクスが来ており、大きなテーブルの向こう端に陣どり、本棚のうしろの隅に置いてあるポータブル・タイプライターをゆっくりたたいていた。

「かなりのご馳走だったらしいな」目を上げて彼は言った。

「まあね。ところで、シド、話したいことがあるんだ」

ウィルクスは顔をしかめて、「例のことかい？」

フェローズはうなずいた。「キツネがいたんだ。利口なキツネで、ブラウンという農夫のニワトリ小屋にはいりこみ、太った大きなニワトリをさらって逃げた。ブラウンはピストルを取りだし、猟犬に跡を追わせた。むろん、多少時間がかかった。で、キツネは頭を働かせ、逃亡の計画を練ったってわけだ。小川めざして突っ走り、泳いで――」

「キツネは泳げるのかね？」と、ウィルクスが問い返した。

「そんなこと知るもんかね。ま、とにかく、泳いで渡り、向こう岸の少しばかり下流のところにたどりついた。そこは小さな砂地になっていて、足跡をいくつか残す。それから、円周一マイルばかりの大きな円をえがいて走りまわる。もとの足跡のところまで戻ってくるころには、ブラウンと猟犬はすでに川を渡って足跡を見つけ、追跡をはじめる。もちろん、キツネはふたたび水に飛びこみ、向こう岸に泳ぎついて藪のなかに身をひそめ、ニワトリを食いながら、じっと様子をうかがう。ところで、まもなく、ブラウンと犬がぐるっと一まわりして戻ってきて、ふたたび円をえがいての追跡に移る。わかるだろ、シド？　彼らはこういったことを五回くり返し、だんだん疲れてくる。五回まわったとき、ようやくブラウンは、キツネが同じ川の同じ地点に逃げ戻ったことを知り、一杯食わされたことに気づく。むろん、あとの祭りで、なんとも手のほどこしようがない。ついにキツネを捕えそこなってしまう」

「つまり、そのキツネが殺人犯で、きみがブラウンっていうわけかい？」

「まあそういったところさ。ただ、おれだったら、もうちょっと早く気がつくがね」フェローズは腰をおろし、椅子をぐるっとまわして部長刑事に向きなおり、嚙み煙草を一口嚙んだ。

ウィルクスはタイプライターのケースを押しやり、椅子にもたれた。「ところで、何がわかったんだい？」

「われわれはやみくもに追跡しているような気がするんだ」

ウィルクスは笑って、「べつに耳新しいことでもないね」

「自分で思っているより、はるかにやみくもに追跡しているような気がするんだよ、シド。理由は犯人が運がいいとか、頭がいいとかいうことじゃないと思うんだ。天才に近いからだと思うんだよ」

ウィルクスは言った。「すると、容疑者のリストも整理されるってわけだな。このへんに天才はそう大勢はいないからね」

「ひとりいるよ、手ごわいのがね」

ウィルクスは立ちあがり、もっと近くの椅子に腰をおろした。「聞かせてくれよ、フレッド。気分転換に、ささやかな吉報を」

「べつに吉報だなんて言ってやしないよ。吉報だとすれば、われわれが目ざめかけているってことさ。まだ何もつかんどらんことは確かだ」

「何に目ざめたのかい？」

「まず第一に、犯人が変装していたってことだ」

「最初の日にそう言ったろう」

「ありそうなことだと思ったが、確信はなかった。今では確信があるんだ」

「なんだい？」

「やつは殺人を周到に計画した。銃弾に刻み目をつけ、追跡を阻止するためにロベンズ夫人の車をわざと故障させておいた。それに、犯行に選んだ晩——一年じゅうでいちばんいやな晩、目ざす相手ばかりか、ほかのだれしも家にいるような晩だ。彼が車を隠すところも、道を歩いているところも、目撃する者はいない」

ウィルクスは言った。「この辺ではね、フレッド、いずれにせよ、そんな時刻に出歩いている者はいやしないよ。雨が降ろうが降るまいが、夜明けとともに起きだすポーランド人二世の連中は、十時には家に帰って寝ているだろうよ」

フェローズは言った。「なるほど。しかし、雨にはいっこう痛めつけられはしなかった」ここで言葉を切り、一瞬思いをめぐらした。「問題はそこだよ、シド。おそらく、あらかじめその晩ということに目標を定めたんだ——めざす相手も目撃者も、ひとり残らずベッドにいるってことを知って。やつのアリバイがどうあろうと、おそらくあらかじめ工作しておいたのさ」

「それじゃあ、変装の必要はあるまい」と、ウィルクス。

「だれにも見られなければ、その必要もないが、目撃者がふたりいた。ソレンスキーとロベンズ夫人の前に姿を現わす——それも、ソレンスキーの前には一度ならず二度までも。必ず姿を消せると思えば、変装したことだろう。そんな顔をしていては、どこへ行っても覚えられてしまう。実際にそういった顔をしていたんなら、ソレンスキーに顔を見られるような真似はすまい」

ウィルクスは口をすぼめて、「実際はロベンズの家を知らなかったのでなかったら」

「計画を立てたほどの男なら、そのくらいのことは知っていただろう。ソレンスキーかロベンズ夫人に知られるとまずいので変装したのかどうか、そいつはわからんが、追っ手を撒《ま》くために変装したことは確かだ」

「それでわれわれは、身長五フィート六インチで、サイズ十の靴をはく男を捜しているってわけだ」

「必ずしもそうとは限らん。わざと大きな靴を買ったのかもしれん。それに、身長は見当がつかない」

「ふたりの人間が証言している――」

「背の低い男だ――とね。だが、彼らはどんなふうにその男を見たのか。その男は、その中で泳げるくらい大きなオーバーを着ていた。そのようなオーバーを着れば、どんな大きな人間でも小柄に見える。とくにこの場合のように、比較するものが何もないときにはね。いいかい、ソレンスキーは近くでその男を見たんじゃないんだぜ。その男はポーチの上り段に立っていたんだ――とすると、実際より低く見える。それに、背後にあるのは闇だけだ。その男は六フィートぐらいあったんじゃないかと思う」

ウィルクスが言った。「相変わらず成層圏的に飛躍した推理だな。まあいい。つづけたまえ」

「ジョージ・ロベンズを撃つつもりだったとは思えんのだ。ヴィクターをねらっていたんだと思う」

「利口なので、そんな間違いを犯すはずがないっていうのかい？」

「それもある。もう一つは、ジョージが犠牲者になるはずだとわれわれが考えるようになったからだ」

「ちょっと待て。どうもよくわからんが」

フェローズは微笑を浮かべて、「実に鋭いが、間違って殺したんだと思わせるところなど、なかなか計画的なもんだと思うな。だから、こいつは天才だと思うんだよ。やつがソレンスキーに言ったこと、覚えているだろ？『ブリッジポートから来た者だが、ロベンズに肥料代を五十ドル貸してある』って言葉を」

「覚えているさ。でも、ひとことも信じちゃいなかった」

「もちろんそうだろうが、われわれはそいつを調べた。調べざるをえなかった。われわれがそうすることをやつは知っていたんだと思う。で、どういうことになった？　ヴィクターは肥料を買ったことがなく、弟のジョージは買ったことがある、ということがすぐにわかった。で、その結果、ジョージが事件に顔を出す。それまでわれわれは、ヴィクターに殺意をいだいていた者だけを捜していた。それが急に自信がなくなった。問題は肥料なんかじゃなく、もっと深い動機をカムフラージュするためらしい。そのうえ、肥料がこの事件の鍵かもしれない、とわれわれは思う――肥料とブリッジポートがね。つまり、〝肥料〟と〝ブリッジポート〟がその男の潜在意識のなかにあって、そいつが出てきたんじゃないかと思う」

「おれはそうは思わんね」と、ウィルクスは片手を振りあげて、「その男の潜在意識は調べておらんがね。そいつがきみの癖だね」

「たしかにおれの癖さ。それがおれの考えかたなのさ。で、どうなる？　われわれは有望な鉱脈を実際に探りあてたか、あるいは探りあてたと思いこむ。肥料とブリッジポートとの関係を探りだし、それがまっすぐジョージをさしていることをつきとめる。それ以来われわれは、いや、おれは――この事件でおれが木偶《でく》の坊だからといって、きみを責めてもはじまらん――殺されたのがヴィクターであることを、ほとんど忘れてしまう。つづいてジョージが殺されないようにと、おれは八方駆けずりまわり、彼に殺意をいだいている人間を捜しだそうとする」

「相手がジョージじゃ、むずかしくない」と、ウィルクス。

フェローズは言った。「それでおれは、キツネのこしらえた一マイルのコースを、やみくもに走りまわっているってわけさ。そうやって走りまわって一生を終わらんとも限らん。だがね、肥料はわれわれをブリッジポートへと導いているばかりじゃない、真の動機――セックス――へと導いてもいるんだ！　犯人はすっかり計画を立てていたんだと思う。われわれはジョージの足どりと彼のセックスライフをたどってみたが、無駄ではなかったんだよ」

ウィルクスは頬を掻いて、「そいつは一応の理屈だがね、フレッド、どうもわからんよ」

「どこが？」

「だとしたら、やつはいろんなことが当然起こると読んでいたように思えないだろうか――つまり、われわれがそういったことをすっかり調べあげ、そうした結論に到達し、その方向へとすすんでいく、というふうに。もしおれが犯罪を犯し、警察の目をくらまそうと思えば、もうちょっとはっきりした、もうちょっと確実なことをやってみるがね」

フェローズは言った。「ご意見まことにごもっともだが、きみは天才じゃあるまい」

「天才であろうがなかろうが、そんな不確実なことをする理由があるのかい？」

「それに対する答えはね、シド、それこそがこれまでわれわれが到達した最上の手がかりだ、とおれが思っているからさ」

「え？」

「おれという人間も、おれの不可解さ加減も、きみは知っているだろう。いってみれば、おれの専売特許さ」

ウィルクスは目をしばたたいた。「ということは、きみがこの事件を担当するってことを、やつが知っていたからだと思うのかい？」

「まさにそのとおりさ」

「フレッド、そいつはちょっと飛躍しすぎじゃないかな。以前は解決したことはあるが、こんなふうなのははじめてだろう」

「もし本当にヴィクターを殺そうとしたのだったら、あとのことはおのずと明らかじゃないかな」

ウィルクスは首を横に振った。「つまり、こんどの事件の犯人がきみ自身の知性を逆利用しているから、頭にきているんだね」

「まさにそのとおり。おれのいわゆる知性も役に立たん」

「今のところ、それ以上うまい説明は思いあたらないな。それじゃ、議論をすすめるために、そういったことを仮定してみよう。とすると、どういうことになる？」

「この町にいるだれかだということになる。ここまでは明らかだ。おれの仕事ぶりを知っているだれかだ」

「それだけじゃ何ともならん。例のバラバラ事件が公けにされてからは、知らぬ者はないだろう」

「バラバラ事件は去年の二月だぜ。そのころから犯人は殺意をいだいていたのかな」

ウィルクスは肩をすくめた。「そのころロベンズ夫妻は、町に来てまだ間《ま》がなかった。そんなに早く敵を作るとは考えられない。そのころ何か変わった出来事でもあったかどうか、ロベンズ夫人に訊いてみよう」

「われわれのやるべきもうひとつのことは、コリンズが肥料を売った客のリストを手に入れることだ。犯人はあの納屋のことを知っている。何に使われたか、だれが使ったか、知っているんだ」

「おれもそう思うんだ。そうした関係は偶然じゃない。ある土曜日、ジョージがお楽しみのとき、犯人は荷物を取りにコリンズのところへ行ったにちがいない――ちょっと待ってくれ。コリンズ自身はどうだろう？」

「動機があるのかい？」

「動機のありそうな者は、ひとりもいないがね」

フェローズは首を横に振って、「コリンズがそれほど利口だとは思えないね。しかし、声を大にしてそう言うつもりはない。これまでずっと、カイゼルひげ氏を見くびりすぎたよ。これからは心を入れかえよう」

「ひとつ問題がある」とウィルクス。「ある客が、ジョージが女といっしょにいるところを見たのかもしれないが、その女がブリッジポートから来たということがどうしてわかった？　コリンズがそう言ったのかな?」

フェローズはにやりと笑って、「おそらくそんなことはあるまいが、二歳半の子どもが教えたのかもしれんな」

17

金曜日　午後三時十五分―五時五十分

摩滅してほとんど止まってしまっていた捜査の機械が、ふたたび動きはじめた。ウィルクスはコリンズの客のリストを手に入れに出かけていき、フェローズは車でロベンズ夫人に会いに出かけた。日が照っていて暖かかった。彼が庭に車を乗り入れると、納屋の近くでソレンスキー夫人が若い未亡人と話をしているのが見えた。髪をきちんととかしたマータ・ロベンズは、短い白のショートパンツに赤い水玉模様のホールターという恰好だった。第一日目の朝論議の的になった身なりをしている彼女を見るのは、フェローズには、これが初めてだった。ひじょうに魅力的な姿態とすばらしい脚をもっていて、その大部分がむきだしになっている。男どもが彼女の尻を追いまわすという苦情が、フェローズにはよくわかった。

彼が車を乗り入れると、ふたりの女は目を上げた。フェローズが車のドアをぴしゃりとしめ、ふたりのほうへ向かって歩きだすと、ソレンスキー夫人はさよならを言った。彼女は挨拶し、何も訊かずに自分の車へと歩いていったが、車寄せをバックしながら、ずっとこちらを見つめていることに、フェローズは気がついた。彼はロベンズ夫人に挨拶し、この前会ったときよりも緊張が取り除かれた今のほうがずっときれいだ、と思った。白い肌はピンク色に上気し、唇には口紅が上品に塗ってある。「こんにちは、署長さん」にこりともせずにそう言うと、手をさしだした。

「ソレンスキー夫人《さん》は何かとくに用でもあったんですか」

「今晩夕食に誘ってくださったんです」ロベンズ夫人は哀しげに微笑して、「事件があってから、どなたも親切にしてくださいますの」彼女はくるりと向きを変えると、立ち去ろうとしているソレンスキー夫人に手を振って、最後の別れの挨拶をした。

「チャーリーはいませんか」

「裏の畑で殺虫剤を撒《ま》いていますわ。呼んでまいりましょうか」

「いや、結構。あなたに会いにきたんですから」

ロベンズ夫人は彼といっしょに家へ向かった。「わたし、ここではまったく役立たずの人間みたいな気がするんですの。チャーリーは果樹園のことを知っていますが、わたしはなんにも知らないんですの。もうひとり人を頼まなければならないと思いますわ。まだ必要ないってチャーリーは言うんですけど、あの子ひとりで何もかもすることはできませんしね」

「ここで頑張るおつもりなんですか」

「さあ、わかりませんわ。ほかにどこといって行くあてはありませんし」

ふたりはポーチの陰で足をとめた。フェローズがふたたび近所の人の親切についての話題をとりあげた。毎日きまって二、三人、なにか持ってきてくれたり、どこかへ招待してくれたり、遊びにこいと誘ってくれたりする、とロベンズ夫人は言った。「それに、晩もとても親切にしてくれるんです。ひとりっきりで家にいるのがどんなに淋しいかわかるんでしょう。ほとんど毎晩、どこかへ招待されますの」

署長はうなずき、ポーチの上り段に足をかけた。「ロベンズ夫人《さん》、われわれは今なお、射殺の動機をつきとめようと努力しているんです。ご主人がこの辺のだれかとトラブルを起こしたことがないというのは確かですか」

「ええ、そりゃもう確かですわ。ヴィクターは大きくて強い人でしたから、だれも喧嘩を吹っかけようとはしませんでしたわ。それに、おとなしい人でしたわ。人に怒ったことなんかありませんでした。腹を立てるようなこともなかったと思います」

「ちょっとしたことがあったらしいんですがねえ、ロベンズ夫人《さん》、去年の二月ごろに。そういったことにご記憶はありませんか」

彼女はちょっと考えていたが、首を横に振った。「そのころも、べつに何もありませんでしたわ。トラブルって、いったいどんなことですの？」

フェローズは彼女の大胆な服装をちらっと見おろした。

「あなたの服装について、とかく批判があるんですが――」

彼女はさっと顔を赤らめた。「とおっしゃると――わたし、べつにどこも悪いとは思っていませんわ。暖かくなると、日光を浴びたいんです。よくわかりませんわ。こういう服装をする人は大勢います。ヴィクターもわたしも、そういった人たちをずいぶん見かけましたし、夏にはコニー・アイランドで、もっとすごい恰好の人を見ましたわ」

フェローズ自身もちょっと顔を赤らめた。「不謹慎だなんて言うつもりはないんですよ、ロベンズ夫人《さん》。あなたほどスタイルのよくないこの辺の女は、ニューヨークの連中より少々田舎くさく――口やかましいんですよ。あなたが自分たちの夫を誘惑するんじゃないかと思っているらしいんですがね」

彼女はいちだんと美しく顔を赤らめた。「とんでもありませんわ、フェローズさん。みんながそんな目で見ているなんて、本当に知りませんでしたわ。わたし、だれも刺激するつもりなんかありません。ちゃんと夫がありましたし。ほかのかたのご主人を物色したりなんかしませんわ」

「あなたとしては、確かに清廉潔白でしょう。ただ、だれかがあなたに引きつけられ、ヴィクターとちょっとしたトラブルがあったかもしれないと思うんで、お訊きしているんですよ」

「そんなこと、一度だってありませんでしたわ」彼女はすかさず断言した。「ヴィクターはわたしをよく知ってましたわ、信用できる女だってことを。それに、わたしの趣味が気に入っていたんです。わたしのことや、わたしの服装を自慢してました。なにかトラブルがあったりして、ヴィクターの気に入らなかったりしたら、とっくにショートパンツをはくのはやめてますわ。トラブルなんか起こしたくありませんもの」

何も出そうになかったので、フェローズはしばらくして質問を打ち切り、別れを告げた。次いで彼は、上手《かみて》にあるポラックの家へ行った。そしてポラック夫人に、葬式以後ロベンズの家で起こったことについて、いくつかたずねた。彼女は答えた。「ジョージ・ロベンズが先週の土曜にやってきました。ティヴォリの家から車でやってきたんですけど、長くはいませんでした。ふたたび出かけていって、それっきり見かけませんわ。あなたとのあいだにトラブルがあって、町を出て行ったそうですのね」

他の訪問者はといえば、男はひとりもなかった。女たちがしばしば立ち寄り、彼女自身も一昨晩ロベンズ夫人を夕食に招いたという。「もちろん、チャーリー・ウィギンズがあそこの果樹園で働いていて、ほかにだれもいないのは、よいことだとは思えませんわ」

「だからといって、ほかにどんなやりようがあるか、わかりませんがね」とフェローズ。「だれかが管理しなくちゃならんし」

「そりゃそうですわ。それに、チャーリーはいい青年ですし。ガール・フレンドがいて、お金をためています。チャーリーは、何かしでかすような人間じゃありませんけど、でも、理想的な取り決めじゃありませんわ、おわかりかしら」

「彼女のほうが何かしでかす人間だと、そう思っておられるんですね？」

「いいえ。そんなこと言ってやしませんわ。でもあの女《ひと》、わたしたちとは人間が違うんですの、おわかりかしら。ここへ移ってきてから、まだ間《ま》がありませんし、あの女《ひと》のこと、まだよくわからないんです」彼女はこころもち声を低めた。「農場を売りに出すっていう噂、ほんとうかしら？」

フェローズは肩をすくめた。「さあ、知りませんね。そんな噂があるんですか」

「だれが言いはじめたのか知りませんけど、たぶんあの女《ひと》でしょう。女ひとりでは農場を経営できませんからね。それに、心細いでしょうし。都会に戻るか、親戚のいる地方へ行ったほうが、幸福になれるでしょう」

ポラック夫人と別れてから、署長はさらに上手《かみて》へ行き、デイヴィンの家へ寄った。四人の姉妹がいて、だいたい同じような話をしてくれた。夫の死後、ロベンズ夫人の行動はきわめて正しいものだったという。彼女ら自身も、口実を見つけては、ほとんど毎日彼女の家に立ち寄ったが、いささかの乱れもなかったという。彼女らの知る限りでは、チャーリーは家のなかに足を踏み入れたことはなく、昼間、男の訪問者はなかったという。「夜も、見なれない車がとまっているのを見かけたことなど、ありませんでしたわ」と、彼女らは証言した。

本署へ戻る途中で立ち寄ると、ソレンスキー夫人も同じ話を繰り返した。ロベンズ夫人が模範的な生活を送っていることは明らかだった。彼女の過去の生活が模範的であったかどうかは、むろん別の問題だ。

ウィルクスが五時に戻るまで、フェローズはいらいらしながら待っていた。「いったい、どうしてたんだい？」コーヒーをすすりながら、ゴーマン巡査部長を相手にクリベッジ（トランプ遊戯の一種）をしていた彼は、メイン・テーブルから声をかけた。

ウィルクスはうんざりしたような口調で言った。「わかってるだろう。きみもコリンズに会ったんだから」

「だってきみは、客のリストを取りにいったんだろう。おれよりも先にもどっていると思ってたよ」

「コリンズの客のリストはねえ」そう言ってウィルクスは日よけ帽を帽子かけにかけ、「あちこちいたるところ、妙なメモから成り立っているんだ。いくつかは寝室のたんすの引き出しから出してきた。書斎と呼んでいる部屋の机のなかにもかなりあった。納屋にもリストがあり、車の計器盤横の物入れにも書類がはいっていた。彼が肥料をどんなふうにして配達するか知っているかね？　車のトランクに入れてはこぶのさ。あいつといっしょにあの車に乗るのは真っ平だよ」

「どういった帳簿のつけかたをしているんだい？」

ウィルクスが言った。「あいつが貧乏なのも無理はない。みんながあいつに借金しているのも不思議はないな。伝票を出さないんだよ。あれじゃ、どこへどうしたか、わかりゃしない」

「リストは完全なのかい？」

「さあ、どうかな。受取りをしまった場所はほかにないだろうと言ってるんだが、どうかな。寝台のマットレスの下にも何枚かあるんじゃないかな。ところで、コーヒーのお代わりはどうだい？」

フェローズは、最後の一口を飲みほしてから言った。「いや、結構」

「おい、ビル」と、ウィルクスはゴーマンにむかって、「ちょっと運動したくないかい？」

「そんなら、持ってきてもらってもいいな」とフェローズは言って、ポケットに手を突っこみ、小銭を捜した。「こんどはクリームも砂糖も入れずにな。体重に気をつけなきゃならんから」

ゴーマンはふたりから金を受けとり、立ちあがった。「内勤の巡査部長が使い走りする警察は、世界じゅうでここぐらいのものだろうな」

ウィルクスは言った。「内勤の巡査部長がパトロール警官並みの給料をもらえる警察は、世界じゅうでここぐらいのものだろうな、ビル。恩恵のほうも数えあげてみるんだな」

「何人の名前がわかったかね、シド？」ゴーマンが出ていってしまうと、署長はたずねた。

「二ページぎっしりだが、ダブっているのが何人あるかわからない。少なくとも勘定を総計してみるようにとやつに言ってみたんだがね。われわれのためにしなくちゃならん仕事がたくさんあるから、少しは自分で片づけるだろう」彼は微笑を浮かべて、「まず第一に、協力しているんだから手当をもらってしかるべきだと言っていたよ」

「典型的な市民の態度だな」

「で、貸してある金額を計算し、請求書を出せば、金持ちになれるだろうと言ってやったよ」

ウィルクスは署長のデスクの前に移って腰をおろし、数えはじめた。フェローズは彼についていって、テーブルの端に腰をのせた。「名前は五十四ある」と、ウィルクスが言った。

「五十四？」

「まだ整理してないんだ。夢中になってこいつを集めてたんで、あらゆる書類に載っている名前を全部写しとったんだ。少し時間をくれれば、こいつを整理するよ」

「売った日付は書いてあるかね？」

「うん、だがそいつはやつの宿題さ。分類しておくと言っていたが、あすにならなきゃ、われわれの手にはいらんだろう。ジョージと例のキャサリン・ハントが来た日付を訊いてみたんだが、わからなかった。ジョージは前金で払っていたので、つけてないそうだ。ミセス・ハントとはいつも土曜か日曜に泊まったということしかわかっていない。二年半前から一年半前までのことだそうだ。やつが帳簿を整理したら、そのころの週末だれが買ったか、わかるだろう。リストになじみの名前が見つかるといいんだが」

フェローズは引き出しから紙を一枚取りだし、テーブルに向かって腰をおろした。「名前を読みあげてくれ。おれが書きとるから」

ウィルクスは手帳をふたたびひらいた。「ブルームフィールド、ボーグランド、トローブ、ウィドジック――」

「ウィドジックの綴りは？」

ウィルクスは綴りを教え、つづけた。「ハーモン、コリクジック――こいつはなじみの名前だ、潔白だけど。また、トローブ、また、コリクジック、ホイットフィールド、ペン――」

終わらぬうちに、ゴーマンがコーヒーを持って戻ってきた。ウィルクスは最後のわずかな名前を読みあげながら、コーヒーをすすった。フェローズはできあがったリストに目をとおし、うっかりダブった名前を二つ消してから、言った。「さあできた。ブルームフィールド、ボーグランド、トローブ、ウィドジック、ハーモン、コリクジック、ホイットフィールド、ペン、ボーレン、ウォーターマン、サーストン、ロベンズ、ジマーマン、アレン、キュージック、コヴァリック、ロースン、ソレンスキー、それにジャグリンスキー」彼は目を上げて、「名前だけだ。それぞれの住所はわかっているのかね？」

ウィルクスは首を横に振った。「ねえ、フレッド、手ぶらで戻るわけにいかないから、それだけ書いてきたんだよ。求める情報をぜんぶ集めようとすれば、一晩かかってしまうよ」

「ところで、ボーレンとジマーマンとソレンスキーはロベンズの近所の人間だ。この三つがもっとも重要な名前だな」

「彼らは近所に住んでいるから、背景を知っているし、動機もありそうだよ。動機といえば、ロベンズ夫人からどんなことがわかったかね？」

フェローズはコーヒーをすすり、乾いた笑い声をたてた。「もしそうした近所の女どもが、ヴィクターの生きていたとき、彼女と自分たちの夫のことを心配していたら、今ごろは恐慌をきたしていることだろうな。交代でやっているのかどうか知らないが、女どもは日に二、三度彼女を訪ね、彼女はほとんど毎晩どこかへ招待されている。みんな彼女をほうっておかない。それに、こうした親切をつづけている一方、みんなは彼女が農場を売りに出すという噂をひろめている。かわいそうに、あの状態じゃ、引っ越さないかぎり安心できないだろうな」

「かわいそうに？」とウィルクスは問い返し、微笑を浮かべた。「それじゃ実際は、近所の者は心配することなんかない、そうきみは思っているのかね？」

フェローズは肩をそびやかして、「口がすべったんだろう、たぶん。彼女はショートパンツをはいていたよ、シド。男たちが彼女の尻を追いまわしている——そう言って女どもはこぼしていたが、その意味がわかるような気がするよ。でも、彼女によれば、べつに男を引っかけようと思っているんじゃないそうだ。ヴィクターは彼女にちょっかいを出す人間とトラブルを起こしたことは一度もない——彼女本人はそう言っている」

「彼女のほうはトラブルを起こしたことがあるのかい？」

「なんとも言っていなかった」

「ということは、彼女がトラブルを起こしたとしても、夫には隠していただろうということだな」と、ウィルクス。「話はチャーリー・ウィギンズに戻るってわけかね？」

「ロベンズ夫人にチャーリー・ウィギンズ、それとも、ロベンズ夫人に郵便配達夫、それとも——」

「それとも」フェローズは思案げに言った。「ロベンズ夫人にジョージ？」

ウィルクスは目を上げて、「そいつはおれの考えなかった組み合わせだな」ちょっと考えこんでから、「やつは彼女の夫を若くしたようなものだからな。農場を買うとき、彼女は彼に会っている。どんなことでも起こりかねない。ヴィクターは人を信じやすいたちだったらしいし、陰で何が起こっても気がつかなかったろう。陰なんかのぞきこまんような男だからな」

「彼に対しては充分な言い分があるが」と、フェローズは同意した。「郵便配達夫に対しても、その他きみが名を挙げる誰に対しても、言い分がある」

「ねえ、フレッド」そう言ってウィルクスはコーヒーを置き、「お望みの男を選んでみたまえ。相手の女は、きまって、さほど愛してないヴィクターの妻だろうよ」

「ジョージを罪人にするには、ひとつだけ難点があるぜ、シド。たとえ象の毛布のような大きなオーバーを着ていたところで、ソレンスキーがやつを〝背が低い〟と見ることはないだろう。でも」そう言って彼は立ちあがり、「殺人のあった晩、彼にどんなアリバイがあるか、調べてみるのも悪くないと思う」

彼はドアのところへ行き、ティヴォリ警察へ電報を打つようにとゴーマンに命じて、ふたたび腰をおろした。「証人というものは当てにならんよ。色黒の人間を色白と言ったり、背の高い人間を背が低いと言ったりする」彼はゆっくりつけ加えた。「女を男と言うことさえあるからな」

ウィルクスは微笑を浮うかべて、「ロベンズ夫人がカイゼルひげをはやしていたというのかい？」

フェローズは肩をすくめて、「その男の声は緊張した喉声だとソレンスキーが言っていた。女が声を作っているのを見抜くのは、きみもおれも造作はないだろうが、その男について、われわれはどんなことを知っているだろう？」

「もし犯人がきみが言うように利口ならば、女だということもありうる。そんな利口なやつならば、ソレンスキーぐらいだませるだろう。賭けてもいい」ウィルクスは嚙み煙草を取りだして、「彼女に対してどんな見方ができるか、考えてみよう。彼らは九時ごろベッドにはいり、彼はすぐに眠りこんだ。彼はぐっすり眠るたちだ。彼女は起きあがって変装し、道路をてくてく歩いて、二度ソレンスキーを起こし、戻って着替えをし、車に乗ってどこかへ変装用具を捨てにいき、それから戻って車を故障させる――そのくらいのことは心得ているだろう」

「たいして知識は必要じゃあるまい」

ウィルクスはうなずいて、「彼女はナイトガウンに着替えて夫を起こし、玄関にだれか来ているらしいと言って、先に立って階下《した》におり、くるりと向きなおって夫を撃ち、それからチャーリーを起こしに走っていく。だとすると、ただ、拳銃をどうしたかが問題だ」

フェローズが言った。「ソレンスキーの家へ急ぐ途中で投げ捨てる。だが、容易に証明できそうもないことだな」

「あまり動機がないな」ウィルクスは認めた。「夫の死によってたいして金がはいるわけじゃないし、もしほかの男がからんでいるとすれば、その男じゃなくて彼女が殺しを働いたとは解釈しがたい」

「もしその男が、ティヴォリで自分のアリバイ作りに忙しくなかったならばね」と、フェローズが口をはさんだ。

「そいつは是非ともつきとめなければならん」

署長はうなずいて、「男の作り声と女の作り声を聞き分けるソレンスキーの能力をためしてみるのも、価値があることかもしれない。やってみるべきだと思うな」

ウィルクスはその考えが気に入った。「テープに取ってみるといいな。テープレコーダーはどこで借りられるだろう?」

「だれが持っているか知らんな。たぶん、だれか持っているだろう」

「賃借りすることもできる。店はまだあいている。今晩何人かの声をテープに取れる。もちろん、ロベンズ夫人の協力を得ることはできんが、おれの女房、きみんところの奥さん、ドリス、グレイス、それに必要な男たちひとり残らずね」

フェローズは立ちあがった。「今晩はだめだよ、シド、自分のテープレコーダーで録音するんじゃないならばね。ほかのことをやろうと思う。コリンズのところで進行していることのほうが、おれには、もうちょっと重要なように思われるんだ。そいつをつきとめるまでは眠れんよ」

「帳簿をつけてやりたいっていうのかい?」

「まあそういったところさ」フェローズは望みをかけているようだった。「きみは手伝いたくないだろうね?」

ウィルクスは溜息をついて、「鉄道模型がおれの趣味なんだが、今晩はきみの趣味に合わせなきゃならんらしいな。ひとりでコリンズの整理を手伝うとなると一晩じゅうかかるだろうからね。八時ごろ呼びにきてくれ」

署長はにやりとした。彼は一枚の紙を取りだし、〈テープレコーダーを持っている者をわたしの部屋へ連れてきてください。重要。FCF〉と走り書きし、掲示板に画鋲でとめた。彼はウィルクスと連れだって、夕暮れ近い日ざしのなかへ出ていった。

18

金曜日の夜

フェローズとウィルクスがコリンズのあばら屋の裏庭に車を乗り入れたときには、もう暗くなりかけていた。居間とキッチンに明りがついていた。ホープが流しにいて、「どうぞ」と声をかけた。夕食の皿を洗っているところだった。洗い上げた皿が山と積まれ、まだ洗ってない皿も山と積んである。三人でそんな何枚もの皿を使うことに、署長は驚いた。彼女はこんどはくるりと振り返り、ふたりをちらと見て言った。「コリンズは居間にいますわ」

コリンズはカード・テーブルの前の、布張りのゆがんだ椅子に腰かけていた。かたわらでケースのない卓上ラジオが軽音楽をやっている。笠の破れた電気スタンドが肩のところにあって、三千ほどのネジや釘や留め金や金具類一式が新聞紙の上にひろげてある。彼はそれらを仕切りのある葉巻箱に整理するのに余念がなかった。少年の姿はなかった。

ウィルクスは腰に両手をあてて、「今晩あのリストを作ってくださるものと思ってましたが」

コリンズは目を上げて、「やあ、いらっしゃい。だめですよ、今晩は疲れてますからね。それに、こいつをやっちまいたいんですよ。きょうの午後、この箱を修繕したんです。ここ二年間、こういったものを分類したいと思ってたんですよ。適当な大きさの釘やネジなんかを捜すのに、どれだけ時間を無駄にしたかわかりゃしない。こんなふうに、ちゃんとしとこうと思ってるんです。それぞれの仕切りにどのサイズのものがはいっているか、箱の横っ腹に書いておきたいんです」

フェローズは言った。「実にすばらしい思いつきですな、コリンズさん、そうすりゃ確かに便利でしょうが、現に殺人事件が起こっていて、それについてもあなたの協力が必要なんですよ」

「知ってますよ。この下に新聞が敷いてあるでしょう？　今朝、町のゴミ捨て場で、新聞の束を見つけたんでさあ。こいつがいちばん上にあってね。殺人事件のことが書いてあるんですよ。今晩、晩めしを食いながら読みましたよ。一週間前に起きた事件なんですね。担当しているこのフレッド・フェローズってのはだれです？　知りませんかね？」

「わたしがフレッド・フェローズですよ。ところで――」

コリンズは手をさしだし、「この前おいでになったとき、それを知らないで失礼しました。お近づきに一杯やりましょうや。ビールなどいかがです？」

ふたりは断わった。署長は根気よく言った。「このウィルクスさんの話によると、客はひとりのこらずわかっているそうですね。客の名前とか、いつここへ来たかということなど――」

「ええ」コリンズはおどおどして言った。「そいつをやっとくつもりだったんですが、実を言うと、書類の整理についちゃ、あまり知りませんのでね。学校時代、計算が得意でなくてね。

書類の山を見ただけで、取っ組む勇気がなくなってね。むかしは帳簿をつけていたんだが」明るい口調になって、「三年ほど前までは日付までちゃんとつけていたんだが、そのうち、どうしたわけか、メチャメチャになってしまってね、どう手をつけたらいいか、わからん始末なんですよ。どこからはじめたらいいか、見当もつかない。クラッカーなどいかがです。きょう、女房が一箱買ってきましてね。食ってみたが、品もいいですよ。バーで出すようなやつです」

フェローズは首を横に振って、「ねえ、コリンズさん、われわれはあんたを手伝いに来たんですよ。帳簿をきちんと整理してあげたいと思いましてね」

「え？　ほんとうですか」

「あんたの手数を省いてあげられると思いましてね」

コリンズは晴れやかにほほえんで、「それはご親切に。ほんとうに助かりますよ。たいてい女房が帳簿をつけるんですが、女房もわたし同様、数字には弱くてね」彼は立ちあがり、「じゃあ、お見せしましょう。書類はぜんぶ、書斎の机の引き出しにしまってあるんです」

書斎と称する部屋は、本来、食堂として建てられたものだった。コリンズ夫妻はキッチンで食事をとるのだ。上板の割れた机がひとつあって、脚が一本もげたところに煉瓦が二個積んであった。電灯がひとつに、少しばかりの家具が乱雑に置かれ、棚がいくつかあった。わずかに書斎らしく見えるのは、鍋つかみ、電気アイロン、小さなボール箱、ひもといったゴミ捨て場から拾ってきたようなさまざまな小間物にまじって、数冊の本が棚の上に置いてあることだった。

「ここならいいでしょう」と彼は言って、椅子をもう一脚、机に引き寄せた。「そこに坐ってできるでしょう。もし必要なら、鉛筆も紙もありますよ」

「明りが必要ですな」と、署長が言った。

コリンズはフロア・ランプを持ってきたが、コンセントにとどかないことに気づいた。「よろしい。何か持ってきましょう」

彼らは十五分待たされた。地下室から、がらがらいう音が聞こえてきた。コリンズがようやく延長コードを手にしてあらわれた。「どこかこの辺にあることはわかっていたんだが、電気ドリルからはずすのを忘れてましたよ。ほんとうにクラッカー、食べないんですか。この伝票を整理していただければ、だれに金を貸してあるかわかりますな。少しは集金できて、楽になるかもしれない」

彼は部屋を出ていき、ふたりは仕事に取りかかった。コリンズの言ったように、たしかに帳簿はあったが、最後の記載は一九五七年十月三日だった。おびただしい伝票は、そのあとのものだろう。ウィルクスはフェローズにつぶやいた。

「馬鹿なことを考えたもんだな。コリンズってのは、後学のために一度は会っておくべきだが、一日に二度も会うべき人間じゃないな」

「われわれがやらなかったら、誰がやるんだ？　コリンズはやりゃしないよ」

彼らは分類し、日付別に整理し、判読しがたいコリンズの筆跡を読みとろうと努力した。三時間ほどしたころ、ホープが、コーヒー二つと、角砂糖三個と、底のほうに半インチほどミルクのはいったガラスのクリーム入れを持ってはいってきた。「なにか召しあがりたいんじゃないかと思いましてね、お帰りになる前に」

ふたりは礼を言い、彼女は盆を置いた。「もうじき終わりですか。あたしたち、寝《やす》まなきゃなりませんの。あしたは土曜日なので、早起きしなければなりませんの」

「早起きですって?」と、フェローズ。

「お風呂にはいらなきゃなりませんし、お湯を沸かすのに時間がかかるんですよ」

署長は言った。「お寝《やす》みの邪魔をしたくありません、コリンズ夫人《さん》。お差支えなかったら、帳簿を持って帰りたいのですが」

そのときコリンズがはいってきた。「そりゃいけません」と彼は言って、「おまえ、お客さんに対して失礼だよ。フェローズさんともうひとりのかたには、仕事がすむまでいてもらいなさい。おまえはおやすみ、おれが起きているから。寝不足ぐらい、おれは平気だよ」

彼女は言った。「あんた、仕分けがすんでないので、そんなこと言ってるのね。三時まで床《とこ》にはいらないいし、お風呂にもはいりたがらない。そんなふうじゃ、こんどの日曜もいっしょに教会へ行ってあげませんよ。いいですか」

コリンズは翌朝風呂にはいると約束し、テーブルのところへ戻って、ウィルクスとフェローズに仕事をつづけさせた。終わったのは一時十五分前だった。記入が終わり、日付も書きこまれ、帳簿は完成した。彼らはコリンズのところへ帳簿を持っていった。テーブルの半分ほどは、依然としてがらくたでいっぱいだった。「名前も、日付も、買った分量も記載しておきましたよ」ウィルクスは言った。「しかし、支払いずみの者のしるしも、リストも、ありませんな。ここ二年間、支払いのほうの照合がしてない」

「金をもらったとき、記入するのを忘れたんでしょうな。一週間後に、通りやなんかで金をくれる。そいつをポケットにねじこんだまま、書きこむのを忘れてしまう。とにかく、どうもありがとうございました。これでみんなに伝票が出せる。払ってない者には払ってもらうこともできますしね」

「そうですね」

フェローズは言った。「ウィルクスさんの話によると、あんたは車で肥料を配達なさるそうですね。だれに配達したか、だれが取りにきたか、わかってますか」

「ほとんどは配達しているんですよ、フェローズさん。ごくたまに、トラックやなんかで取りにきてくれる者もいますがね」

フェローズはウィルクスをちらと見やって、「それじゃ、どうにもならないな。見分ける方法でもないんですか。配達手数料とか?」

「配達手数料として一ドルよけいにもらってますよ」

ウィルクスはうなずいた。「そいつはいい、フレッド」

フェローズは、この前の答えを確認するために、納屋についてさらに二、三、コリンズに質問した。ジョージとミセス・ハントに関する日付は思い出せない、情事のことは誰にも話したことがない、とコリンズは言った。「ジョージがいやがるんでね。なにも彼のほうがからだがでかいからって、恐れていたわけじゃありませんがね。どうせもう来ないんだし」ジョージとミセス・ハントに会いにきた人間もとくに覚えていない、とも言った。「たいてい、ずっと納屋にとじこもってましたから。会いにきた者もないとは思いますがね」

この別れのひとことは、あまり希望の持てるものではなかった。辞去してからフェローズはつぶやいた。「一晩かかったが、けっきょく骨折り損だったかな。おそらくコリンズの言うとおりだろう」

「でも、子どもたちがいる。子どもたちなら、何でもしゃべるだろう」

「だが、肥料を買いにきた男にどれだけしゃべるチャンスがあったか、疑問だな。コリンズのやつ、子どもたちをぶらぶらさせといたり、しゃべらせたりしないだろう」

そう思いあたると、熱意もいくぶんさめた。手がかりは客のリストのなかにあるという希望は依然としていだいていたが、それをつづけようという気持ちはすでに失せていた。「もうおそい。朝までおいておこう」と、フェローズが言った。

19

五月二十一日　土曜日

フェローズとウィルクスが伝票を分類検討するのに、ほとんど土曜日の午前中いっぱいかかったが、終わってみると、かなり正確な情報が得られた。これまでにない正確な情報だった。ウォーターマンは、伝票に配達手数料が記載されてないことによって、一九五八年五月三日土曜日、および、六月十五日の日曜日に肥料を取りにきたことがわかった。キュージックもおなじく、四月十九日土曜日、五月十日土曜日、六月十四日土曜日にコリンズの店を訪れている。ジェイク・コリクジックは三月二十二日、これまた土曜日に一度だけ来ている。ロースンは三月二十九日と翌三十日に肥料を買っている。

ほかに可能性が二つあった。アルフレッド・ジマーマンとジャグリンスキトという男が四月十九日に現われている。年が記載してないが、一九五八年は十九日が土曜日である。

「たいしたことはない」署長が言った。「近所に住んでいるのはコリクジックとジマーマンだけだ。コリクジックははずしていい。正直言って、ジマーマンにはあまり注意を払っていなかったな」彼は溜息をつき、「彼に会ったほうがいいだろうな、シド。彼のアリバイは細君にもとづいている。われわれが求めているものを彼が隠しているとすれば、なぜ細君が彼をかばうのかわからんが、彼らにとっつく方法は、ジョージ・ロベンズのことを知っているかどうか、たずねてみることだ。もし彼らがそれを認めたら、壁に割れ目ができたってことだ。ちょっとばかりのぞきこめる」

「ほかの名前はどうなんだい？」

「ハリー・ウィルスンに追わせよう」

ウィルクスは立ちあがり、「ところで」と、むりに熱意を示そうとして、「ジマーマンとロベンズ夫人はなんどもいっしょにダンスをした。たぶん、われわれが考えているよりも意味がありそうだ」

「うん」フェローズのほうは熱意を見せずに言った。「昔の問題でなければね。ロベンズ夫人とある男とが共謀して殺人を犯すほどの仲になったなら、せんさく好きな近所の連中がそれを嗅ぎつけたことだろう」

「納屋を持っているのは、町じゅうでコリンズだけじゃないだろう」

「馬鹿な！　彼女が出かけたとしたら、チャーリー・ウィギンズに知られたろうし、われわれの耳にもはいったろうよ。この事件では、そんなこと、もっとも筋が通らん。ぜんぜん筋が通らんよ」

ウィルクスが出ていき、ハリー・ウィルスンが呼び入れられた。フェローズは、リストに記載した男たちの住所を調べあげ、本人とその細君、必要ならばその近所の者と会って話をしてくるようにと彼に命じた。「まず第一に、問題の木曜日の晩何をしていたのか知りたい。彼らのアリバイを調べ、アリバイがなければ、それがなぜかを知りたい。それに、コリンズのところで肥料を買ったかどうか訊いてくれ。肥料を買ったことがあるかどうか、コリンズの家と関連してジョージ・ロベンズのことを知っているかどうか、調べてくれ。こっちから情報を与えてはいかん。彼らの知っていることを聞きだすだけにしてくれ」

午前十一時十五分に、パトロール巡査のゲイリー・ウェイドがテープレコーダーを持ってやってきて、署長室に運び入れた。「ゆうべ掲示板の貼り紙を見ましてね。持ってきたほうがいいと思いまして」

ゆうに百五十ドルはする真新しいポータブルのテープレコーダーだった。操作方法の説明を聞きながら、フェローズはほれぼれと眺めまわした。パトロール巡査の給料にしては高価な買物だ。ウェイドはいささか気にするような口ぶりで、「ほんとうはこんなものを買う余裕などないんですが、子どもたちがいるもんですからね。子どもたちが成長していく声をとっておきたいと思いまして」

「きみの金だから、何に使おうが自由だよ」とフェローズ、「このテープは、まだ何も吹きこんでないのかい?」

そうです、とウェイドは言ってから、「警察の仕事に使うなら、所得税からこの分だけ控除してもらえないもんですかね?」

フェローズは笑った。「今度は、われわれに賃貸ししたくなるだろうな」

「いや、そんなことはありませんよ。ちょっと思いついただけです。お好きなだけお使いください、署長」

次の一時間、フェローズはテープレコーダーの実験をした。その日デスク番を務めているキャシディに作り声で吹きこんでもらった。

「あっしは、ブリッジポートからはるばるやってきたんだがね。ロベンズに肥料代を五十ドル貸してあるんだ」次いで、日勤の交換手のドリス・ノートンに、男のようなどら声を出させ、同じせりふを言ってもらった。彼は自分でも同じせりふを吹きこんでから、家にいる妻のところへテープレコーダーを持っていった。同じせりふを言ってくれとたのむと、「フレッド、あんた気でもおかしくなったの？」と、妻は言った。

「さあ、言ってくれよ、セシー」そう言って彼はにっと笑った。「どれほど怪物じみた声に聞こえるか、ためしてみようよ」

「あたし、絶対いやだわ。どうしてお仕事をなさらないの？」

「これが仕事なのさ――とくにおまえを説得することがね。さあ、しっかりやってくれ。ウィルクスの細君にもやってもらうつもりだ。ドリスの声がどんなか聞きたいだろう？」

セシリア・フェローズは言われたとおりにし、夫がテープを巻き戻してからかけると、耳を傾けた。それから首を横に振って、「殺人に関係があるんでしょう？」

彼はうなずいて、「すべて殺人に関係があるさ、セシー。そのくらいは心得ておいてもらいたいね」

彼女はもう一度やってみたが、意識しすぎて、あまり男のような声にはならなかった。フェローズはそれを録音すると、次にマージョリー・ウィルクスに吹きこんでもらってから、本署へ戻った。戻ってみると、ティヴォリ警察からのテレタイプ・メッセージがデスクの上に載っていた。

ジョージ・ロベンズいわく「五月十二日木曜の夜は家にいた」／地元のガソリンスタンドを調査するも、五月十日火曜にガソリンを買った確証なし／問題の夜、彼が町を出たか否かは立証不可能／引きつづき調査中

フェローズは表情を変えずに電文を読んでから、キャシディのほうを向いて、「ハーヴェイ、郵便局のアル・ジェイコブズを呼びだしてくれ。今なら自宅にいるだろう。ロベンズ夫人宛の郵便物について何かわかったか聞いてくれ。おれはとくにニューヨーク州ティヴォリからの郵便物に興味がある。手紙のやりとりがさかんにあったかどうか、局員がジョージ・ロベンズ宛の彼女の筆跡の手紙を数多く集めた記憶があるかどうか、知りたい。さらに、彼女の夫の死後、ティヴォリから、あるいはティヴォリへ、通信があったかどうかも知りたいんだ」

キャシディは電話帳へ手をのばした。「ふたりのあいだに何かあるとお思いなんですね？」

「わからんが、先週、郵便集配人にそうした点に特別注意を払ってもらえばよかったと思っているんだ。わからん」

「なぜ彼女の家に監視をおかないんです、署長? もし彼女が何かしていれば、わかるかもしれないじゃないですか」

フェローズは微笑した。「監視はおいているよ。五人の人間に双眼鏡を持たせ、交代で監視に当たらせているようなものさ。彼女の近所の者が仕事をしてくれている」

署長は署長室に戻り、見なければならない、こまごました事務仕事のいくつかと取り組むことで、主要な問題から心をそらそうとした。あいたドアから、電話をかけているキャシディの声が聞こえてきた。二、三分するとキャシディがはいってきた。「あの配達区域を受け持っている男に当たってみると言っていましたが、殺人事件以来ティヴォリから何も来なかったことは確かなようです。以前のことはよくわからないそうです。でも、半時間ほどして集配人が戻ったら、知らせてくれるそうです」

実際、十五分ほどして知らせてきた。またしても失望だった。フェローズが電話に出ると、ジェイコブズは言った。「あの配達区域を受け持っているのはパットナムという男なんですがね、署長。もう何年間も受け持っていますから、近所の者よりも、あの辺のことは知っています。ですから、彼の言うことは正しいでしょう」

「何が?」

「ロベンズ夫妻と弟とのあいだでは、クリスマス・カード以外、手紙のやりとりはぜんぜんなかったということです。実際、シアーズ・ローバックのような通信販売会社へたまに出すほか、ロベンズはぜんぜん手紙を出さなかった、と彼は言っています。それに、ニュー・ハンプシャーのキーンから週刊新聞と、ときたま案内状が来るほかには、郵便物は来なかったそうです」

「ここ一週間、何も来なかったんですか？」

「この町の人から二通来たほかには、発信も受信もありません。その二通はお悔やみの手紙だろうと思いますが、はっきりしたことはわかりません、パットナムはそう思っていますが。彼はそのうちの一通の筆跡を覚えていました。エルシー・デイヴィンからのものだったそうです」

フェローズは郵便局長に礼を言い、電話を切った。犯人はジョージ・ロベンズではなさそうだった。

三時半に、ウィルクスが、ジマーマンはシロらしいというニュースを持って戻ってきた。

「肥料を買いにコリンズのところへ行ったことはない、と彼は言っている。いつもコリンズが配達してくれたそうだ。われわれがつかんだ日付は今年ので、二年前のものじゃない」

「彼の分は値段が高かったよ、シド」

「物価が上がったのさ、ほかのすべてのものと同じで」

「で、彼のアリバイは？」

「細君といっしょに家にいて、早く床《とこ》についたと言っている。彼がなんらかの関係があるとは思われんよ、フレッド。ロベンズ夫人とダンスをするのが好きかどうかはともかく、幸福な結婚生活を送っているように見えるね。ジョージのことを聞いたことがあるかとたずねたところ、ないと言っている。なぜジョージは独身なんだろう、どうやって暮らしているんだろう――そんな話題が、女たちのあいだでときどき持ちあがることを細君は認めていたよ。としごろの女の子はとくに興味を持っているそうだが、彼がどうやって過ごしているのか、だれにも見当がつかんそうだ」

「慎重にな」とフェローズは言った。「いいかい、われわれはヴィクターに殺意をいだいていた人間を捜しているんだ」

「きみの意見が正しいとしても、おれは依然として疑問だね」

ハリー・ウィルスンが報告に戻ってきたのは、四時の交代時間を過ぎてからだった。「駆けずりまわるには暑い日ですね」と不平がましく言いながら、彼は手帳を引きだした。

「でもきみは、窓を全部あけっぱなしにしたまま、すばらしいステーション・ワゴンを乗りまわしていたんじゃないか」とフェローズ、「有望な鉱脈までテクテク歩いていった昔の警官のことを考えてみろよ」

有望な鉱脈とは思えなかった、とウィルスンは言ってから、報告にはいった。リストの一番初めに出ているジョー・キュージックは、ただちに除外された。事件のあった雨の夜、彼は妻といっしょに、地下室にはいりこむ水をぬぐいとっていたという。噂は聞いたことがあるが、ジョージ・ロベンズなんぞ知らない、とキュージックは言った。納屋へ肥料を取りにいったのはコリンズの車が故障したときだけだった、とも言った。

「たぶん、ちょいちょい故障したんだろうな」と、ウィルクスが言った。

妹といっしょに住んでいるウォーターマンという四十歳の男は、事件の夜には女友だちを映画に連れていったと証言したが、その言葉は女友だちの母親によって立証された。彼はジョージ・ロベンズを知っていて、一度口論したことがあった。彼はシシー・ボーレンが結婚する前、彼女を懇親会へ連れていったが、そこでジョージが彼女を横取りしようとしたのだった。

「ジョージと納屋のことは何も知らなかったのかい？」

「コリンズのところへ行ったが、肥料を取りにいっただけだ、と言っていました。何も見なかったそうです。一度そこで女の子をふたり見かけ、だれだかたずねた、と言っていました。親戚だ、とコリンズは言ったそうです」

「彼はその女の子に話しかけたのかね？」

「話しかけなかったそうです。小さいほうはベビー・サークルにいて、もうひとりのほうはさびた樽のたがをもって遊んでいたそうです。家のそばにいたそうです」

ジャグリンスキーも除外された。彼は六十五歳で、関節炎で片脚を痛めていた。彼の妻は事件の夜、調剤してもらいに行ったが、途中で車がスリップして、玉石でフェンダーをへこましてしまった。彼は、ジョージをほんのちょっと知っているだけで、一年以上もコリンズから肥料を買ったことがないという。

リストの最後にのっているロースンは、ほかの者同様シロらしかった。ジョージをほとんど知らないし、コリンズのところで子どもを見かけたことはないという。殺人のあった夜、彼は自室で三人の友だちとトランプをしていた。雨が降ろうと、みぞれが降ろうと、雪が降ろうと、毎週きまって行なわれる行事で、妻がその事実を立証した。

「その友だちというのに当たってみたかね？」

ウィルスンは首を横に振って、「でも、名前は聞いておきました」

「帰りに、少なくともそのうちのひとりに当たってみてくれ。あとのふたりは明日やればいい」

「それが必要だとほんとにお考えなんですか、署長」

「いや、必要だとは思わんが、とにかくやってみよう。今後は、あらゆることを念のために確かめてみるつもりだ。もしおれがりっぱな署長なら、最初からそれをやっていたはずだがね」

パトロール巡査が浮かぬ顔で出て行くと、ウィルクスは言った。「ジョージがシロで彼らがシロなら、みんなシロだ」

フェローズは溜息をつき、片手で顔をこすった。「みんなというわけじゃない。ロベンズ夫人がまだ残っている。そうすれば、ほかに可能性がひとつある」

「そりゃ誰だい？」

「われわれがまだ嫌疑をかけていない男さ」

ウィルクスは微笑を浮かべ、「ある可能性ってわけか」

「われわれのふところの中にあるも同然だ」と、フェローズは不機嫌に言った。「ともかく、テープレコーダーがある。十人ばかりの作り声をおさめてあるが、もっと必要だ。二、三人の声を吹きこんでもらいにいき、夕食後にソレンスキー氏に会おう。新しい方向がひらけてくるかもしれん」

土曜日の晩

20

ウィルクスといっしょにソレンスキーの農場へ持って行ったテープにフェローズがおさめておいたのは、種々雑多な声だった。自分たちと妻のほかに、当番、非番の警官の大部分、交換手のふたりの女の子、フェローズの四人の子どもたち――ラリー十八歳、シャーリー十六歳、ケイティ十四歳、ピーター十一歳――の声をおさめたのだった。さらに署の近くの喫茶店のウエイトレスふたり、交通違反の罰金を払いにきた、あっけにとられている夫婦者の声もおさめた。

こうした声のラインナップをたずさえ、夕闇迫るなかを、フェローズとウィルクスは、ソレンスキー家の上り段を昇り、農場主自身に招じ入れられた。彼はこの訪問に驚き、署長の手にしている機械を見て当惑した。「テープレコーダーですよ」とフェローズは言って、「ちょっとお力をお借りしたいと思いましてね」

彼らは居間にはいり、古風なソファに腰をおろした。そこではソレンスキー夫人が膝掛けを作っていた。フェローズはひらいた両足のあいだの床《ゆか》に機械を置いて、「あなたはカイゼルひげをはやした男が話すのをお聞きになった。男が何と言ったか、どんな声を出したか、もう一度お聞かせくださいませんか」

ソレンスキーはちょっと口ごもってから、「何と言ったか、正確には思い出せないんですよ。『ブリッジポートから来た者だが、ヴィクターに肥料代を貸してある』そんなことを言いましたよ」

「ヴィクター？」署長はとつぜん口をはさんだ。「この前お話ししたときには、『ロベンズ』とだけ言ったとおっしゃったはずだが」

「『ヴィクター』と言ったか、『ロベンズ』と言ったか、それが思い出せないんですよ。どっちだってたいした違いはないでしょう」

「それが大ありなんですよ。どっちだったか思い出してください」

ソレンスキーは思い出そうとしたが、うまくいかなかった。「今となっちゃ、わかりませんな。この前ロベンズって言ったとしたら、たぶん『ロベンズ』だったんでしょう。この前のときのほうが、記憶がはっきりしていたはずですからね」

フェローズは大目に見ざるをえなかった。「では、声について話してください」

「低いどら声みたいでした」

「作り声でしょうね？」

ソレンスキーはちょっと考えてから、「ええ、そうかもしれませんね」

「女の声ってことはありえませんかね？」

彼は首を横に振って、「ありえませんね」

「女の声だったら、わかるとおっしゃるんですか？」

「女なら、あんなふうにだませやしませんよ。間違いなく男の声です」

フェローズはそれを認め、腰をかがめて仕事に取りかかった。テープレコーダーのプラグをさすと、ソレンスキーに鉛筆と紙を持たせた。「このテープを回します。同じようなことを言っている、いろいろな声が吹きこんであります。全部で二十人。一から二十まで番号を書きこんでいただいて、男の声であるか女の声であるか、その横に書いていただきましょう」

「わからないとでもいうんですか」

「確かめてみたいんですよ。それから、もしあの晩あなたのお聞きになった声に似ている声があったら、その番号の横にチェックしてください。よろしいですね？」

何もかも馬鹿らしい、とソレンスキーは思ったが、同意した。彼は番号を記し、「用意ができました」と、言った。

フェローズはスイッチを入れて真空管をあたためため、回転スイッチをまわした。最初の声、キャシディの声はどら声だった。「ブリッジポートからはるばるやって来たんだが、ロベンズに肥料代五十ドル貸してあるんだ」そのあと五秒ほど間隔があり、「男だ」と、ソレンスキーは言って、書きとめた。次にドリス・ノートンの声が同じせりふを言い、同じだけ間隔があった。ソレンスキーは、ちょっとためらってから、「女だ」と言い、急いで書きとめた。そのとき、三番目の声が聞こえてきた。それ以後、彼は黙って慎重に耳を傾け、書きとめていった。

二十番目の声が喉声で同じせりふを告げたあと、音がやみ、テープは静かに回った。フェローズはスイッチを切り、ソレンスキーの紙を取りあげて、それを原本のリストとくらべた。ソレンスキーは答案をなおしてもらっている生徒のように待った。フェローズが目を上げると、

「どうでした?」と、彼はたずねた。

「かなり出来はいいですな。二十点満点の十七点」と、署長は言った。

「間違ったのはどれです?」

「わたしの息子のピーターを、あんたは女と間違えた。こいつはもちろん無理はない。それに、グレイス・ムーニーを男と間違え、ゲイリー・ウェイドを女と間違えましたよ」

「そこにチェックしてあるでしょう?」ソレンスキーは守勢口調で言った。「チェックをした三番目の声は、あの晩聞いた声によく似ているんです。気がつきましたか」

フェローズは言った。「ええ、気がつきましたよ」

「なら、さっさとその男を尋問して、あの晩どこにいたか調べてみたらどうです。わたしがほかの声をどう思ったか、そんなことは気になさらないで。あれは男の声だし、あの声には聞き覚えがある。いったい誰なんです?」

「わたしですよ」と、署長はそっけなく言った。ウィルクスがぷっと吹きだした。

彼らはテープレコーダーをしまい、ソレンスキーに礼を言って、車に戻った。「二十点満点の十七点とはかなり出来がいいな。おれはそれ以上とれるか疑問だな」と、ウィルクスが言った。

は、やつが思い違いをしたかもしれないってことだけだよ。けっきょく女かもしれない」

「何の足しにもならんな」フェローズはにがにがしげに言った。「テストの結果わかったこと
「きみの声をチェックした以上、女っていうことはあるまい。きみの声は、女には真似ができないからな。男だってことは、九割がた確かだと思うよ」

署長は両手をハンドルにかけて坐り、足元を凝視した。「たぶんね。ロベンズ夫人にもためしてみるとしよう。彼女がどんな反応を示すか見てみよう」

ウィルクスは言った。「無駄じゃあるまい。行ってみよう」

ロベンズ夫人は煙に巻かれたような様子を見せたが、協力してくれた。犯人の声を男の声だと思ったが、男の服装をしていたので、そう思ったのかもしれない、と彼女は言った。「変な声でしたわ。そう言われてみれば作り声かもしれませんけど、そのときは、そんなこと思いつきませんでした」

彼女は注意ぶかく耳を傾け、テストを受けた。彼女はソレンスキーよりも出来がよかった。十九問適中し、フェローズの息子ピーター少年の声にもだまされなかった。グレイス・ムーニーのアルトを男の声と聞き違えただけだった。いっぽう、殺人の夜聞いた声に似ている声はない、署長の声はぜんぜん似ていない、と彼女は言った。署長がもう一度自分の喉声をかけて聞かせると、「そんな感じじゃありませんでしたわ」と、彼女は言った。「もうちょっと軽い声でしたわ。どちらかというと九番のような——それとも違いますけど」

九番とはゲイリー・ウェイドの声だ。ソレンスキーが女の声と間違えた声である。

「で、いったいどういうことになるんだろう?」車にもどると、ウィルクスが不平をもらした。

「すべてが他のすべてを抹殺する」

「べつにどういうことにもならんさ」とフェローズがぼやいた。「このいまいましいテープレコーダーは、われわれを元のところへ引き戻してしまった。この事件の難点はそこさ。答えが得られん。間違った答えさえ得られん。わかったことといえば、曖昧さだけだ。あの夜、ジョージがやってきたとも、こなかったとも、わからん。犯人は男とも女ともわからんし、背が高いとも低いともわからんし、近くの者とも余所者《よそ》ともわからん。ヴィックをねらったとも、ジョージをねらっていたともわからん」

「ヴィックを殺すつもりだったと、少なくともきみは想像していたんじゃないのかい」

「そのことについちゃ確信がないんだ。ぜんぜん確信がないんだ。ロベンズ夫人が犯人かどうか、われわれを混乱させて楽しんでいるのかどうかも」

ウィルクスはおもおもしく言った。「ねえ、フレッド。彼女は犯人じゃないかもしれんが、人を大いに混乱させるぜ。ソレンスキーの言うことは信用できるが、彼女の言うことは信用できない。犯人がだれであれ、彼女は犯人を知っており、犯人がそれをやったことを知っており、犯人とぐるになっているからだ。情事を隠す如才ないやつは、なにもジョージだけじゃない。彼女もずっと隠しおおしている。彼女を苦しめることはできるが、協力は期待できないな」

フェローズは溜息をついて、「あのとおりの美人でもあるしね」

「それだけかい」

「きみの言うとおりかもしれんよ、シド。ほかに解釈は思い当たらないんだが、どうやってつきとめたらいいか、見当がつかないもんでね。せんさく好きな近所の連中をだますほど頭のいい女なら、われわれとしても近づけんね」

21

五月二十二日　日曜日　午前十一時―午後二時三十分

五月二十二日にストックフォードの第一組合教会の礼拝式に参列した人々は、警察署長が妻と上の三人の子どもとともに家族専用席に坐っているという珍しい光景を見る機会に恵まれた。妻のセシリア・フェローズと子どもたちはきまって参列するが、署長は日曜日の勤務を口実に、これまで列席したことがなかった。理由の大半が〝牧師の馬鹿野郎〟に尽きるということは知られていなかったが、彼の教会ぎらいはよく知られていた。その仇名は妻の耳にだけはいっていた。彼女は、モース博士が世界一聡明な牧師ではないことは認めざるを得なかったが、博士の誠実さについては心から弁護した。

しかし、この朝、モース博士がキリスト教徒としての償《つぐな》いについてメロドラマチックに説教しているあいだ、フェローズはひるむことなく、小声で半畳を入れることなく、耳を傾けていた。祈禱のあいだは目をとじ、心から楽しそうに賛美歌を歌った。

こうした態度をとるにいたった動機は見栄ではなく、宗教心の復活でもなかった。迷信以外の何ものでもなかった――神に対してよくすれば、おそらく神のほうでもよくしてくれるだろうという、いわば取引なのだ。

しかしフェローズは、お祈りだけを頼りにしているわけではなかった。教会の玄関で牧師と握手をかわし、珍しく列席した彼を祝福する人々に挨拶するやいなや、署長室に戻り、腰をおろして、たまっていたヴィクター・ロベンズに関する報告書を熱心に読みはじめた。

「そこから何が出てくると思うかね。もう五十ぺんも読んだだろう」と、ウィルクスが言った。

「だが、相手が天才だと決めてかかってからは、読み返してないよ。今度は、犯人は近所の人間だという説を押しすすめていこうと思っているんだ。何人のアリバイが崩せるか、やってみたい」

「ぜんぶ崩してみてくれ。で、それで何がわかるというんだ？」

「それが第一段階さ。あとは、天才がだれだかつきとめるまでさ」

「ひとり残らず話してみたんだが、見当たらんよ」

「そんなに簡単にわかるはずがない。やりかたがおいおいわかってくる。おれ自身そうした頭はないが、方法をどの程度つきとめられるか、やってみよう」

「コーヒーを一ガロンばかり注文しようか」

フェローズは彼を追いだし、部屋にとじこもった。精神を集中するためひとりになりたかったのだが、修道院のような部屋の雰囲気がその目的にかなった。日曜日は本署のまわりは静かだ。たいていの日は静かで、アンガー巡査部長のデスクの上でときたま電話が鳴る以外、署長の妨害になるようなものは何もなかった。

ヴィクター・ロベンズの近くに住んでいる人間は十一人いる。プレイン・ファームズ街道か、メドウ通りの近くだ。彼は報告書に載っているアリバイをなんべんもチェックしながら、ゆっくりと名前を追っていった。十九歳のチャーリー・ウィギンズが載っている。彼のアリバイはロベンズ夫人の証言にもとづいている。とすると、確固たるものとはいえない。フェローズはその名前を新しいリストに書きとめた。次はジョン・ソレンスキー。彼のアリバイは細君が認めているので、これは除外していい。次はスタンレー・ポラック。彼はひとりでスタンフォードの映画へ行っている——あるいは、そう言っている——そして、一時十五分すぎまで帰宅していない。彼のアリバイがいちばん弱い、と署長は思った。

スタンレーの父親ジャスティン・ポラックとその祖父ジョン・マーウィンは、お互いにアリバイを認め合っただけではなく、ふたりの女が立証している。フェローズはそれらの名前をとばした。四人の姉妹がアリバイを証言しているマーティン・デイヴィンも、同様に除外された。フェローズは、マイク・トレイジャーの名を見てふと考えた。若くてひまで、ロベンズ夫人に関係のある噂ではないけれど、とかく噂が立っている。彼は女の子と映画に行ったと証言したが、その名前は依然として口をつぐんで語らない。調べてみる点がありそうだ。ジェイムズ・ボーレンの名前も加えられた。おそらく彼も映画へ行ったのだろうが、彼のところで働いている雇い人夫婦は、彼の帰宅時間を知らなかった。コリクジックもジマーマンもしっかりしたアリバイがあったが、フェローズはボーレンの雇い人クリフ・ハケットの名前を加えた。容疑者だと思ったからではなく、彼についてはほとんど何もわからないからだ。

彼はリストをざっとながめただけだった。まぎれもない要素がすでに彼の目をとらえたからである。彼はウィルクスを呼び寄せ、紙を見せた。

「思ったほどかからなかったね」と、ウィルクスは言い、名前を読んだ。「ウィギンズか――おれはこいつが気に入っていたんだが。スタンレー・ポラック――こいつもまあ好きだ。トレイジャー――たぶんね。ボーレン――ジョージが卑劣な真似をしたからって、ヴィクターを殺すようなことをしなけりゃね。ハケットか！」彼は首を横に振って、「おれはあいつに会ったよ。あいつにはできるとは思えんな。それに、天才って感じはぜんぜんしなかったよ」

「じゃあ、ほかの者は？」

「ま、凡才だな。ウィギンズには、われわれが考えている以上のものがあるかもしれん。もし彼がやったとしたら、たしかに天才だな。変装用具をどう処分したか、そいつはわからん」

フェローズが言った。「ポラックとトレイジャーをどう思う？」

ウィルクスは頭を掻いて、「もし彼が天才なら、ひとりで映画へ行ったなんていうよりも、もっとましなアリバイを考えだすだろうな。これじゃアリバイにならんよ」

「映画の筋をすっかり話したんじゃなければね」

「でも、あの晩見たってことにはならんだろう」

「寄った食堂の名前を挙げているぜ。覚えていてくれる人間を捜してもらおうとでもいうように」

「だれも覚えちゃおらんよ。彼が利口なら、そのくらいのことは心得ている」

「トレイジャーはどうだい？」

ウィルクスはうなずいた。「ちょっと天才くさいな、フレッド。女の子と映画に行ったと言っているが、名前は頑として言わない。映画へなんか行かなかったんじゃないかな。どこかでペッティングでもやっていたので、言いたがらんのだろう。〝イカす男〟って言いたくなるね。頭から信用したいよ」そう言って目を上げて、「まあ、好感がもてるな。どうだい」

フェローズはうなずいた。「おれの結論も同じさ。黙秘権を受けつけぬ人間が相手になるべき時期だと思うよ。つまり、このおれさ」

「成功を祈るよ」

マイク・トレイジャーは髪も肌も黒い、目の青い、日焼けした好男子だった。どこか酷薄な好色さがただよっている。女にもてるが、そんなことにはあまり関心を払わない、自己満足の傾向のある男、との印象をフェローズは受けた。

母親が呼ぶと、彼は部屋にはいってきた。母親と伯母はものを片づけて引きさがった。フェローズは床《ゆか》の中央に立って相手をじっと見つめたが、トレイジャーはそうはせず、長椅子に腰をおろし、女たちが出ていくと、「署長みずからおいでになりましたか。どうやらわたしも出世したらしいですね」と言った。

フェローズは椅子に腰をおろして、「お会いすべき時期だと思いましてね」

「どうぞご随意に」

フェローズは、まず第一に相手の顔が気にくわなかったが、態度はさらに気にくわなかった。

「こんなことは、どちらにとってもあまり楽しいことじゃありませんが、礼儀正しくやれば、少しは不愉快じゃなくなりますがね」

「勝手においでになった。招待状は出さなかったはずですがね」

「仕事なんですよ、トレイジャーさん。好きでやっているわけじゃありません。義務なんですよ。協力してくだされば助かるんですがね」

トレイジャーはしゃんとからだを伸ばして、「ご自分のためなら、さっさとおはじめください。でも、泣きつかれるのはごめんです。わたしの私生活などどうなっても構わないと勝手に決めこんで、干渉しにおいでになった。殺人があったからといって、どこでも勝手に首を突っこみながら、だれでも敬意を払ってくれるものと思っていらっしゃる。人を容疑者呼ばわりし、リストから除いてもらおうとして相手が心の中を打ち明けてくれるものと思いこんでいらっしゃる。その手でおどそうとしても無駄ですよ。わたしは何も打ち明けやしませんからね」

フェローズは耳を傾け、トレイジャーをじっと見つめた。彼は手帳を取りだし、メモしてから、一瞬考えこんで手をやすめ、さらにメモしてから、手をやすめた。トレイジャーが言った。

「そりゃいったいなんのまねです――そのブラック・リストは？　どうするんです？　わたしが音をあげるまで待って、しょっぴくつもりですか？」

フェローズは依然として何も言わなかった。言葉が流れでているあいだ、トレイジャーの顔をじっと見つめ、それからゆっくり視線を相手の服装に移した。彼はさらにメモし、部屋を見まわし、ふたたびメモした。「あなたの寝室はどこですか」と、彼はたずねた。

トレイジャーは目をぱちくりさせ、口ごもり、それから、ややはげしい口調で言った。「あんたの知ったことじゃありませんよ」

「そりゃかまいませんがね」フェローズはぴくりと肩をすくめて、「調べることができますからね」彼はさらに二、三行メモした。

トレイジャーが言った。「いったい、どうして知りたいんです?」

署長はそれにも答えなかった。彼はさらにすばやくメモし、トレイジャーを見上げ、軽い微笑を浮かべた。

「あんたの質問には答えませんからね」と、トレイジャーが言った。

フェローズは返事をする前にふたたびメモしてから、「寝室がどこだか、おっしゃりたくないんですね」

「あんたが知ろうが知るまいが、そんなことはかまやしません。わたしは教えませんから」

フェローズはおもおもしくうなずいた。今度は何も書かなかった。トレイジャーはちょっと間《ま》をおいてから言った。「どうしたんです? 何もお書きにならないなんて。痙攣《けいれん》でも起こしたんですか?」

「いや、もう書きとめましたよ」と、フェローズは穏やかに言った。

「寝室がどこだか、わたしが言わないっていうことを?」

「ええ」

「なぜ言わないかは、まだ書いておらんでしょう」

「いや、書きましたよ。数行前にね」

「理由はまだ言っていませんぜ」

「言ったのに、自分では気がつかなかったんですよ」

トレイジャーは顔を真っ赤にして身を乗りだしていた。「あんたはでたらめを書いている。わたしが答えようとしないことから、なにかでっちあげようとしている。さあ、いったい何を書きとめたんです？」

フェローズは返事をせず、冷静な目つきでトレイジャーを見つめ、ふたたび書きはじめた。トレイジャーはこぶしを固めて立ちあがったが、フェローズもそれに劣らず敏捷だった。彼も立ちあがり、穏やかな口調で言った。「面談中は坐っていていただけるとありがたいんですがね、トレイジャーさん」

両者の目が合った。トレイジャーの目は燃え、署長の目は冷静だった。背丈は同じくらいだったが、フェローズのほうががっしりしている。トレイジャーのほうが若くて調子がよさそうだったが、フェローズの態度には、若い頃かなりの暴れ者だったらしい様子がうかがえた。署長の声の穏やかなひびきは相手の誤解を招くようなものではなく、トレイジャーは手帳を引ったくりたい衝動をぐっと抑えて、ふたたびゆっくりと腰をおろした。署長もゆっくりと腰をおろし、さらに少しばかり手帳にメモした。メモしながら彼は無造作に言った。「ちょいちょい癇癪を起こすんですか、トレイジャーさん」

「あんたの知ったことじゃありませんよ」

「実は知っておく必要がありますんでね。しかし、調べればわかるでしょうな」そう言いながら、彼はメモしつづけた。

トレイジャーが口を動かした。「一杯くわせようとしているんでしょう。でっちあげようとしているんだ」

「われわれはだれにも一杯くわせたりしませんよ、トレイジャーさん。手がかりの糸をたぐっているだけです」

「わたしをさしている手がかりなんか、ありゃしないのに！」

フェローズが言った。「ちょっとお待ちください。まだこいつを終えていませんから」そう言って少しメモし、鉛筆を構えて目を上げた。「もう一度それをおっしゃってくださいませんか」

「殺人のあった晩、わたしは映画に行ってましたよ。一週間前、あんたの部下に話したはずです」

「ええ。それは知っていますよ」そう言ってフェローズは、侮《あなど》りと親しみをこめたような、やくざっぽい微笑を浮かべた。「ただ、わたしの部下は少々納得しがたい人間なんでしてね、とくに相手が嘘をつくことによってあらゆる点で得をする場合にはね」

「そりゃどういう意味です――あらゆる点で得をするっていうのは？」

署長は穏やかに言った。「そりゃもちろん、あんたがあの晩すべきじゃないことをしていたとしたら、それについて訊かれたときのもっとも論理的な答えは、嘘をつくことでしょう。そうじゃありませんか」

トレイジャーは言った。「すべきじゃないことって、どんなことです？」

フェローズは再び相手に微笑を向けて、「それに対する答えは、いくらでもご存知でしょう」

「そりゃわかりますよ。しかし、あんたの考えている答えは何です？」

それには答えず、フェローズはふたたびメモをとった。トレイジャーがぶっきらぼうに言った。「そのメモはいったい何です？　わたしが何をしたことになっているんです？」

「あんたはいろんなことをお訊きになりますねえ、トレイジャーさん。いつもそんなに好奇心がお強いんですか」

「わたしは――」どう答えたらいいか思いまどって、トレイジャーは口ごもった。「あんたの知ったこっちゃありませんよ」と、彼は怒りに声を張りあげて言った。「あんたはわたしにロベンズ殺しのぬれぎぬを着せようとしているんだ。なんでいったい、わたしがあの男を殺すというんです？　ろくに知りもしない男を」

フェローズはおだやかに言った。「彼の細君とはどの程度のお知り合いだったんです？」

この言葉に、トレイジャーはぎくりとした。「なるほど」と彼は言って、消化するだけの間《ま》をおいた。フェローズはふたたびメモしはじめた。トレイジャーはかっとなった。「いいかげんにしろ！　おれはマータ・ロベンズとはぜんぜん関係なんかなかった。結婚してる女じゃないか！　いったい、このおれをどんな男と思っているんだ？」返事がなかった。フェローズは手帳から目を上げなかった。トレイジャーの声が少し変わった。「たのむから、書くのをやめてくれんか？　おれはやたらに癇癪を起こしゃしない。取りみだしたりしやしない。ヴィクターと喧嘩なんかしたことは一度もない。たとえ喧嘩をしたとしても、どんな喧嘩であろうと、人を殺したりなんぞしやしない。ほうっておくさ。自分のことでいっぱいさ」

フェローズは鉛筆をもちあげ、目を上げた。「殺人のあった晩、あんたが見にいった映画は何ですか」

「女の子といっしょだったんだ。いっしょに映画に行ったんだ。わからんのかね？　あの晩、人を殺せるわけがない」そう言ってから、あわててつけ加えた。「ほかの晩でも！」

「前に言ったように」と、署長は答えた。「その話はわたしの部下が聞いたんだが、信じられんそうですよ。じつを言うと、ぜんぜん信じられんそうでね」

「証人がいる。その女の子が」

フェローズは首を横に振った。「その女の子は証人にはならんよ」

トレイジャーは、はっと息をのんでから、「そりゃどういう意味です？　彼女は証言できる――」

「そりゃできるだろうが、そんなこと何の意味もありませんよ」

「そりゃいったいどういうことです？　わたしといっしょだったと宣誓して証言しても、意味がないっていうのはなぜです？」

フェローズは辛抱強く言った。「噂によれば、あんたには、思いどおりに証言してくれる女の子などいくらでもいそうですからな」ここで、意味ありげな、あいまいな微笑を浮かべた。

「証人は公平でなければならぬということを、どうやらご存知ないらしいですな」

「というと、好きな女は証言できないっていうわけですか」

「まあそういったところです。そういったアリバイ工作ができるとお思いなら、あまり賢明じゃありませんな」

トレイジャーの浅黒い顔色が青ざめた。フェローズが立ちあがりかけると、彼も立ちあがりかけたが、思いなおして腰をおろした。「仕方がない。話しましょう」と、彼は声をおとした。「タウンゼンドの東のコージー・レスト・モーテルへ行って、五月十二日の日付でマイケル・オーランドー夫妻とサインした宿泊カードを捜してください。わたしの筆跡であることがわかるはずです。そこの経営者のウォレスという男に訊いてみてください。オーランドーという男はどんな男だったかと訊いてみてください。わたしの人相を話すはずです。オーランドー夫人はどんな女だったか訊いてみてください。ブロンドで身長五フィート六インチ、鳶《とび》色の目、黒のドレスに白のレインコートを着て、赤い傘を持っていたと言うはずです。そして、八時半に到着して六号室にはいった、一週間前に予約した、とね。それに、午前三時半までその部屋から一歩も外へ出なかったとも言うはずです」彼はフェローズをにらみつけた。「驚いたでしょう？　びっくりしたでしょう？　うまくいったと思ってたんでしょう、え？　わたしにはアリバイがないと思ってたんでしょう。わたしをうまく追いつめたと思ってたんでしょう、え？　そんな考えはさっさとパイプに詰めて、煙にしてしまうんですね」

22

日曜日　午後二時三十分―四時三十分

フェローズが戻ってみると、ウィルクスがデスクの番をしており、スピード違反で逮捕されて憤慨している若い女に、このまま旅行をつづけたければ二十五ドルの罰金を払わなければならない、と如才なく説明していた。

彼女は、彼と警察全般とストックフォードの町の悪口を少しばかり言ったが、ウィルクスは礼儀正しい態度をくずさず、彼女に罰金の受取りを渡した。二十七日金曜日午前十時に出廷するように、と彼は言った。彼女は町の裁判所の悪口を少しばかり言ってから、大手を振って出て行った。ドアがしまると、ウィルクスは女の悪口を言った。警察日誌に記入してから、フェローズを見上げて、「その顔つきからすると、きょうは悪いニュースが続々とはいってくるらしいな。トレイジャーをとっちめることができなかったのかい？」

「いや、とっちめてやったよ。ぜんぜん面倒はなかった」そう言って手帳を取りだし、デスクの上にひろげた。「このとおりだ」

ウィルクスは手帳を見て、「きみの字は読めんよ、フレッド。何だい、これは。〝クラシウムのラーズ・ポーセナ、九柱の神にかけて誓う――ええと、ターキン王家か――もはや害をこうむることなし〝か」

「そう書いてあるのさ。『橋上のホラチウス』だよ。中学時代、弁論大会のために暗記したのさ。こいつを思い出しながらトレイジャーを狼狽させようとしたのさ」

「やつと話をしながら、こいつを書いたのかい？」

「やつはあらかたしゃべったよ」

「アリバイについてかい？　天才だっていうことをかい？　なんでそんなにふさぎこんでいるんだい？」

「残念ながらアリバイは完璧らしいんだ」そう言ってフェローズは、トレイジャーの筆跡で〈マイケル・オーランドー夫妻〉と書いてある一枚の紙を取りだし、ウィルクスに渡した。「コージー・レスト・モーテルを知っているだろう？」

「タウンゼンドの東にあるモーテルだろう？　知っているよ」

「木曜日の晩の八時半から金曜日の午前三時半まで、女の子とそこで過ごしたと彼は言っているんだ」フェローズは手帳を取り戻し、三ページぱらぱらとめくって、引き裂いた。「こんな詩を残しておく必要はないからな。あとは使いたまえ。おれの手帳とこの紙をそのモーテルへ持って行って、経営者に会ってきてくれ。この筆跡と、五月十二日の宿泊カードに記入してあるオーランドー夫妻という筆跡とを比べ、オーランドーと名のった男と相手の女の人相をできるだけ詳しく聞いてきてくれ。女の子の本名は知らんが、その点はせんさくする必要はないと思う。経営者に会って、時間の点を確かめてくれればいい。ふたりの服装についてトレイジャーの述べたことは、おれの手帳に書いてある。一致するかどうか調べてくれ」

ウィルクスはうなずき、紙を手帳にはさんでポケットにおさめた。「経営者がやつのアリバイを立証するってわけだね」

「そいつが利害関係のない第三者ならばね。相手の女の証言はたいして価値があるとは思えんが、経営者のほうのは少しは価値があるだろう。そいつを裏書きするか、崩すかするものが見つかるかどうか、調べてみてくれ。トレイジャーが金を出して証人を雇っておらんとは断言できんからな」

ウィルクスは立ちあがった。「どうすべきか調べてみよう」

「アンガーはどこにいる？」

「コーヒーを買いに出かけたよ。なぜだい？」

「だれかにデスクにいてもらいたいんだ。おれは署長室で、もう一度報告書を調べたいんだ。なにか手がかりが見つかるかもしれんからな」

アンガーがコーヒーを二つ持ってはいってきた。「おれの分は署長にあげてくれ——署長はおれより飲みたいだろうから」ウィルクスはそう言って、出ていった。

それから一時間半、署長は署長室にとじこもり、ウィルクスが戻ってきたときにも、まだそこにいた。ウィルクスはノックして名のった。はいりたまえ、とフェローズが言った。

「どうだったい？」

「トレイジャーの裏を取ってみたんだが」と、ウィルクスは単刀直入に言った。

「堅固かい？」

「セメントみたいさ。モーテルの経営者はトレイジャーと相手の女の人相を説明してくれたよ。二人が泊まったのは、あのときが初めてじゃないんでね。さかんに旅行するとトレイジャーは言っていたというし、予約することもちょいちょいあるそうだ。経営者はやつを信用している口ぶりだったが、やつがどうして部屋を必要とするのか知っているらしいな。ともかく、筆跡は一致したし、人相も一致した。トレイジャーはたしかに八時半に投宿した。宿泊カードに経営者の筆跡でそう書いてある。十二時すぎだという以外、彼らは何時にモーテルを出たか、経営者は知らんそうだ。十二時に表をしめて寝たそうだ。細君の言うには、トレイジャーと女の子が乗ってきた車はそのときまだそこにあったそうだ。道路をへだてた向かい側に食堂がある。虫が知らせたんで当たってみたんだ。夜勤のウェイトレスを電話で呼びだしたんだが、大雨だったんで五月十二日のことを覚えていたよ。彼らの人相に一致するふたり連れがコーヒーにサンドイッチを取りにはいってきたのを覚えていた。午前一時ごろだったという。通りを横切ってモーテルへ駆け戻るのを見たという。で、天才であろうがなかろうが、同時に二つの場所に現われることはできんよ」

フェローズはうなずき、微笑を浮かべた。「ふむ、少なくとも確たる答えだよ。あいまいなものとはわけがちがう」

「でも、期待はずれの答えだ。何を喜んでいるのかわからんよ」

「あることがわかったんだ」

「報告書から？」ウィルクスは顔を輝かした。「手がかりかい？」

「矛盾さ。トレイジャーの行動より、もうちょっと天才くさいんだ」彼は両手を上げて、「だが、あんまり期待しないでくれ。きわめて些細なことなんで、また成層圏へはいろうとしているって言われるかもしれんが、調べてみる価値のあることなんだ」

ウィルクスは椅子を引き寄せた。「今のところ、見込みのあることなら何にでも飛びつきたいくらいなんで、きみがどこへ行こうが文句は言わんよ。聞かせてくれ」

「ポラック青年に関係のあることなんだ」

「彼のアリバイかい？」

「彼の陳述さ。ポラックがジョージについて語ったこと――あのエドの報告を覚えているだろう？」

「ぼんやりとね。もう一度聞かせてくれないか」

フェローズはデスクの上に散らばっている書類のいちばん上のを取り、読みあげた。「スタンレー・ポラックは、ジョージ・ロベンズがからんでいると信じている。機械がたえず故障していたので彼はしばしばロベンズの果樹園へ行き、ジョージとちょいちょい会った。ジョージはほとんどひっきりなしにセックスの話をしかけ、仕事中の彼を捜しだそうとさえした。ポラックはそんな話は聞きたくなかったそうだが、ジョージはそんな話をしては相手を悩まし、猥談や女の話をしては相手を当惑させ、喜んでいたという。どうやって処理しているのかとたずねたり、流し目で見たりしたという。数回、ジョージはエロ写真やエロ本を見せ、仕事をしているポラックに読んで聞かせようとしたことがあった。相当経験があるような口ぶりで、女をたらしこむ方法をポラックに伝授したことがあった。この町での征服談を誇らしげに話したことが数回あったが、相手の名前を口にしたことは一度もなかった。『おれが女房や娘といちゃついてることを知ったときの、この町の男どもの面《つら》が見たいもんだよ』と、一再ならず言ったという」

ウィルクスは言った。「おれにはその意味がわからんがねえ。ポラックが経験のない若者の本性を表わし、そいつをジョージはからかっているんだろう」

「それもひとつの解釈だ」

「というと、ほかに解釈のしようがあるというのかい？　まさか、ジョージが彼を堕落させたというんじゃないだろうな？」

フェローズは机上の書類に片手をついて、「ねえ、シド、ジョージに関するこれらの報告書からわかったことは、猥談が好きだったということだけだ。彼はあの方面に詳しいらしいが、的確に指摘できた者はひとりもいない。彼が納屋でシシー・ボーレンとキスしている現場をチャーリー・ウィギンズが一度目撃しているが、彼に不利な噂といえばそれだけだ」

「きみが指摘したとおり、ポラックがいちばんひんぱんに彼に会っている」

「いいかい、コリンズから部屋を借りる契約をしたのはジョージだ。実にみだらな生活をしているが、黙っているために、人からうしろ指をさされない——女どももそいつが性《しよう》に合っているのさ。内緒にしているにもかかわらず、聞きたがりもしない子どもに征服談を聞かせている」

「そこがジョージの卑劣なとこなのさ、フレッド。そこから何もわからんだろう」

「ジョージの卑劣なところは、エロ写真やエロ本やさまざまな猥談で子どもを当惑させるってことさ。だが、ジョージは、この辺の女の半数と寝たということが事実だとしたら、そいつを子どもに自慢して聞かせることは決してないだろうな。そんなことをしたら、せっかく隠しておこうと努力した甲斐がないからな。そういったことは、喜んで耳を傾けるようなおとなたちにはひとこともしゃべらない。両親に告げ口するかもしれない子どもに、どうしてそんなことを話したりするだろう」

ウィルクスは口をすぼめて、「じゃあ、こんなことは決してなかったと思うのかい？」

「こう考えてみよう。だれかがジョージに殺意をいだく動機といえば、これまでにわかったところでは、この話だけだ。おれの犯人天才説によれば、間違って殺したんだと考えられる。この話はどうやらその方向へわれわれを導くらしい」

「すると、彼が天才だということになるんだね？　彼とロベンズ夫人が――」

「彼はジョージの機械を修繕しに何度もあそこへ行ったことがある。その機械をヴィクターとマータが譲り受けた。だから、経営者が変わっても何度もそこへ行ったはずだ。ヴィクターとチャーリーが果樹園に出ていれば、家で行なわれていることが誰にわかろう？」

「きみに賛成せざるをえんな、フレッド。じゃあ、ジョージがほんとうにあの子を堕落させたと思うのかい？　噂によれば、あの子は無邪気な子らしいが」

「無邪気な子が自分の無邪気さを宣伝してるんじゃないか。われわれの推測が正しければ、ジョージがあの子にエロ写真やエロ本を見せ、あの子はそいつに飛びついたんだろう。ジョージと町の女どもに関する部分は、あの子がつけ足したんだと思うな」

「じゃあ、肥料と、ブリッジポートから来た女のことを、どうして彼は知っているんだい？」

フェローズは微笑をうかべた。悦に入ったのだ。「われわれは客のリストを手に入れただけだよ、シド。コリンズが故障した車を持っていることを、われわれは——いや、おれは忘れていた。彼自身の口からそう言っていたが、だれが修理したのか、おれは訊こうとも思わなかった。ポラック青年が土曜の午後半日がかりでそいつを修理し、二歳半の女の子がそれをじっとながめながらお母ちゃんの話をしているところが目に見えるようだよ」

ウィルクスは立ちあがった。「あいつとは話し合ってきたが、もう一度出かけていって会ってこようと思う」

フェローズは片手を上げて、「やつをここへ呼んで、警察ではどんな反応を見せるかためしてみよう」

23

日曜日　午後五時三十分―六時十五分

スタンレー・ポラックは警察に来ても、いささかも動ずる気配を見せなかった。日曜日の午後五時半、のどかな天気だった。ジャケットを着てネクタイを結び、金髪をきれいにとかしてやってきた。校長室にはいってきた優等生のような態度だった。一つ二つやさしくたずねかけられ、頭を撫でてもらおうといった調子だった。

ゴーマン巡査部長がひとり部屋にいて、忙しげに日誌と取り組んでいた。フェローズとウィルクスは署長室にいて、ドアの陰に隠れて見えない。ラリー・ヘンダースンとウィリアム・ホガースの両警官も近くにいたが、姿を見せない。彼らはポラックの緑色のドッジが車寄せにはいってきたとき、廊下へ出ていったのである。ポラックが無事署長室におさまるやいなや、外へ出て、車を調べようというわけだ。それから自分たちの車に乗りこみ、彼が立ち去るのを待とうというのである。

「ここへ来るようにと言われたんですが」と、ポラックはゴーマンに言った。「スタンレー・ポラックと申します」

ゴーマンは目を上げた。実にうまくやってのけた。「やあ、ご苦労。署長がたずねたいことがあるそうだ」彼はくるりと椅子を回転させると、呼びかけた。「署長?」

署長室でコーヒーをすすっていたフェローズが、声を張りあげて返事をした。

「ポラックが来ました」と、ゴーマンは言った。

「すぐすむから、待っているように言ってくれ」そう言ってフェローズはコーヒーをすすりつづけた。ドアの蝶番のすきまのところに立っていたウィルクスがささやいた。「汗をかいちゃおらんぜ」

「汗なんかかいてもらいたくないよ。今のところはね」と、署長がささやいた。

彼はようやくコーヒーを飲みおえると、紙コップをくずかごへ投げ捨て、嚙み煙草を嚙んだ。やっと腰を上げると、ドアを押しあけて、「ポラック君だね?」

「ええ、そうですけど」青年は立ちあがり、すすみでた。

フェローズは道をあけ、相手を招じ入れた。「ウィルクス部長刑事には会ったことがあるね?」

「ええ。こんにちは、部長刑事さん」ポラックは握手した。

彼らはテーブルの前の椅子を彼にすすめ、フェローズは椅子を回転させた。ウィルクスはテーブルの向こう側で手帳を取りだし、鉛筆の先をなめ、記入した。その動作がポラックの目を引きつけ、彼は署長のほうに向きなおる前に、一瞬、見まもった。不安に襲われたような影が、ちらと彼の顔をよぎった。彼は辛抱づよくフェローズに微笑を向けたが、その青白い顔はさらに青ざめたようだった。

フェローズは相手を元どおりくつろがせまいと決心した。くさびが打ちこまれ、圧力がかけられ、ひびが入る可能性があった。署長の顔から親しみの色が消え、すっかり仕事に没入した。

「コリンズという男のために修繕の仕事をしてやったことがあるかね？」

「肥料を売っている男でしょう？　ときどきあります」

「どんな仕事かね？」

「車の仕事ですよ」

「きみは自動車の修理もするのかね？」

ポラックの緊張がゆるんだ。「とくにやるってほどでもありませんがね。たいていは農業機械ですが、車のこともある程度知っています」

「ロベンズが殺された翌朝、ロベンズ夫人の車の修理すべき箇所がきみにはわかったね」

ポラックはうなずいた。「ありゃ簡単でしたよ。エンジンのことを多少知っていれば、すぐにわかりますよ」

「コリンズの納屋のことで、どんなことを知っているかね？」

「納屋？」ポラックは驚いたようだった。「肥料がしまってあるんでしょう」

「いや、向こう側のことだよ」

「さあ、知りませんね」彼はかすかに微笑を浮かべて、「コリンズが何かこれと関係があるんですか」

「質問はこちらがするよ」フェローズは相手の顔をまじまじと見つめた。ポラックは目をそらし、そわそわしだした。「ジョージ・ロベンズはよくきみに猥談をしたそうだが」

ポラックがうなずくと、フェローズは言った。「きみはそういった話が好きだったんじゃないのかね」

「いいえ、とんでもありません」

「じゃあ、なぜ彼はきみにそういった話をしたんだろう？」

「さあ、わかりません。そんな話を聞くのはいやでしたけど、彼の仕事をしていたので、聞かざるをえなかったんです」

「ふむ、きらいだったのかね？　そいつは正常じゃないな」

もしフェローズが相手をからかって話題を変えようと思ったのだとしたら、それは成功しなかった。「どう思われようと仕方がありません。きらいなものはきらいなんですから。あんな話を聞くと、風呂にはいってよごれを洗い流したくなりますよ」

「彼は女をものにした自慢話をしただろう？」

「ええ、しました」

「とくに誰のことを？」

「名前を挙げたことは一度もありません」

「コリンズの納屋のことを話したことがあるかね？」

「いいえ」

「女をものにした自慢話をして、コリンズの納屋のことを話したことがないというのかね？　そう信じてもらいたいというのかね？」

「納屋のことなんて一度も言いませんでしたよ。そんなこと、ぜんぜん知りません。納屋を利用したかどうかしたんですか」

「きみはひとりでロベンズ夫人に会ったことがあるかね？」

ポラックは眉を上げて、「ひとりで？　そりゃどういう意味です？」

「文字どおりの意味だよ。夫人とふたりっきりでいたことがあるかね？」

彼は一瞬考えてから、「もちろんあります」

「もちろん？」

「ロベンズのところの修理の仕事はなんべんもやりましたからね。ときどき仕事を見にきましたよ」

「家のなかで？」

「納屋のなかですよ」

「ヴィクターとチャーリー・ウィギンズはどこにいたのかね？」

「さあ、知りません。その辺にいたんでしょう」

「彼女が家に上がれと言ってくれたことはなかったかね？」

ポラックは首を横に振って、「ありませんでした」

「コーヒーとかホット・チョコレートを飲みにこいと言ったことも？」

「ええ、ありませんでした。ときたま、暑い日などに、飲みものを持ってきてくれたことはありましたが」

「夫が留守のとき、ほかの男を家に上げるような女だと思うかね？」

「いいえ。あのひとはそんな女《ひと》じゃありません」

「どうしてそれがわかるんだい？」

「ぼくにはそんなふうに思えるんですよ」

「しかし、もちろん確信はないんだろう？」

「そりゃ確信はありませんよ」彼は少し顔をしかめて言った。「まさか、あの女《ひと》がロベンズさんの死と関係があると思っておられるんじゃないんでしょう？」

「それについちゃ、きみと同様確信がないよ、ポラック君」フェローズはくるりと向きを変え、一枚の紙を取りあげた。「殺しのあった晩のきみのアリバイはかなり弱い。それは承知しているだろうね？」

ポラックはうなずいた。

「あの晩きみが家を出てから戻るまで、きみのいたところを立証してくれた者はだれもいない」

「すみません。アリバイの必要があるとは知らなかったものですから」

「きみの見に行った映画だが——なんという題名だったかね？」

「〈サファイア〉でした。いっしょにやっていたのは〈愛するには急すぎて〉という映画でした」

「誰が出演していたのかね？」

ポラックは唇を嚙んだ。「わかりません。見たこともない俳優が大勢出てました。〈サファイア〉はイギリス映画でした。出演していたのはイギリス人でした」

「きみは、ウィルクス部長刑事にこう言ったね」と、フェローズは読みあげた。「〈サファイア〉は、白人と黒人との壁を越えた少女殺しの映画だ、とね」彼は紙をポラックのほうにさしだした。

「こいつを読んで、変更する箇所があるかどうか調べてくれないかね？」

ポラックは注意ぶかく読んでから返した。「正確です。これでいいと思います」

「映画は何時に終わったのかね？」

「十二時二十分前ごろです」

「ところが、一時十五分すぎまで家に帰らなかったんだね？」

「ものを食べに寄ったもんですから」

「なんていう食堂かね？」

「マイクの店とかいったと思います」

「給仕をしたのは誰かね？」

「ウェイトレスです。名前は知りません」

「そのウェイトレスはきみのことを覚えていると思うかね？」

「覚えているかもしれません」

「われわれといっしょに車で行って調べてみないかね？」

「そうなさりたいんでしたら。きょうは店に出ていないかもしれませんがね」

フェローズのまぶたはぴくりとも動かなかった。彼はよどみなく言った。「どうしてわかるのかね？」

「夜六時から二時まで働く、週末は店に出ない――そう言ってました」

「じゃあ、その子と話をしたんだね」

「ええ」

「しかし、きみのことを覚えているという確信はないだろう？」

「大勢の人間と話をするでしょうからね」

フェローズは急に話題を転じた。「あの晩きみが何をしていたか、きみのお母さんに訊いたところが、女の子といっしょに出かけたと言っていたぜ。釈明できるかね？」

「おふくろの思い違いですよ。女の子を連れていくなんて言った覚えはありませんよ。どうしてそんな思い違いをしたのかわかりませんね。あの晩は予定を立てていませんでした。女の子といっしょに行くなんていうこともね」

「女の子とちょいちょい出かけるのかね？」

「ときにはね。ときおり映画に連れていきますよ。たぶん、映画へ行くから車を使いたいと言ったので、女の子を連れていくんだと思いこんだんでしょう、おふくろは」

「きまった女の子でもいるのかね？」

「いいえ」

「きみみたいないい男に恋人がいないのかい？」

「気に入った子が見つからないんですよ」

署長は敗北を認めざるをえなかった。ポラックは話のとおり無邪気な男か、自分が考えている天才的にずる賢い男か、どちらかだ。「きみは学校では優等生だったかね？」

「ほとんどAでした」

「そうかい」フェローズはにがにがしげに言い、「そうだろうと思ったよ」と溜息をついた。「ポラック君、わざわざお越しくださってありがとう。いずれまた」

ポラックは立ちあがった。「いっしょに車でスタンフォードまで行ってほしいですか」

「食堂へかい？　うん、ご同行ねがいたいね。そのウェイトレスは明日の晩は店に出ているかね？」

「ええ。出ているはずです」

「よかろう。じゃあ、別の予定を立てないでおいてくれたまえ」署長は不承不承立ちあがり、ポラックを見送った。戻ってくると、ウィルクスが言った。「今の試合はきみの負けだね、フレッド」

「うん、いろんな意味でね。やつをどう思う？」

「二十二にもなる人間があれほどいい子だとは思えんね」

「くさいと思っているのかい？」

「やつの無邪気さはたいしたものだが、どうもそっちのほうへ傾かざるをえんね」

「おれもそんなふうに思うんだ。ところで、やつがロベンズ夫人のことを実にいい人だと弁護していたことに気がついたかい？」

「べつだん気がつかなかったね。なぜだい？」

「恋人がおらんというし、彼女を弁護している。年上の女に惚れこんでいるってことがありうるかな？」

「そして、何かい——彼女と結婚できればと思って、夫を殺したっていうのかい？」

「気が狂った子どもは、ときにそんなことをしでかすものだよ」

「細君にけしかけられないでかい？」ウィルクスは微笑を浮かべて、「きみはやぶれかぶれになって、ちょっとした言葉によけいな意味を読みこもうとしているらしいな。ロベンズ夫人は、無邪気な子どもには立派な婦人だという印象をあたえる。そんなことで、のぼせあがりゃしないよ。それに、あのアリバイを見たまえ。無邪気な子が申し立てそうな、たわいもないアリバイさ。抜け目のないやつなら、完璧なアリバイを作るだろう」

「それに、天才だったら、かえって、無邪気な子どもが申し立てそうな、たわいもないアリバイを申し立てるだろうさ。あしたスタンフォードへ連れていって、問題のウェイトレスに会ってみよう」

24

五月二十三日　月曜日

スタンレー・ポラックに対するフェローズの好戦的な気分は、月曜日の朝の落ちついた光がさしそめるころには、あらかた消え失せていた。一つには、藁をもつかもうとしていたことに気づいたからでもあるが、主として警察の活動の結果だった。会談しているあいだにポラックの車を捜索してみたが、何も出てこなかったし、署を出てからのポラックの行動を監視してみた結果も同じだった。急に恐ろしくなって上着とか銃とか変装用具とかいった興味ある物を捨て去ろうとしたことはなく、会見がすむとまっすぐ隣の農場へ行き、家へ戻るまで半時間ほどポンプ・モーターの修理の仕事をした。その晩はずっと家におり、月曜日にはいった最初の報告では、無心に仕事に精を出しているとのことだった。おそらくウィルクスの言うとおりだろう――フェローズはそう思わざるをえなかった。つまらぬことを大げさに考えすぎたのだ。ロベンズ夫人が男と関係をもっていたとしても、スタンレー・ポラックはもっともその資格に欠けているように思われたし、彼にまつわる暗い影といえば、他のだれよりも〝天才〟の名にぴったりするという署長の判断だけだった。

ウィルクスは月曜日に休暇を与えられたが、署長はいつものように勤務していた。その日の仕事はジェイムズ・ボーレンとの長ったらしい面談だった。ボーレンは警察署の形式ばった雰囲気のなかに連れてこられ、詳細な尋問を受けた。尋問は必要以上に徹底的で、広範囲にわたった。フェローズがやぶれかぶれになったせいだった。ロベンズ一家とボーレンとの関係は、ボーレンの娘がジョージと二、三度デートしたということだけだった。娘とロベンズの弟との関係の程度をボーレンから聞きだそうとしてさかんに尋問したが、失敗に終わった。答えがどうであれ、ほとんど関係がないことを、署長はだれよりもよく気がついていた。ジョージに対してどんな感情をいだいていたにせよ、ボーレンは出かけていってヴィクターを殺したりはすまい。

ボーレンとロベンズ夫人とのあいだの友情といった、もっと適切な話題についても、同じく不成功に終わった。ロベンズの家の者をほんのちょっと知っているだけで、洗礼名で呼び合うような間柄ではなく、ロベンズ夫人を見かけたことは今までに数回しかない、とボーレンは主張した。反対の証拠もないので、それ以上追及する手だてもなく、帰さざるをえなかった。ジョージのようなやり手なら情事を秘密にしておくこともできようが、ボーレンはどう見てもそんな器用な男ではない。結婚と死によって家族をなくした所帯もちで、嫌疑をかけるよりも同情にあたいする男だ。それに、やり手のジョージでさえも、情事を完全に秘密にしおおせてはいない。シシー・ボーレンとキスしているところをウィギンズに見られているし、コリンズに最悪のことを知られている。もしジェイムズ・ボーレンが、どこかで、どうかして、ロベンズ夫人と関係をもったとすれば、うすうす感づかれるはずだ。

午後になると、フェローズはさらに落胆を味わった。疲れたせいだ、と彼は思った。ひとつには疲れたせいもあったが、どうしようもないらしいという事実に直面したせいもあった。晩になったらウィルクスとともにポラックをスタンフォードへ連れて行き、そこのウェイトレスが、殺害のあった時刻に彼が食堂にいたと証言するだろう。そうなったら、もう何も残らない。

こうした予想が眼前にせまり、彼はボーレンの農場へ出かけて雇い人のクリフ・ハケット夫妻と話してこようと腰を上げた。年とった、脚の悪い、関節炎にかかった、片腕のないハケットを一目見るなり、この男を容疑者のリストに加えたうかつさに思いあたったが、フェローズが出向いたのはそのためではなかった。ジェイムズ・ボーレンの性格にもっと探りを入れ、一番身近にいる人間の目を通してこの男を見たいと思ったのだ。短い訪問だった。フェローズのボーレン観が正しいことをハケットから納得させられるのに、長くはかからなかったからである。純粋で単純なこの男は、殺人や恋愛におぼれるような男ではない。フェローズは落胆こそしたが、確信をいだいて署に戻った。

それはもちろんポラックのアリバイ立証までのことだった。事件は依然として見通しがつかないが、その解決は将来における偶然の発見か発覚にかかっているのだ。フェローズはそうした不幸なことを考えながら嚙み煙草をむしゃむしゃ嚙み、これまでずっと思い違いをしていたのではないか、実はジョージ・ロベンズを殺すつもりだったのではないか、という可能性を考えてみた。その考えからは以前と同様のことしか引きだせなかったが、一晩寝てからもう一度頭をしぼってみよう、と思った。「どこかで」と、彼はひとりつぶやいた。「どこかで、何かが間違っている」だが、それがどこであるか、どうしてもわからなかった。

彼は何日ぶりかで四時に署を出た。顔のしわは以前より深く刻まれていた。明らかに変装したと思われる犯人が、首尾よく殺人をやってのけたというのは、信じがたいことであるが、実際に行なわれたのだ。

帰宅したフェローズは静かだった。ほとんど妻に話しかけず、子どもたちを無視した。子どもたちもみな、父親を無視してかかる年頃になっていた。父親がどんな問題をかかえこんでいるにせよ、子どもたちにとっては、自分たちの問題ほど重要ではありえない。

夕食時の会話はフェローズの周囲を渦巻いて通りすぎた。女の子たちは誰が誰を高校のダンス・パーティに連れていくかという話題に熱中しており、ピーターはリーグ戦をひかえている。妻のセシリアは子どもたちの話に受け答えをしていたが、夫が心を奪われている問題には気がついていた。ラリーがひたいに刻まれているしわをじっと見ていることに、フェローズは物思いにふけりながら気がついた。「ふむ、ラリーのやつもおとなになったものだ」と、フェローズは思った。

フェローズはみなより先に食事を終えると、口を拭き、ナプキンを置いて立ちあがった。

「出かけなくちゃならんのでね」と、彼は言った。

セシリアはしつこくたずねたりはしなかった。ひたいに憂いの色を見せたが、むりに微笑を浮かべて、「あら、そうですか。お帰りはおそくなるんですの?」

「おそくはならんだろう」

するとラリーが唇を噛み、浮かぬ口調で言った。「あのう――ぼく――今晩、車を使いたいんだけど。あのう――デートで映画へ行くんだけど」

フェローズは微笑を浮かべた。ラリーもやっぱりおとなにはなってはいない。「月曜日の晩にかい？」

「最終上映じゃないから、おそくはならないよ。それに、上級生になるとほとんど宿題がないんだ」

フェローズは溜息をついて、「シド・ウィルクスの家まで乗せてってくれれば、あとは使ってもいいよ。彼の車を使うから」

ウィルクスは、フォードに乗りこんできた署長の顔がやつれているのに気づいた。ふたりはポラックの農場へ向かった。「そんなに悲観することはないだろう？」と、ウィルクス。

フェローズはその日の活動の概要を彼に渡して、「今のところ、こいつしか残っていないが、こいつも長つづきしそうにないな」

「失望するなよ。ウェイトレスがあいつを覚えていないってこともありうるからな」

「覚えていないとしても、われわれに有利ってことにゃならない」

「狂人による動機なき殺人っていうメリルの説もあることだしね」

フェローズは言った。「一日休んだんで、だいぶ機嫌がいいらしいな」

「驚くほど効きめがあるよ、士気が大いに上がったね――それに、見通しもよくなる。近いうちにきみも休みを取るといいな」

「今夜の仕事がすんだら、一週間休みを取ることもできるだろうよ。何もすることがなくなるだろうからね」

彼らは八時ちょっとすぎにポラックを乗せた。フェローズは警戒してポラックを助手席に乗せ、自分は後部座席に乗りこんだ。容疑者の扱いに不注意があったため失敗した例がこれまでいくつかあったからだ。保安官が拳銃で射殺してしまったこともあったし、州警の騎馬警官が恒例のスピード違反検挙で射殺してしまったこともあったし、フェローズ自身もジョージ・ロベンズをまんまと逃がしてしまった。あすの朝ウィルクスとともに溝のなかで死体となって発見され、ポラックの運転するフォードがカナダ国境に向けて走っている——そんなことにでもなったら、たまったものではない。

ウィルクスはメドウ通りに向けて南東へと車を走らせた。ポラックはゆったりして、おとなしかった。「あなたがたおふたりに連れていかれるとは思いませんでしたよ。平巡査のかたじゃないかと思ってました」

「手があいているのはわれわれだけなのさ」と、フェローズは言った。

「みんなのアリバイをこんなふうに徹底的に調べているんですか」

「できればね」

ポラックは言った。「それを聞いて安心しました。ぼくだけ特別じゃないかと思って心配していたんです」

「ほんとうのことを述べていさえすれば、心配することなんかないよ」

「そりゃそうですね、無実の人間が何も関係のない事件で捕えられるっていう噂をときどき聞きますけど。警察の誤りを言うつもりはありませんが、ぼくはあなたがたとは立場が違いますからね。おわかりですか？　あなたがたは心配する必要がない。あなたがたの動きをいちいち調べるものはいませんからね」

フェローズは言った。「誤認逮捕はしないようにするよ」

ポラックは、警察にはいってからどのくらいになるんですか、仕事は好きですか、警察というところはどういうところですか、などとたずねた。自分には向いているように思われるから、警察にはいって、臨時雇員としてはじめようかと思う、とも言った。どうやってはいるのか、どんな試験を受けるのか、ともたずねた。

フェローズとウィルクスは簡単に質問に答え、乗り気になって話はしなかったが、ポラックは途中まで実によくしゃべった。それから、しゃべりすぎたことに気づいたのか、スタンフォードにはいるまで黙っていた。

「問題の食堂はどこだかわかるかね？」と、ウィルクスがたずねた。

「どこだかよくわかりません。でも、最初に映画館に連れてってくだされば、そこからならわかると思います」

彼らは映画館へ行った。上映中の映画は〈喜劇の王様〉だった。日曜日から水曜日まで上映、木曜日から〈年上の女〉が上映されることになっていた。「いい映画館ですよ」スタンレー・

ポラックが言った。「いい映画をやります。ぼくの見た〈サファイア〉という映画は、二週間前の木曜日にはじまったんです。どしゃ降りになったので、うちにいればよかったと思いましたが、金曜か土曜には見られないかもしれませんしね。でも、今になってみると、家にいればよかったと思いますよ。そうしたら、こんなふうにして出かけなくてすんだでしょうからね」

「マイクという食堂へはどうやって行くのかね？」と、ウィルクスがたずねた。

「二ブロック先です。まっすぐ一ブロック行って、右へ一ブロック行ったところです」

彼らは目ざす食堂を見つけ、裏の空地に車を駐《と》めると、ポラックを先頭にして階段をのぼり、アルミニウムとガラスでできたドアをあけた。中には客が四人と、ブルーネットとブロンドのふたりのウェイトレスがいた。「どっちかね？」と、ウィルクスがたずねた。

「ブロンドのほうです」

ポラックをはさんで三人が席につくと、ブロンドのウェイトレスがやってきた。すぐ思い出してくれると思っていたとしたら、それはポラックの思い違いだった。彼女はちらっと目をくれただけで、カウンターに手をつき、「何になさいますか？」と言った。

フェローズもウィルクスも制服を着ていなかったので、署長はポケットからバッジを取りだして見せた。「失礼だが、お名前は？」

彼女は目をぱちくりさせて署長を見、それから他のふたりを見、それから署長に視線を戻して、

「メイ・ラーキーと申します」

「ちょっと協力していただきたいんだがね、ラーキーさん。この人に見覚えがありますかね？」

初めて彼女はまともにスタンレーを見た。彼は青ざめた顔をしてきちんと坐っており、彼女の視線を避けた。彼女は唇を噛んでから、こっくりうなずき、「見たことがありますわ」

「どこでですか、ラーキーさん」

「ここへ来ましたもの」

「なんべんも？」

彼女は首を横に振って、「一度だけですわ」

「いつのことだか覚えておられますか」

女はぴくりと肩をすくめて、「二週間ほど前の夜でしたわ。真夜中ごろでした」

「いつの晩だったか思い出していただけませんか」

「そんなこと、思い出せませんわ」

そのときスタンレーが口をはさんだ。「どしゃぶりの晩でしたよ。覚えているでしょう。ぼくは映画の帰りだった。見た映画のことを話したでしょう」

「〈サファイア〉でしたわね。覚えていますわ」

「木曜日ですよ」彼は熱をこめて言った。「あの晩封切りされたんです。ぼくはそいつを見にいき、はねてからここへ寄ったんですよ」

「そうでしたわ。あなたはここへおいでになって、アイスクリームつきのスクランブルド・エッグとコーヒーを注文なさいましたわね」彼女はフェローズのほうを向いて、「この人の注文したのはそれなんですのよ。アイスクリームつきのスクランブルド・エッグ。初め、頭がどうかしているんじゃないかと思いましたわ」

ポラックは弁解するように言った。「ぼくはアイスクリームつきのスクランブルド・エッグが好きなんですよ。一度ためしてみるといいって言ったでしょう。覚えてますね？」

「〈サファイア〉を見にいくといい、ともおっしゃったわ。あなたが好きだからといって、わたしが好きになるとは限らない、そうわたしが言ったのを覚えているでしょう？」

「この女《ひと》は映画がきらいなんですよ」ポラックはフェローズに言った。「映画に行ったことがないって言うんです」

「この人は映画とアイスクリームつきのスクランブルド・エッグが好きなんですわ」彼女はフェローズのほうを向いて、「お知りになりたいことはそれなんですの？」

「この人は、それが何日だったか知りたいんですよ」ポラックが言った。「映画が封切りされた晩でした。覚えているでしょう？」

「それは覚えていますわ。でも、何日だったかは覚えていませんわ」

ポラックはほっと安堵の息をついて、署長のほうを向き、「もしなんでしたら、映画館に問い合わせにいきましょう」

フェローズは顔を上げて、「スクランブルド・エッグにアイスクリームをつけるような注文はたくさんあるんですか、ラーキーさん」

彼女は笑って、「まさか。それまで聞いたこともありませんでしたわ」

「その注文伝票を書きましたか」

「ええ、もちろんですわ。注文ごとに伝票を書かなければならないことになっているんです」

「伝票には日付が書いてありますか」

「いいえ、でも、日付はわかりますわ」

「どういうふうにして？」

「伝票には全部番号が打ってあるんです。何番から何番までの伝票を使ったか、マスターが毎日書きとめるんです」

「マスターを呼んでくださいませんか。問題の伝票が見たいんでね」

「あら。そんなことが重要なんですの？　伝票は何百枚もあるんですのよ」

署長のそばでポラックがまっさおな顔をしていた。彼は言った。「映画館へ行って何日に〈サファイア〉を上映したか訊いたほうが早いでしょう」

フェローズは静かに言った。「ポラック君、余計な指図はしないでくれたまえ。ラーキーさん、その伝票が見たいんです。きわめて重要なことなんです」

彼女はレジスターのうしろにいる男に呼びかけた。フェローズはバッジを示して頼んだ。ルーという黒髪で顔色の浅黒い、三十代の男は言った。「伝票は奥の部屋にあるんです。捜してきましょう。いつのでしたっけ？」

「五月十二日木曜日のです。十二時から午前一時までのあいだですから、勘定をしたのは十三日の金曜日かもしれません」

「それじゃあ五月十二日の分になっているはずです」店主が言った。「午前二時に閉店するんですが、そいつは前日の分に繰り入れるんです」

四人は調理場のわきの、小さな奥の部屋へ行った。真ん中にはさまれたポラックが、ふたたび口をはさんだ。「映画館の女の子に訊けばすぐわかるのに」だが、フェローズは取り合わなかった。

五月十二日の分の伝票が番号順に束ねてあった。ルーはうしろのほうからはじめ、前へとすすんでいった。「アイスクリームつきのスクランブルド・エッグ」と、彼は一枚一枚伝票をめくりながら、口ずさんでいた。ようやく、繰《く》る手を休めて、「この伝票はイーディスが書いたものだ」彼は指でぐいと押して、「彼女は十一時に帰るんだが、そのあとってことになりますよ。ここには見当たらんが」

「日付をごっちゃにしてしまったにちがいない」とポラック、「あるはずですよ」

ルーは彼を無視し、署長に向かって、「ことによると、なくしてしまったのかもしれない。もう一度やってみましょうか」

フェローズは言った。「いや」彼の目は奇妙な光を帯びた。「そのかわりに五月十一日水曜日の分を調べてください」

ルーは肩をすくめ、別の伝票の束を取りあげた。ポラックはなにか言いかけたが、思いなおし、唇を嚙んだ。フェローズとウィルクスは少し上体を乗りだした。

「あった」ルーがすぐさま嚙みつくように言った。「アイスクリームつきのスクランブルド・エッグ。メイの書いた伝票だ」彼は目を上げて、「この人が注文したのは五月十二日じゃありませんよ、その前の晩ですよ」

フェローズとウィルクスは、ふたりにはさまれて真っ青になっている青年のほうにゆっくりと向きなおった。ふたりの視線に射すくまれて、彼は縮んでゆくように思われた。

「あの女《ひと》を愛してたんです」そう言ってスタンレー・ポラックは泣きじゃくった。

25

月曜日　午後九時—十一時十分

彼らはポラックを外へ連れだし、車に押しつけて所持品検査をした。

「すんでのところで、してやられるところだった」フェローズが言った。「拳銃はどうしたんだ、おい」

「うちに隠してあるんです」ポラックの頬には涙が流れ、声がくぐもっていた。

ウィルクスは、ポラックが武器を持っていないのを知ってひとまず安心し、フォードの後部ドアをひきあけた。「どうしてピーンときたんだい、フレッド」

「アイスクリームつきのスクランブルド・エッグさ。そういったものを注文する理由はひとつしかない。人に印象をあたえるためさ。あくる晩封切りされる映画を見たような話をして、あのウェイトレスに印象づけたかったのさ。彼のやっていたことは、きみの言うとおりだよ、シド。抜け目なく立ちまわって、水も漏らさぬアリバイを作っていたのさ。だが、悲しいかな天才じゃないので、つかまってしまった。よし、ポラック、後部座席に乗りたまえ」

フェローズは彼の横に乗りこみ、手錠をかけた。ウィルクスがハンドルの前に坐った。「オーバーや変装用具なんかはどうしたんだ、ポラック」と、署長がたずねた。

「市のゴミ捨て場に埋めました」

「そうか。まず、おまえの家に戻ろう。拳銃を取ってこい。それからゴミ捨て場へ行き、そのあと、いちぶしじゅうを話すんだ」

「取ってきますけど、母さんと父さんには言わないでください。知られたくないんです」

「どのみち、知ることになるさ」

彼らはポラックの農場に戻ったが、家にははいらなかった。スタンレーがふたりを納屋へ案内し、屋根裏の隠し場所から拳銃を取りだした。それと同時に、ロベンズの庭で発見された薬莢と同じ印《しるし》、同じ口径の薬莢が出てきた。拳銃の挿弾子には弾が五発はいっており、全部刻み目がつけられていた。

屋根裏からおりると、ポラックが言った。「お願いです、うちの者には言わないでください、まだ」

この嘆願をフェローズは受け入れた。ポラックは口数も多くなってきて、両親を狼狽させたくないと言い、急いで弁護士を頼んだ。彼らはふたたび車に乗りこみ、本署へ戻った。ゾルトン・チャーノフがデスク番を務めていた。署長は足どりも力強く、目に光をたたえてはいって行き、「エド・ルイスを呼びだして、すぐここへ来るように言ってくれ。供述書をとってもらいたいんだ」

チャーノフは思わず大口をあけて、「ロベンズ事件ですか」と言い、電話機に手をのばした。

「スタンレー・ポラックだったよ。これから市のゴミ捨て場へ連れていく。そこに変装用具を隠したんだそうだ。パトロール・カーを迎えによこしてくれ」そう言うと、くるりと向きを変え、ふたたび出ていった。

パトロール・カーがゴミ捨て場へやってきたのは、だいぶたってからだった。フェローズとウィルクスとポラックは懐中電灯を手にして穴の底におりていた。ポラックは手錠をかけられている手で光を向けようとしていた。パトロール巡査のタリロ・ラファエルが穴のふちにやってきて、ぎらぎらするヘッドライトのなかに立った。「署長！」

「ラファエルかい？　シャベルを持ってきてくれ。見つからんのだ。深く埋めたのかもしれん」

シャベルを受けとると、ラファエルはポラックの指し示した地点をせっせと掘り起こした。だが、次々とがらくたが出てきただけだった。ポラックが言った。「オーバーはその辺にあるはずです」

ウィルクスがフェローズに向かってうなるように言った。「見つからんとしたら、今年の冬にコリンズが着ているかもしれんぜ」

「そら、その袋、そのなかに変装用具がはいっているんです」と、ポラック。

署長は褐色の紙袋を拾いあげ、中にある眼鏡、かつら、その他ごちゃごちゃしたものに光をかざした。「これで一部は見つかった。つづけよう」

埃にまみれ、湿って白カビのはえたオーバーが数分後に現われたが、半時間ちかく捜しても帽子は見つからなかった。「朝になったらだれかに捜させよう」と、フェローズがついに言った。一同は捜索をやめ、本署へ戻った。

「きみの言うことは、きみの不利になるように用いられることがあることは知っているね」署にはいると署長が言った。「答えたくないことは答えなくていい。黙秘権というものがあるんだ。念のため言っておくが」

ポラックはうなずいた。引きつった青白い顔をしており、ゴミ捨て場で指図したほかは、おし黙って内省的だった。

ルイスがやってきた。フェローズは手招きして彼を署長室へ呼び入れた。ポラックはこのまえ坐った椅子をあたえられ、ルイスはテーブルの向かい側のはしに陣どり、ノートをひらいて構えた。ウィルクスはポラックの手錠をはずし、向かいの椅子に腰をおろした。署長は椅子をくるりと回した。「ポラックは権利を知っている――そう書いてくれたまえ」と、フェローズはルイスに言って、筆記させた。「彼はすすんで自白する」

いかめしい満足げな表情が私服警官の顔に浮かんだ。彼は待ち構えた。フェローズが言った。「よろしい、ポラック君。はじめたまえ」

ポラックは目を上げた。両手は震え、顔は真っ青だったが、その他の点では感情を抑えているようだった。「そちらから質問したくありませんか」

「適当に話したまえ。理解できないところはこちらからたずねる。いいね？」

ポラックはうなずいた。「どこからはじめたらいいでしょう」

「一任するよ」

ポラックは唇をなめて、「では、ロベンズ夫妻が去年の一月か二月に引っ越してきたころからお話ししましょう。まもなくロベンズさんが修繕の仕事を頼みにきたんで、会ったんです。奥さんにも会いました。初めは納屋のなかでした。あとで出てきて、紹介されたとき、とても妙な目でぼくを見るんです」彼はちょっと顔をしかめ、「どう言ったらいいかわかりませんが、女の人からあんな目つきをされたのは初めてでした」

「誘惑するような目つきかい?」と、ウィルクスが水を向けた。

ポラックは首を横に振って、「ものほしげな目つきっていうのかもしれませんが、よくわかりません。どう言っていいかわからないんです。ともかく、その後もぼくはちょいちょい呼ばれて修繕を頼まれたんですが、そのことはもうそれ以上考えませんでした。ところがあるとき、ロベンズ夫人がストーヴを直してくれと言ってぼくを家に呼び入れたんです。春のことで、ロベンズさんとチャーリーは果樹園に出ていました。彼女はぼくを家のなかへ入れました。彼女はキモノかなにかそういったものを着ていて、ぼくが仕事をしているあいだ、ずっとそばに立って、ぼくの仕事ぶりをのぞきこもうとしながら、からだをこすりつけてくるんです。キモノの下にはなんにも着ていません。ぼくには見えませんでした——見ようとしたんじゃないんですけど——わかるんです。ほんとに、なんにもつけていないんです。わざとそうしていたんだ、と言うつもりはありません。でも、とても気が散って、仕事も思うようにできません。

その後、また家のなかのものを直す仕事があったんですけど、彼女はまたそのキモノを着ていました。するとロベンズさんがはいってきて、かんかんに怒ったんです。あっちへ行ってろ、と言って、ののしりました。すると彼女は、ぼくのしていることを覚えようとしているだけだって言ったんです。それは本当だったんですが、ロベンズさんは奥さんをなぐり倒して、出ていきました。ぼくは奥さんを助け起こしましたが、どうしていいかわかりません。すみませんってぼくが言うと、構わないわ、慣れているからって言いました」

ポラックは一度ルイスをちらと見やり、それからテーブルの上の両手に視線を落とした。

「それから五月——ごろだったと思いますけど——ぼくが納屋でトラクターのエンジンを直していて、チャーリーが畑に出ていたとき、ふたりが家のなかで喧嘩をしているのが聞こえてきたんです。聞こえてきたのは、たいていロベンズさんの声でした。ただ言葉は聞きとれませんでした。それからガラガラッという音がして、奥さんが金切り声を上げました。見ると、家から飛びだしてくるんです。とても魅力的に見える例のショートパンツとホールターという恰好で。納屋に駆けこんできて、ぼくの腕に飛びこみました。そして、すすり泣きながらこう言うんです。『やめさせて、スタン、お願いだからやめさせて』ぼくにぴったりすがりつき、震えているんです。ぼくは奥さんを両腕に抱きしめ、キスしたと思います。そうするつもりはなかったんですが、奥さんがあまりかわいそうだったんで、そんなふうになってしまったんです。とにかく、ロベンズ夫人はそのまま出ていかず、ぼくにすがりついたことを詫びましたが、こわくて、ほかに頼れる人がいないって言うんです」

スタンレー・ポラックは指をしっかり組み合わせ、こころもち目を伏せた。フェローズは彼をじっと見まもった。「それからというもの、ぼくは、奥さんの夢をみるようになったんです。喧嘩をしていたこと、奥さんがとてもあわれに見えたこと、ぼくを必要としていたことなどを。それからちょいちょい、ショートパンツかキモノ姿の奥さんを腕に抱きしめ、かばってやった夢をみました。そのときは気がつきませんでしたが、ぼくは奥さんを愛するようになっていたのです。

そのうち、また頼まれて機械の修理をしていると、奥さんがショートパンツ姿で納屋へはいってきて話しかけてきました。ぼくが夢のことを話すと、奥さんもぼくの夢をみたと言いました。そのとき、ぼくにはわかったんです。ふたりはキスし、ぼくは奥さんを愛していると言い、奥さんもぼくを愛しているって言いました。結婚したいってぼくが言うと、ヴィクターが離婚してはくれないわ、って奥さんは言いました。少なくとも今は結婚なんて考えられないって言うんです。でも、できるだけ機会を見つけて会おう、って奥さんが約束してくれました。ただ、ヴィクターに知られてはいけない。またぶたれてしまう。ひょっとすると殺されるかもしれない。

で、その後は、ヴィクターがラジオを聞きながら眠りこんでしまい、チャーリーが女友だちに会いに出かけているあいだに、ときどき晩にちょっとだけ会い、ちょっとキスすることにしたんです。そのうち奥さんは、こんなことじゃいやだ、結婚すべきだって言いだしました。——でも、結婚できない。すると奥さんは、愛しているけど結婚できない者は、結婚している者がしていることと同じことをしてもいいはずだと言いました。ヴィクターには我慢ならない、ヴィクターを憎んでいる、あんたがほしい、とも言いました。そしていつのまにか離れられない仲になってしまったんです」

フェローズが口をはさんだ。「そうなるまで気がつかなかったというんだね？」

ポラックは息を呑んで、「つまり、すぐそうなったんじゃないんです。だんだん親しくなっていって、とうとう離れられなくなってしまったんです。気がついていたんだと思いますが」

彼はしぶしぶつけ加えた。「そうなりたいと思っていたんだと思います」

フェローズは煙草の袋をもてあそんでいたが、それをにらみつけるようにして言った。「つづけたまえ」

スタンレーは唇を湿した。「それからというもの、ぼくは夢中になりました。いつも奥さんといっしょにいたいと思いました。たえず奥さんのことを考えていました。奥さんのほうもそうだと言いました。でも、慎重にやらなくちゃいけない。奥さんはヴィクターをひどく恐れていたので、そうちょいちょい会うわけにはいきませんでした。ヴィクターはとても大男で乱暴なので、どこをなぐられても、思わず悲鳴をあげるほど痛いんだそうです。ある晩、奥さんは、彼になぐられた尻のあざを見せてくれました。黄色とも黒とも青ともつかない恐ろしいあざで、ぼくの手ぐらいの大きさはありました。あるときは腹をなぐられて、二日間吐きつづけたとも言いました。

こうしたことを聞くと、ぼくは彼を殺したくなりました。そのことを奥さんに話すと、ヴィクターはあたし以外にはだれにも親切だ、と奥さんは言いました。あたしを憎んでいるけど、慰謝料を払えないので離婚してくれないだろう、とも言いました。

　ぼくたちはあいびきをつづけましたが、二ヵ月ほど前に会ったとき、奥さんはおびえながら、すぐ帰らなくちゃならないって言うんです。自分がだれかに会っていることをヴィクターがかぎつけ、今すぐ捜しにくるかもしれない、いっしょにいるところを見つかったら、ふたりとも殺されてしまうかもしれないって言うんです。

　で、その後、長いあいだ会いませんでした。修理に呼ばれるまで会わなかったんです。奥さんは納屋にいるぼくのところへやってきて、ヴィクターが鷹《たか》のように見張っているから、もう出られないって言うんです。あたしがだれかに会っていることを確かにかぎつけている。相手がだれだか、まだわかっていない。たえず見張っていて、あとをつけようと待ち構えている。ヴィクターがぼくに何をしでかすか恐ろしくて、会いに来られないって言うんです。そんなこと構わないってぼくが言うと、『殺されても平気なの？　あの人は殺すわ』って言うんです。それから奥さんは泣きだし、どうしたらいいかわからないって言いました。あんたに会わなければ生きていられないが、あんたが平気でも、あたしはヴィクターがこわくてあんたに会いにこられない。あんたにもしものことがあっては大変だからって言うんです。あの人が死んでくれたらいい。たべものに毒を入れる勇気があればいいんだが、でも、そんなことをしたら、つかまってしまって、なんにもならない、とも言いました」

　彼は唇を嚙み、ふたたび気のすすまない声になった。「そこでぼくも考えるようになったんです、どうしたら彼を殺せるかということを。でも、やはりなんにも思いつきませんでした。その後、ある晩、ぼくたちは会いました。ぼくが出られる晩は必ず散歩に出て、奥さんが出られたらそこで会おうという手はずが決めてあったんです。たいていは会えませんでしたが、その晩は出てきました。奥さんはえらく取り乱しているんです。どうしてもあんたに会いたかった、逃げだすつもりだが、どこへ行ったらいいかわからないって言うんです。奥さんは金を持っていませんでしたが、ぼくが手助けできるかもしれない。

でも、そうなると、もうこれっきり会えないことになる。それには耐えられませんでした。奥さんと別れるよりはヴィクターに死んでもらったほうがいい、とぼくは言いました。もし本当にそう思っているんなら、なにか手を打てることがあるかもしれない、と奥さんは言いました。あたしがやれば、すぐみんなにわかってしまうから、あたしが手をくだすわけにはいかない、とも言いました。ほかの人がやってくれれば、知られずにすむかもしれない。どういうふうにしてやったらいいかわからない、とぼくが言うと、もしあんたが手を貸してくれるなら、逃げださずここにとどまって、なにか考えだそうって言いました」

ポラックはふたたびちらっとあたりを見まわした。真っ青だったが、ひたいに汗は浮かんでいなかった。彼は向かい側の窓をじっと見つめた。「ヴィクターはもう、それほどしつこく彼女を見張っていませんでした」と、彼は言葉をつづけて、「疑われるようなことを、もう奥さんがしていなかったからです。で、ぼくたちはときどき会えるようになりました。拳銃を買えないか、と奥さんが言いました。どこかの質屋で買えるかもしれない、とぼくは思いました。

すると奥さんは、あんたが買ったことをだれにも知られないように、どこかよその町で買わなくちゃいけない、と言いました。そこでぼくは、三月のある土曜日ニューヨークへ行き、質屋をあたってみて、とうとう拳銃と弾を買い、うちへ持って帰って納屋に隠したんです。すると奥さんは、確実にヴィクターを殺せるように、弾の先端に刻み目をつけて、ダムダム弾にしろって言いました。それから、変装用具を買ってこなくちゃ、と言いました。そこでぼくはもう一度ニューヨークへ行って、俳優の使う変装用具を一箱買い、中古のオーバーと帽子を買って、納屋に隠したんです。そしてある日の午後、うちの者が出かけてしまって、ヴィクターがチャーリーと果樹園で忙しく働いているとき、マータがぼくのうちへやってきました。彼女を納屋へ連れていって、買った物を見せますと、すばらしい、と彼女は言いました。ぼくがオーバーを着て帽子をかぶり、かつらをつけ、眼鏡をかけ、口ひげをつけると、彼女は笑って、とっても滑稽に見えるわって言いました。それから愛し合って、彼女は帰っていきました。

次に会ったとき、彼女はぼくにどうすべきかを話しました。――五月十二日にスタンフォードで封切りになる映画〈サファイア〉を見に行くようにと言いました。その日の晩、ことを行なおうというわけです。それから、五月十一日にスタンフォードへ行って、やっている映画を見てから、食堂へ行き、ウェイトレスの記憶に残るようなものを注文し、これも覚えてもらうように、〈サファイア〉を見たことをウェイトレスに話すようにって言うんです。そうすれば、だれかに訊かれても、実際にその映画が封切りになる日にぼくが来たと思うだろう、というわけです。そしてそのほか、殺人の夜にぼくが行なうべきことを話してくれました。ぼくはそのとおりにしました」

ポラックは自供の途中で一息つき、ふたたび周囲を見まわした。ルイスが手早くメモをとっており、ウィルクスは口元にいかめしい色を浮かべて宙をにらんでいた。フェローズが目を上げて、「例のアイスクリームつきのスクランブルド・エッグだが。そいつを注文したのはきみの思いつきなのかね？」

ポラックはゆっくりうなずいた。「そうすればウェイトレスがぼくを覚えてくれると思ったからです」

フェローズはふたたび煙草の袋をもてあそびはじめた。ポラックは、一瞬彼を見てから、言葉をつづけた。「殺人の晩は、うちの者には映画に行くって言ったんです。どうして女の子を連れていくと思ったのか、わかりません。ただ行くと言っただけで、どこへ行くとも、何を見に行くとも言いませんでした」

「スタンフォードなどとは言わなかったんだね？」と、フェローズがたずねた。

「ええ。映画に行くって言っただけです。どしゃ降りだったので、女の子と約束があると思ったのかもしれません。ひとりだけだったら家にいるはずだと思ったんでしょう。ともかく、納屋へ行って車を出し、ときどきマータとのあいびきに使う野原に車を駐《と》めました。そして、車のなかで変装し、九時半ごろまでにはすっかり用意を整えていたんです。

必ずだれかに会うように、とマータが言いました。ぼくの人相を述べた場合、それを裏付ける人が必要だって言うんです。あの晩は出歩いている者なんかいませんでした。それで、ソレンスキーの家まで歩いて行き、ドアをたたいて起こしたんです。

彼に会ってから車に戻ったんですが、不安になりました。ジョン・ソレンスキーは、ぼくだということがわからないようでしたが、立ち去ってから、ぼくだということに気がつくんじゃないかと心配でした。それで、しばらくして、確かめるために、もう一度彼を起こしたほうがいいと思い立ったんです。二度目に訪ねたとき彼は何も言いませんでしたので、変装が成功したことを知りました。

それからヴィクターの家まで歩いていって、彼女に言われたように車を故障させましたが、とても神経質になって、おじけづいていたので、最後までやりとおす勇気が出ませんでした。ぼくはドアの前のポーチに立って、ヴィクターが彼女にいかにひどい仕打ちをしているか、ぼくは彼女を愛しており、彼女が望んでいることだから、彼女のためにやらなければならない――そんなことを考えましたが、たとえ彼女のためであっても、殺したくはありませんでした。

裏口のポーチにどれくらいのあいだ立っていたかわかりませんが、とつぜん彼女がドアをあけました。彼女はぼくがそこにいることを知らなかったんですが、真夜中すぎだから、もう来そうなものだと思い、どうかしたんじゃないかと心配していたんです。彼女はぼくを見ると、『あなぜぐずぐずしているのかと訊きました。殺したくない、とぼくは言いました。すると、『あたしを愛してないの？　あたしが欲しくないの？』って言うんです。もしやらないんなら、逃げださなくちゃならない、そうすればもう二度と会えなくなる、そう言いました。そして彼女は泣きだし、ヴィクターは今夜もあたしを虐待した、もう我慢できない、と言うんです。それを聞くと、目の前が一面に真っ赤になりました。ヴィクターは犬も同然な男だ。生かしておけない。ぼくは彼女に、ベッドに戻るようにと言い、やりとげてみせると誓いました。自分が何をしているのか、ほとんどわかりませんでした。ただもう目の前が真っ赤でした。彼女が立ち去ると、ぼくはドアをノックして待ちました。するとヴィクターがドアをあけ、そのうしろに彼女が立っていました。彼は怒って、女房といちゃついている相手はおまえだろう、と言い、首を絞めんばかりにぼくに詰め寄りました。彼が詰め寄ってきたので、ぼくはこわくなりました。いま言ったように、目の前は真っ赤です。一面、真っ赤です。彼のうしろにマータが立っているのが見えました、けがれのない、やさしい姿で。ぼくが変装しているような、こんな老人と関係があると彼が責めたてたので、ぼくはムッとしました。爆発音が聞こえるまで、自分でも何をしているのかわかりませんでした。彼はよろよろとうしろへ倒れました。血が流れでるのが見えました。そのとき初めて、彼を撃ったことに気がついたんです」

ポラックはごくりと唾を飲んで、「すると、彼に謝って、助けたい衝動に駆られました。本当に彼を殺すつもりはなかったんです。引き金を引こうとしていることには気がつきませんでした。覚えてもいません。覚えているのは、ヴィクターを見たことと、拳銃を握っていることに気がついたことと、彼を助けたいと思ったこと、それだけです。するとマータがぼくの腕をぐっとつかんで、はいるなと言いました。ぼくが助けたいと言うと、逃げなくちゃいけないと言いました。逃げなさい、心配しないで、あとのことは引き受けたから、と言うんです。で、ぼくはくるりと向きを変えると、逃げだしました。一目散に車のところまで逃げ帰りました。

車に乗りこむと、からだが震えていて、どうにもとまらないんです。ヴィクターが助かるようにと祈りつづけました。死なれるのが恐ろしかったんです。警察かどこかへ行って、自首したいと思いました。ぼくはどうなろうと構いませんでしたが、そんなことをすればマータが罰せられます。彼女に対してそんな仕打ちはできませんでした。で、ぼくは勇気を奮い起こして変装をとり、ゴミ捨て場へ車を走らせ、そこに埋めてから家に帰りました。母さんはぼくが家にはいる足音を聞いたと思いますが、会いませんでした。ぼくは床《とこ》について祈りました」

彼はテーブルにのせた両手をじっと見つめて、神経質そうにこすり合わせ、待ち構えた。ウィルクスとフェローズは互いに顔を見合わせた。振り向いたときの署長の声は硬かった。

「『ロベンズに肥料代を貸してある』と、どうしてソレンスキーに言ったのかね？」

「マータが考えたことなんです」と、スタンレーはつぶやいた。「警察の目をくらますことができるかもしれない、と彼女は言いました」

「しかし、初めからソレンスキーに会いにいくつもりはなかったんだろう」

「だれかに姿を見てもらう必要があったんです。道路かどこかでだれかを呼びとめて、道を訊くことになっていました。必ずだれかにぼくの姿をよく見てもらうようにって、彼女が言ったんです」

「『ブリッジポートから来た』ときみは言ったね。それも彼女の入れ知恵だったのかね？」

彼はうなずいた。「ブリッジポートはとても大きな町だから、そこから来たと言えば、警察はぼくをつきとめられないだろう、と彼女は言いました」

さらに二、三、尋問されたのち、ポラックは指紋を取られ、独房に入れられた。エド・ルイスはポータブル・タイプライターを取りだし、自供書をタイプしはじめた。

「両親はどうなんだね？」独房から戻ると、ウィルクスが言った。

「自供書にサインしたのち、希望があれば、呼ぶことができる。その書類を金庫にしまいこむまで、妨害されたくないな」

「呼びたいと言うかどうかわからんな」

「呼びたくないというんなら、われわれが呼ぼう。遅かれ早かれわかることだし、一晩じゅうどこにいたか心配させても何にもならないからな」

ウィルクスは腰をおろして、「犯罪のかげに女ありか。思ったより悪い女だな」声が硬くなる。「ほかの男と恋におちたんなら話はわかるが。ひどい女だ。おそらく、あの子どもなんかぜんぜん欲しくなかったんだろう。きたない仕事をやらせるために利用したんだろうな」

フェローズはポラックに対しても同情しなかった。「それはともかく、引き金を引いたのはポラックなんだぜ。目の前が真っ赤になったとかなんとか言って」

「それはそうさ」と、ウィルクスは認めた。「だが、弁解しようという彼の気持ちは非難できないぜ。彼は引き金を引いたかもしれんが、銃弾同様罪がない。道具に使われたんだよ、フレッド。彼女にだまされたんだ。彼女が真犯人だよ」

フェローズはうなずいた。「そいつは否定しない。ただ、ポラックもシロだとは言えんね。

こいつは謀殺だし、ふたりして考えたことだ。例のアイスクリームつきのスクランブルド・エッグの注文は、彼自身認めているように、彼の考えついたことだ。彼が銃弾のように受動的だったとは言えないよ」

「そいつは陪審員の判断すべき問題だ」ウィルクスが言った。「ところで、女のほうだが。なにか手を打つだろうね？」

「車をやってつかまえさせよう。それに、チャーノフはコーヒーを買いに出かけている。ようやく夜がはじまったようだな」

26

五月二十四日　火曜日　午前〇時十五分―二時三十分

十二時十五分になってやっとマータ・ロベンズが連行されてきた。その頃にはルイスが自供書のタイプを終え、スタンレー・ポラックがそれを読んでサインしていた。彼は会いたくないと言って、両親を呼ぶことを頑として拒み、あらゆる説得をはねつけた。かくて、職務上多くの人々に悪い知らせを伝えるという苦痛を忍ばなければならないフレッド・フェローズが、ショックを受けている両親に、息子が殺人を自供したために逮捕されているということを、初めて説明しなければならないはめになった。彼は手短に、淋しげに話し、相手の示すあらわな恐怖には耳をふさごうとした。しかし彼は面会許可は断固としてはねつけた。スタンレー・ポラックは翌朝の面会時間までは面会を許されないのだ。

フェローズが受話器を置こうとしたとき、ジョゼフ・ザノウスキーがロベンズ夫人を連行してきた。髪をきちんととかし、口紅をつけていたけれど、きれいな室内靴をはき、ナイトガウンの上にスプリング・コートを羽織っているだけだった。「目を離したくなかったので、着替えをさせるわけにはいかなかったんです」と、ザノウスキーが言った。

彼女はあのときのポラックと同じように真っ青で、はいってきたとき、不思議そうにフェローズ、ウィルクス、チャーノフを見やった。彼女はザノウスキーから何の嫌疑かまだ聞かされていなかったが、重大なことであると感づき、不意に夜おそく連行されたことに対して憤慨してはいなかった。しかしザノウスキーは無情ではなかった。目の前で衣類を詰めさせた小旅行用のかばんを持ってきていた。

フェローズは説明を聞いておもおもしくうなずいた。「申しわけありませんが、ロベンズ夫《さ》人《ん》、職務上やったまでのことでしてね。着替えをなさりたいんでしたら、そのように手配しますが」

彼女は礼を述べたが、申し出はことわった。署長は、ウィルクス、ルイスとともに、彼女を署長室に連れて行った。

「いくつかおたずねしたいことがあるんです。あらかじめ言っておきますが、おっしゃることはあなたの不利になるように用いられるかもしれません。お望みでしたら弁護士をお呼びになってもよろしいし、答えたくない質問には答える必要はありません。おわかりになりましたね？」

彼女は両手を膝に置いて静かに坐っていた。彼女はうなずき、弁護士はいらない、どんな質問にもよろこんで答える、と言った。

フェローズはさっそく尋問を開始した。「あなたのご主人を射殺した男が自白したんですがね」

彼女は頭を上げて相手を見つめた。頰は引きつっていて、真っ青だった。好奇の色はなく、ただ信じられないといった面持ちである。「そうですか？」

「この近くの人間ですよ」と、フェローズは答え、ちょっと間《ま》をおいてから「誰だと思います？」とたずねた。

「スタンレー・ポラックですよ」と、きっぱりした口調で自分から答えると、彼はさりげなく彼女を見つめた。

彼女はひるんだが、恐怖に駆られたというよりも、びっくりしたようだった。「そんなこと考えられませんわ。どうしてあの人にヴィクターを殺す動機があるんですの？」

「その点について、かなり詳しく話してくれましたよ。彼の言ったことは推測がつくんじゃないかと思いますがね」

彼女は首を横に振って、「想像もつきませんわ。きっと、ふざけているんでしょう」

「あなたのためだと彼は言っていますよ」

今度は、がんとなぐられでもしたように彼女はたじろいだ。「そんな、そんなはずはありませんわ。いったい——どうして——あの人、何を考えているのかしら？」

「あなたに頼まれたからだと言っていますよ」

マータ・ロベンズはさっと顔を赤らめ、「嘘ですわ！」なかば怒ったように、なかば驚いたようにそう言うと、首を横に振った。「なぜそんなことを言うんでしょう？　どうしてそんなことを考えたんでしょう？」

ウィルクスが言った。「一晩じゅう水掛け論をつづけることになってしまうぜ、フレッド。自供書を読ませてやったらどうかね」

「うん、そうしよう」フェローズはデスクのほうを向き、カーボン紙を抜きとって、ロベンズ夫人に手渡した。「まずこれをお読みください、ロベンズ夫人《さん》。そのあとであなたからお話をうかがいましょう。もちろん、お話しくだされればの話ですがね」

彼女は不思議そうな様子で、クリップでとめてある紙を取りあげ、目の前のテーブルの上に置き、上体を乗りだして読みはじめた。「嘘ですわ」彼女はすぐさま言った。「妙な目つきをしたことなんか一度もありませんわ。何を言っているのか、見当もつかない！」

「よけいなことを言わずに、黙って終わりまで読んでください。読みおわってから、異議のあるところを言ってください」

彼女は唇を噛み、ふたたび読みはじめた。ゆっくり読みすすむうちに頬に血がさし、やがて真っ赤になったが、その他の感情の色は抑えていた。ようやく紙を押しやると、「読みおわりましたわ」と、つっけんどんに言った。

「いかがですか」と、フェローズがたずねた。

「嘘ですわ」くるりと向きなおって彼女は言った。「ぜんぶ、根も葉もないでたらめですわ」

署長は上体を乗りだして、「ぜんぶ嘘というわけじゃないでしょう、ロベンズ夫人《さん》。スタンレー・ポラックはあなたの夫を射殺した。彼の自供のその部分は、本当であることがわかっているんですよ」

「あとはぜんぶでたらめですわ！　何もかも！」

「ねえ、ロベンズ夫人《さん》」フェローズは根気よく説明した。「スタンレー・ポラックはなんの理由もなしにあなたの夫を殺しはしなかった。動機があった。動機は――あなたを愛していたからだ、と彼は言っていますよ。彼があなたを愛していたことを、あなたは否定なさいますか」

「彼がどんな人間だか、知りませんわ。わたしを愛していたとしても、そんなこと知りませんでしたわ」

「知っていたとお認めになろうとなるまいと、これが動機のように思われますな。年上の女を遠くから崇拝している、恋に悩む若い男は大勢いるが、その年上の女の夫を、夫であるというだけの理由で殺したりはしませんよ――そうすることによって利益を得る、と、なんらかの形でそそのかされないかぎりはね。スタンレー・ポラックはそそのかされたんですよ、ロベンズ夫人《さん》」

「わたしじゃありませんわ」彼女は興奮して言った。「わたし、そそのかしたことなんか一度もありませんわ」

「一度も？」フェローズはおうむ返しに言った。「ただの一度も？　否定なさるんですね？」

「きっぱり否定しますわ」

彼が見つめると、彼女はいどむような、怒りのまなざしで見返した。彼は別な方法をこころみた。「では、お訊きしますがね、ロベンズ夫人《さん》。あなたは彼に思いとどまらせたことがありますか」

彼女の頰から血の気《け》が引き、目は輝きを失った。彼女は少し口ごもってから、「いいえ、ないと思いますわ」

「何も思いとどまらせようとなさらなかったんですか」

彼女は自分の膝を見つめ、息を吞んだ。「あの人、わたしにキスしようとしました」と、彼女は低い声で言った。

「何度です？」

「三、四回。納屋のなかでふたりっきりになったとき」

「家のなかではどうです？」

「家のなかに入れたことは一度もありませんわ」

「なるほど、納屋ですか。彼はあなたにキスし、あなたはそれを許したんですね」

「ええ、そうです」

「あなたは、そうしてもらいたいという素振りを見せたことはないんですね？　そそのかしたことはないんですね？」

彼女は首を横に振って、「あの人、わたしを両腕に抱きすくめて、キスしたんです」

「あなたはキスを返さなかったのですか」

「ときにはしましたわ」

「なぜです？」

「キスされても、あまり気にならなかったからだと思いますわ」

「彼にキスさせることは悪いことだと思わなかったんですか」

「悪いことだとはわかっていましたけど、騒ぎ立てるほど悪いことだとは思いませんでした」とても低い声だった。「なにもなかったふりをしたほうがいいと思いました」

「で、キスを返すことが、相手をそそのかすことになるとは思わなかったんですか」

「たいしてそそのかすことになるとは思いませんわ。いつもそうしたわけじゃありません。たしか一度だけです」彼女は目を上げた。敏感なその顔がふたたびピンク色に変わった。「あの人は三、四回わたしにキスしただけですわ、何十回もうちへ来たのに。衝動に駆られただけだと思いましたわ」

「計画的殺人を犯すことは衝動的な行為じゃないでしょう」

「三、四回キスしただけで、そんなことをするなんて夢にも思いませんでした。あの人がそんなことをするなんて、どうしてわたしにわかりましょう?」

フェローズは向きを変え、引き出しから自供書の写しをさらに二枚取りだし、一枚をテーブルの下からウィルクスにそっと渡し、一枚を手元に置いた。「では、ロベンズ夫人《さん》、あなたのお話をうかがって、彼の自供と違うところを検討してみましょう」

彼女はためらいながら、断片的に、ときに自分の意見をまじえ、ときにポラックの自供書にふれながら、彼の言ったことに猛然と反駁を加えて話しはじめた。八年間にわたる結婚生活でヴィクターと喧嘩をしたことは一度もない、と彼女は主張した。もちろん、ときにはちょっとしたいさかいぐらいはあったが、それもきわめて稀だった。ヴィクターは彼女に手をかけたことは一度もなく、声を張りあげたことさえなかったという。そのうえヴィクターは、やきもちやきではなかった。お互いに愛し合い、信頼し合っていて、彼女が欺くはずがないことを彼は知っていたという。

古い機械にたえず修理の必要が起こったので、スタンレー・ポラックはしばしば家に——というよりも納屋に——やってきた、と彼女は言葉をつづけた。彼は家のなかへはいったことは一度もなく、ストーヴを直してもらうために呼んだことなど一度もない。部屋着ひとつで彼の前に現われたこともないという。しばしばショートパンツとホールターという恰好で彼の前に現われたことがあり、納屋で抱きすくめられキスされたときには、たいていそういった恰好だったことは認めた。不義をはたらいたこともなく、尻のあざを見せたこともないという。そんなあざをこしらえたことは一度もないし、彼に尻を見せたことなど一度もない。実際、彼はキス以上のことをしようとしたことはなかった。だから抵抗しなかったのだという。それ以上のことをしようとしたら、必ずやめさせたはずだ。それ以上のことをしなかったので、よい青年だと思い、キスしたいという彼の欲望にも、取り乱したりしなかったのだ。彼を挑発したのは服装のせいだったと、今にして思いあたるけれど、そのときは気がつかなかったし、挑発させるためにそんな服装をしたのではない、と彼女は言った。

彼女はさらに、夫を恐れて彼の腕に飛びこんだことも、そのような恐怖に駆られていると彼に打ち明けたことも、ともに否定した。だいたい彼に打ち明けたことなど一度もない、と彼女は言い張った。しかし、話し相手がなくて淋しかったので、彼の仕事ぶりを見にときどき納屋へ行ったことは認めた。そうした場合の話題は、取りたてて言うほどのことはなく、彼の将来の計画とか、手近の機械のことだった、と彼女は言った。彼がキスしてきたときでさえも、愛の言葉が交わされたことは一度もない。そのような場合、一、二度キスしただけで彼は仕事に戻り、何事もなかったようにふたりは話をつづけたという。

彼の家とか納屋へ行ったことは一度もなく、夫を亡きものにしようという望みを洩らしたことなど一度もない、と彼女は言った。晩に会ったことなどなく、夫を殺そうという彼の計画を知らなかったばかりか、想像したことすらないという。

マータ・ロベンズは二時間にわたって尋問され、それがすむと署長とウィルクスはメイン・ルームに引きあげてドアをしめ、彼女とルイスがあとに残された。「なかなか口のうまい女だな」ウィルクスがつぶやいた。「彼の言葉を否定するところなんぞ」

「どっちかが天才だな」とフェローズが言った。「問題は、どっちかということだ」

「おれの指は彼女のほうをさしているね。彼が彼女にのぼせあがり、夫がいなくなれば自分がチャンスがつかめるというんで夫を殺したんだと、彼女はわれわれに信じさせようとしている」

「そういったことをする子どもも実際にいるってことだ。そいつが厄介なとこなんだ」

「彼の話のほうがもっともらしいな。おれは彼の話が気に入ったよ――すっかりね」

「そりゃそうだろう。きみは初めから犯人は彼女だとにらんでいたようだから」

「きみは反対側に傾いているっていうのかい?」ウィルクスは微笑を浮かべて、「ねえ、フレッド。もしきみという人間をよく知らなかったら、あの美貌と姿態にごまかされていると思うところだぜ」

フェローズは微笑を返した。「いいかい。ショートパンツにホールターという恰好の彼女をおれは見ているが、きみは見ていない」彼はふたたびまじめになって、「ちょっとしたもんだよ。もし彼女が主張しているように清廉潔白なら、スタンレー・ポラックこそ、おれが会ったうちでもっとも賢い、もっとも冷血な殺人犯人ということになる。しかし彼の言うことが本当なら、彼は手先に使われただけだから、そのレッテルは彼女が受けることになる。おれは私刑《リンチ》には賛成じゃないが、私刑《リンチ》を受けるに価するのは、嘘をついているほうだよ」

「六対五でどちらかに賭けろよ」

フェローズは首を横に振って、「賭けのたねにするのはごめんだな。ロベンズ夫人をスタンレーの隣の独房に入れて鉄の扉をしめてから、エドをその近くに張りこませたらどうだろう――エドにノートを持たせて――もちろん彼らには気《け》どられないように。そうすれば、どっちが無実の仔羊で、どっちが蛇か、じきにわかると思うんだが」

ウィルクスは言った。「うん、それがいいだろう、フレッド。おれも張りこむ。そいつを法廷に出したいんだったら、ふたり証人がいたほうがいいからな」

フェローズはうなずいた。「うん、きみもやってくれ。警戒してな。やつらに気《け》どられたら、なんにもならないからな」

27

火曜日　午前三時—四時二十分

ロベンズ夫人は、重要参考人として登録され、指紋を取られ、無害な所持品を持たせられて、ポラックの隣の独房に入れられた。彼女は蒼白な顔をして、さまざまな手続きにおとなしく従った。ヒステリーも起こさなかったし、無実の抗議もしなかった。話をしたことでスタンレー・ポラックをきびしく責めることもしなかった。

署長が薄暗いコンクリートのホールを通って独房へ連れていくと、彼女はおとなしく先に立って中へはいった。スタンレーはまだ目をさましていて、鉄格子のところへ来たが、彼女は彼に何も言わなかったし、彼のほうも黙っていた。

独房の扉ががちゃんと音をたててしまり、署長が鍵をまわすと、ウィルクスとルイスが足音を忍ばせてホールにはいり、大きな鉄扉のうしろに陣取った。フェローズは立ち去るとき、彼らに言葉もかけず視線も送らず通りすぎた。彼は溶接された重いドアをしめ、鍵をかけ、上下に大きなかんぬきをかけた。チャーノフがデスクから見つめていたが、フェローズはメイン・ルームのテーブルにつき、コーヒーをつぐときにも相手を見なかった。彼はむっつりして、物思いに沈んでいた。時計が三時半を打った。

彼はそのまま二杯飲み、さらに飲みたくなって、チャーノフを近くの終夜営業の食堂へ走らせた。彼はチャーノフといっしょにコーヒーを飲み、警察の仕事について少し話し合った。それはチャーノフが署長とかわした会話のなかで、もっとも長いものだった。彼は初めて署長を人間として見るようになった。

だが署長にとっては、気になっていることはひとつしかなかった。それは時計だった。彼は時計の針が四時をさすまで辛抱づよく待ってから立ちあがり、かんぬきをグイとはずして鍵をまわし、ドアを引きあけた。彼は被疑者の様子を見るために、ホールをつかつか歩いていったが、それは同時にウィルクスとルイスを出すためでもあった。

ふたりの被疑者はベッドに横たわっていた。ロベンズ夫人はまだナイトガウンのままだった。彼女はコートを脱ぎ、褐色の綿毛布をかけていた。ポラックは服を着たまま、両手を頭の下においていて寝台に横たわっており、署長のほうを見ようともしなかったが、マータ・ロベンズは片肘をついて身を起こした。寝心地はいい、と彼女は言った。「でも、電気を消してくださらない？　眠れないんですの」

「けっこう」フェローズはふたたび出ていき、留置場との境の扉にかんぬきをかけ、その横のスイッチをひねった。ウィルクスとルイスが、テーブルのところにむっつり坐っていた。ウィルクスが言った。「きみの意見に同意せざるをえないね、フレッド。どっちかが天才だよ」

「話してくれ」

「読んでやれよ、エド」
エド・ルイスはノートをひらいた。「こいつはマータ。署長が扉をしめたあと最初に言った言葉です――『ねえ、スタンレー』
スタンレー――『やあ。うまくいかなかったようだね』
マータ――『あんた、何したの？　なぜこんなひどいことをしたの？』
スタンレー――『つかまっちまったんだよ。すっかり白状する以外に手がなかったんだ』
マータ――『すっかり白状したですって？　なぜわたしのことで、あんなひどいことを言ったの？』
スタンレー――『いずれわかってしまうことだ。ごまかしたってしようがないさ。ふたりとも有罪なんだよ。ふたりとも償いをしなけりゃならんのさ。いいかい、できればあんたをかばってやりたかったんだが――』
マータ――『かばうですって？　あんた、何言ってんの？　あんたの自供書を見せてもらったわ。どうしてあんなひどいでたらめを言うの？　あんたは、わたしを愛しているって言ったのね。どうしてあんなひどいことをするの？』
スタンレー――『でたらめだって？　わからないな。何言ってるんだい？』
マータ――『なにもかもでたらめよ。いっしょにやったなんて。わたしがヴィクターを撃ってくれと頼んだなんて。あんたのしようとしていたことを、わたしが知っていたなんて……』
スタンレー――『マータ、どうしたんだい？　やつらは行ってしまったんだぜ。今はふたりつきりなんだ。ここで空とぼけることはないよ』」

フェローズが口をはさんだ。「ほう、そんなふうだったのかい」

ウィルクスとルイスはうなずいた。ウィルクスが言った。「ロベンズ夫人は泣きだしたよ。あんた気が狂っているんだわ、と彼に言ったよ。彼も涙声になって、あれほど愛し合っていたのに、なぜ急にそんな態度をとるんだ、なんて言ったよ。お互いに相手の言っていることにうろたえるか、うろたえているふりをしているんだ。やがてふたりは喧嘩をはじめ、お互いに嘘つき呼ばわりしたよ。そのうち、ロベンズ夫人が口をつぐんだ」

「どちらかが、きみらのいることに気がついていたんだろう」と、フェローズが言った。

「ふたりとも知らないさ。おれたちは気づかれるようなへまはしなかったはずだよ」

ルイスが言った。「ほんとうですよ、署長。そんなへまはしませんでしたよ」

「じゃあ、天才が罠に感づいたんだな」フェローズがうなるように言った。「そいつに気がつくべきだったな」

「天才は彼女のほうかもしれませんよ」と、ウィルクスが口をはさんだ。

「集合代名詞だよ、シド」フェローズは無念そうな微笑を浮かべた。「自供書があるんでうまくいくと思うだろう？　ところが、この事件じゃそうはいかないんだ。この鼻もちならん殺人事件じゃ、そう簡単にゃいかんよ」

ウィルクスが言った。「どちらが嘘つきであるかを決めるのは、陪審員に任せりゃいいだろう」

この言葉はフェローズを満足させなかった。「陪審員は間違いを犯すさ。この事件では間違いはごめんだよ。どっちにしろ犯人は、間違いでもあったら、それをいいことにのがれるくらい抜け目がないさ――相手が絞首刑になっても平気でね。そんなことはしたくないよ」

「じゃあ、なにかほかの手を考えださなくちゃならん」

「きみらがいたことを、どちらにも気《け》どられなかったのは確かなんだね？」

「ぜったい確かだよ。なぜだい？」

「あす、もう一度やってみたら――」

ウィルクスはそれについて漫然とした見通しを持っていた。「毎日、一日じゅうやっても、得るところはないと思うね。わかるだろう。天才は、舞台へ上がっても、舞台からおりても、その役を生き抜くんだ。彼女は彼女で、寝てもさめても、二十四時間ぶっとおしに、罪のない人間の役を演じている。あいつに、彼女は人生というものを教えはじめているんだ」

「あるいは、彼が彼女に教えているのかもしれない」

「集合代名詞だよ、フレッド」そう言ってウィルクスはニヤッと笑った。

フェローズは立ちあがった。おもしろがってはいなかった。「おい、エド。そいつを、あすタイプしといてくれ。すっかり読みたいからな、ふたりが話し合ったことを。それに、あすの朝サインできるように、彼女の供述書を仕上げといたほうがいいな」

あすは休みがとれると思っていたルイスは、ちょっと情けなさそうに言った。「あすも仕事をしなきゃならんのですか」

「やあ、忘れてたよ。そいつを仕上げたら、休んでいいよ」

「すぐやります、帰宅する前に」

「おれのデスクに置いといてくれ。それから、シド、きみは正午まで報告書を出す必要はない。おれも休むから」

28

火曜日

フェローズはぜんぜん眠れなかった。問題が頭から離れず、輾転反側し、その日の早朝、目をしょぼしょぼさせて本署に姿を現わすと、ポラックとロベンズ夫人とのあいだにかわされた会話をエド・ルイスが清書したものを、ひったくるようにして取りあげた。恐れていたように、どちらを信じたらいいか迷った。ポラックのほうが嘘をついているのではないかと思いかけたが、マータ・ロベンズのほうだとするウィルクスの言い分も認めざるをえなかった。彼は会話の記録をひととおり注意ぶかく読んでから、ほかの仕事にとりかかった。ポラックの拳銃は、凶器として検査してもらうためにハートフォードまで送らなくてはならなかった。オーバーも送らねばならず、証拠物件のしまってある金庫から、その両方を取りだした。それがすむと、見つからなかった帽子を捜させるために臨時雇員ふたりをゴミ捨て場へ行かせ、車を駐《と》めたと称する場所をポラックとふたりの巡査に調べさせた。その仕事がすむと、彼はこの事件の報告書を全部取りだし、魔法びんのコーヒーで元気をつけ、あらたな手がかり捜しにとりかかった。

その日は、署長室では仕事がやりにくかった。まず、ポラック夫妻がジェニングズという弁護士を伴って姿を現わした。息子が来ると、両親はタウン・ホールの一階にある監視された私室で息子とちょっとのあいだ話し合い、そのあと一時間ほど、弁護士が彼と話し合った。とかくするうちに、ニュースに対して第六感をもっている記者どもが一階へおりてきたため、署長は個別的に、あるいはまとめて、記者会見をしなければならなかった。十時に、レナード・メリルが打ち合わせにやってきた。この町の検察官としてスタンレー・ポラックを起訴する責任が生ずるだろうから、あらたな証拠を見せてもらわなければならないのだ。

メリルはストックフォードのような町としては有能な検察官だったが、このような事件はやや荷が重すぎた。フェローズはジェニングズ弁護士に会ってみて、この事件は勝ち目が薄いという印象を受けた。しかし、メリルは自信満々で、見解は明確だった。彼によれば、ロベンズ夫人は情状酌量の余地があるという。「ポラックが引き金を引いたんだ。彼は電気椅子行きだ」と、彼は主張した。ポラックの自供は、彼によれば、まったくのでたらめだという。「ほかの証拠はヴィクターがおとなしい、平和を好む男だったことを示している。もしあの子の言うように、あの夫婦がひどい喧嘩をしたのだったら、チャーリー・ウィギンズが知っているはずだ。知られずにすむなんてことはありえない。みんなポラックのでっちあげだ」それが彼としての合理化——事件を簡単にしようという欲望——だったかどうか知らぬが、ともかく彼の立場であり、その立場を押し通そうというつもりなのだ。

ポラックの弁護士は、もちろん、それとは反対の意見をいだいていた。彼はポラックが独房に戻されると、メリルに会いにいく前に、敬意をあらわしにフェローズの部屋に立ち寄った。

「あんな若い子を第一級殺人罪で起訴するんですか」と、彼は悲しげな微笑を浮かべて言った。「そんなこと、とても考えられない。犯罪史上もっとも極悪非道な女のひとりの毒牙にかけられた、罪のない子どもにすぎませんよ。あの女ののろわしい欲望を満たす道具に使われたんです。彼がヴィクター・ロベンズに何の恨みをいだいていたというんです？　ヴィクターが死ねばいいと思っていたのは彼女のほうですよ。殺害計画を立てたのは彼女なんです。彼女がしなかったことといえば、夫にむかって引き金を引くという行為だけだ。彼女は、引き金を引かなかったことで、殺人の罪をまぬかれることができると思っているんです。第一級殺人罪の嫌疑は彼女に向けられるべきですよ、署長。わたしの依頼人が有罪だとすれば、それは故殺罪だけですよ」

「そいつはメリルに話すんですな」フェローズはものうげに答えた。「わたしの仕事は逮捕することだけです。わたしは起訴はしませんよ」

だが、ジェニングズは、芽をふく可能性のありそうなところへはどこでも種をまこうとしていた。「メリルには驚きましたよ。ポラックがひとりでこの犯罪をすっかりやってのけたと、本気で陪審員に信じこませようというんですかねえ。彼女から入れ知恵もされず承諾も得ず、ぜんぜんそそのかされないでねえ？　いったいどんな目的で？　それでどんな利益を得るというんです？」

正午にウィルクスがやってきたとき、フェローズはまた記者会見をやっていた。相変わらず辛抱づよく質問に答えていたが、明らかに疲れきっていた。「もっと早く呼んでくれればよかったのに」と、ウィルクスは言った。「そうしたら、代わってやれたのにねえ」

「われわれのどちらかが睡眠をとるべきだと思ったんでね。でも、もう交代してもらえるね。おれはここじゃ何もできない。こいつをうちへ持って帰らなくちゃならん」

「どっちが嘘をついてるのか――そいつを立証する方法を捜しているのかい？」

「そのとおりさ。手がかり、証拠、そういったものをね」

「とにかく立証したいんだね」

フェローズはうなずいた。「欲張りすぎかもしれんが、どっちが嘘をついているのかわかれば、何をつきとめるにせよ、全力を集中できるからな」彼は書類を掻き集めた。「ところで、シド、すんだらうちへ寄ってくれないか。ふたり寄れば、ひとりよりいい知恵が浮かぶかもしれんからな」

そこでウィルクスは、その日の午後の残りを、署長の代行をして気ぜわしく過ごした。さらに何人かの記者と、町の役人たちがやってきた。みな、情報を得るためにやってきたのだった。それから、情報を提供したいという者もやってきた――ポラックとロベンズの友だち、それに近所の連中である。しかし、彼らの持ってきた情報は建設的な証拠ではなく、具体的な事実にもとづいたというよりも、偏見にもとづいた意見にすぎなかった。

「たいていロベンズ夫人を非難しているよ」四時半にフェローズの家の二階の書斎にはいると、ウィルクスは言った。

「きみの顔も立つってわけだな」フェローズは微笑した。

「証拠じゃない。議論でさえない。彼らは長年のあいだポラック一家を知っている。スタンレーの成長を見ており、きれいな女があらたに近所にやってきたことに反撥を感じているよ。シヨートパンツをはくような女がやってきたことに、ね」

フェローズは手を振って、相手に椅子をすすめた。「そうした報告は、みんなメモしただろうね？」

「タイプさせているよ。ところで、きみのほうはどうだい？　なにかつかんだかね？」

署長は肩をすくめた。「ますますポラックがけしからんと思うようになってきたよ。きみの――そして近所の連中の――意見にもかかわらず、ね」

「おれの意見は変わらんよ。ロベンズ夫人は電気椅子行きだね。何回か一方的にキスしたぐらいで、スタンレーがすっかり計画を立てたとは、ちょっと考えられんからね。きみは、マータがヴィクターを消したいと思っていたとはぜんぜん思わんのかね？」

「まあそうだ」

「じゃあ、どうして彼はヴィクターを撃ったんだい？」

「ライバルを消すためさ。もちろん、ヴィクターとマータがいっしょにいるという考えが、どの程度彼を苦しめたかはわからんがね」

ウィルクスは深々と椅子にもたれた。「きみの意見を聞こうじゃないか」

フェローズは充血している目をこすった。「いくぶん成層圏的なところがあるから、きみは感心しないかもしれんがね、シド。そいつを結びつける具体的な事実の断片がたくさんあるんだ。まず第一に、チャーリー・ウィギンズがヴィクターとマータの喧嘩を一度も聞いたことがないという明白な事実がある。もちろん、それだから喧嘩をしたことがないということにはならんが、とにかくこれは反証だ。それに、ほかの者からも、彼が穏やかだったという報告がある。それに、もしスタンレーが言うように彼が嫉妬深かったとしたら、妻が懇親会でなんべんもジマーマンとダンスをすることに反対しなかったわけがあるかね？」

ウィルクスは片手を上げて、「それは証拠にさえならんよ、フレッド。喧嘩をした、とマータはスタンレーに話したんだ。そうやって同情を得ようとしたのさ。彼女から聞かされる以外には、彼らが喧嘩をしたかしないか、知りようがないだろう」

フェローズはてのひらを書類の上において、「彼は数回彼らの喧嘩しているのを聞いたと自供している。一度ヴィクターが彼女をなぐるのを見たとさえ言っている」

「きみの同情を得ようとして誇張しているのかもしれないぜ、耳にはさんだだけのことを、経験したかのように脚色してるかもしれないぜ」

「その点で嘘をついているとすれば、ほかの点でも嘘をついているかもしれないな」

「愛する女の話を証拠立てようとして嘘をついているんでなければね」

「うん」フェローズはそっけなく言った。「愛する女をかばうってことを考えてみよう。彼は彼女を熱愛しているんだったね。彼女に命令されれば人を殺す——それほど熱愛している。彼自身の自供によれば、ヴィクターを撃ちたくなかったという。心はそれに反対していた。撃ってしまってから、ヴィクターを助けたいとさえ思った。あんな恐ろしい行為をやりとげるのは、よほど愛していなければできないことだ。それから、このひどい妄想にとりつかれた男はどうするか。わが身かわいさに、愛する女をほうりだす」

ウィルクスが言った。「彼はまだ子どもなので、めちゃめちゃになってしまったんだ、と弁護士は説明するだろう。彼はわが身のほうがかわいいんだ」

「うん」フェローズは言った。「すると、息子にしたいような子ってことになるのか」

「いや、蛇のような人間ってことになる」ウィルクスは一歩譲って、「だが、有罪ってことにはならん」

「証拠だよ、シド、れっきとした証拠だよ」

「証拠？　あんまりつかみどころがないんで、存在しないも同然だよ」

「だから、ある部分はいわゆる成層圏的だって言っただろう」

「大気圏外的だな、フレッド。宇宙塵的と言ったほうがいいかもしれんよ。もっとましなことをしなくちゃね」

「いや、そのほかにも少しばかりあるんだ。マータがダムダム弾の作りかたを教えてくれた、とスタンレーは言っている。とすると、自分では知らなかったということになる。彼ぐらいの齢《とし》の者なら、たいてい、ダムダム弾とはどういうものか、どんな作用をするものか、どういうふうに作るのか、そのくらいのことは知っているはずだよ。それがひとつ。それからもうひとつ――映画のアリバイだ。スタンフォードで上映される前に〈サファイア〉を見ておくようにと彼女に言われた、と彼は言っている。映画館で何をやっているか、どうして彼女にわかるだろう？　おれの聞いたかぎりでは、彼女は故郷のニュー・ハンプシャーから週刊紙をとっているほかは、新聞をとっていない。ポラックは映画に詳しい。いつ、どこで、何をやるか、知っている」ウィルクスが口をはさもうとするのを手振りで制して、「むろん、ポラックのためにこうしたアリバイを作ってやろうと思いたてば、新聞を買うことはできるが、なぜ真っ先に映画のことを思いつくだろう？　彼女は映画館へ行ったことがない。テレビさえ持っていない。映画のことを思いつくなんて考えられない。ポラックの思いついたアリバイだと考えたほうが論理的だね」

「またしても成層圏的だね、フレッド。きみは、ほかの人たちも自分と同じ考えかたをしてくれるんじゃないかと思って、そこから結論をくだそうとしている。それじゃ、陪審員を納得させることはできんよ。おれを納得させることさえできんよ」

フェローズは屈しなかった。「じゃあ、もう少し具体的なことを考えてみよう、スタンレーの落ちつきぶりといったようなことを。彼女が映画のアリバイを考えついたとしてみよう。だが、そいつをうまくやりとげなければならないのは誰か？　ポラックだ。彼はそいつを完全にやってのけた。彼がそのようにやってのけられるということが彼女にどうしてわかる？　盲目的に彼の能力に頼るなんて、かなり危険なことだぜ。もしおれだったら、恐ろしくてそんな子どもには任せられないね。うまくやってのけたところを見れば、どうやら天才はポラックのほうだよ」

「危険とは何だい？」ウィルクスが問い返した。「彼は殺人の前日にアリバイを立てた。もし失敗したら、彼が実際に来た日をひょっとしてウェイトレスが覚えているとしたら、彼らは犯罪を犯さないまでだ。しくじったら、彼女に知らせるよ」

フェローズはにがにがしげに言った。「きみもなかなか頑固だねえ。よかろう。じゃあ、あくる日の彼の落ちつきぶりを考えてみよう。殺人の翌朝、彼は噴霧ポンプを直しに現われ、自分が故障させた車を冷然として見やり、われわれの前で直してみせた。自供によると自分のやった行為にぞっとして震えていたという青年が、だぜ。彼は逃げるようにとマータに指図されなければならなかった。彼はがたがた震えて車のなかに坐っており、警察に自首したいと思った。ところが八時間たつと、まったくの別人になってしまった。八時間後には潔白そのものなんだぜ」

ウィルクスは顎を撫でて、「うん、その点は認めなくちゃならんな、フレッド。ちょっとぐらついてきたよ」

フェローズの目がきらっと光り、追い討ちにかかった。「それに、マータが悲嘆に暮れていないという点がある。はじめは冷淡な女だと思ったが、今はそうは思わんね。静かに悲しんでいるんだと思う。激情に身を任せるような女じゃないと思うんだ。もし罪を犯したのだったら、かえって悲しんでみせると思うね。悲嘆に暮れているってところを見せるために、嘆き悲しんでみせると思うね」

ウィルクスはそれに対する答えを用意していた。彼は即座に言った。「もしきみの言うように天才じゃなければね。彼女はきみを出し抜いているのかもしれんよ」

「才能という点を考えてみよう。スタンレーは優等生だった。彼女の点数はわからんが、まず、彼ほど高くはなかったろうと思うね」

「知能テストでは動物的狡猾さは計れやしないよ。天才は必ずしも伝統的尺度ではわかりゃしない」苦しげな手つきで疲れた顔を撫でているフェローズを見て、ウィルクスは微笑を浮かべた。「きみをいじめようってわけじゃないよ、フレッド。少しきみの意見に傾きかけてきたが、まだ納得できないんだよ。おれは依然としてマータ説だね」

フェローズは、長くて細い藁につかみかかった。「最後にふたつの点。われわれは〝肥料〟と〝ブリッジポート〟というふたつの言葉に悩まされた。マータはミセス・ハントを知っているはずがないから、もし彼女が有罪だとすれば、彼女はでたらめに〝ブリッジポート〟という名前を出し、われわれは運命のいたずらによってやみくもに歩かされてきたわけだ。ということは、われわれが考えているほど彼女は天才じゃないってことになる」

「彼女は学校でAはとらなかった」ウィルクスはすぐさま同意した。

「もう一方の面を見てみよう。ポラックはあのウェイトレスを相手にアリバイ工作をした。どういうふうにして？　アイスクリームつきのスクランブルド・エッグを注文することによってだ。これは彼自身が思いついたことで、印象の与えかたを心得ている証拠だ。それから、彼女を相手に映画の話をする。相手が映画に詳しくないと見てとるや、ね。彼女は日付に対する記憶力がいいかもしれない、あるいは、水曜日の晩の常連の客が彼の来るちょっと前に店に来て、彼のやってきたことを映画と結びつけずにその客と結びつけて覚えていたかもしれない——殺人を犯しても安全だと確信したかもしれんが、一方にそういう危険を冒している。しかし、そういう危険は少ないことをよく心得ている。〈サファイア〉を見てきた男がアイスクリームつきのスクランブルド・エッグを注文した、そう覚えてくれる可能性のほうが強い。では、〝肥料〟と〝ブリッジポート〟をそういうふうに考えてみよう。もし彼がわれわれの目をくらますためにそういった言葉を吐いたとすれば、ウェイトレス相手にやったことと同じと考えていい」

ウィルクスは言った。「それほど計画的なものじゃないとすれば、やらなかったのも同じと考えていいな」

「むろん計画的なものさ」フェローズは勝ち誇ったように言った。「彼は去年のバラバラ事件をよく知っている。われわれが成功したのは、一般的知性の点でわれわれがウェイトレスより一枚上手だったためだと彼は思っている」彼は言葉を切り、希望に満ちたまなざしでウィルクスを見つめた。

ウィルクスは首を横に振っただけだった。「要するに、スタンレーが有罪だとすれば、芸術的だということになるな。マータがやったとすれば、偶然だということになる。もちろん、きみのようなきちんとした人間には、芸術的な説明のほうが気に入るだろうがね」

フェローズはむっとして言った。「きみはショートパンツの女には偏見をもっているらしいな、シド」

「いや、そんなことはないよ、フレッド。おれの偏見はもっと明白なものさ」彼はしゃんと坐りなおした。「なぜおれがポラック説に傾かないか知りたいだろう？　きみがどう説明しようと、彼女にそそのかされてやったという彼の話のほうが論理的、合理的だからさ。もう一方の話――キスしてもひっぱたかれなかったというんで、彼女が未亡人になれば結婚できるかもしれないという漠然とした希望から殺したという話だが、こいつを受け入れるには、かなり説得力が要《い》るね？」

「理由はそれだけかい？」

ウィルクスはためらった。「ほかにもあるが、話したくないね。こんどはおれが成層圏へ飛びこんだと思われるといけないからね」

「話せよ。何だい？」

ウィルクスは上体をのりだして、「ポラックの自供によると、マータは尻にできた手ぐらいの大きさのあざを彼に見せたという。また、ヴィクターはとても大きな、がっしりした男なので、マータはどこをぶたれても思わず悲鳴を上げたと言っていたという。それにまた、ヴィクターに一度腹をなぐられて、彼女は二日間嘔吐しつづけた、とも言っている。いいかい、フレッド。ポラックが利口だと仮定してみよう。天才だと仮定してみよう。彼があらかじめ自供することを考えていたとしても、そのような特殊なことを考えだせるとは、ちょっと信じられないね。目のまわりにできた黒あざとか、傷とかは考えつくかもしれんが、なぐられていつも悲鳴をあげたとか、二日間嘔吐しつづけたというようなことは、とっさに考えつかないと思うね。わかるかい？」

「うん、わかるよ」フェローズはしかつめらしく言って、数秒間、もの思わしげに宙をにらんだ。部屋のなかに静寂が落ち、彼は顔を曇らせた。それから、徐々に生気を取り戻してきた。「彼はどっかで聞いたにちがいない」彼はついに認めた。「ことによると、そいつがわれわれの求めている手がかりかもしれん」

「そりゃどういうことだい」

「どこかでそういった考えを仕入れたにちがいないっていうことさ。おれもきみの意見には同感だ。だが、必ずしもマータから聞いたってことにはならんだろう？　出かけて行って、やつの持ち物を調べてみたい。やつの持っているものをひとつ残らず見てみたいんだ。いっしょに行ってくれるかい？」

「もちろんさ。それが役に立つのならね」と、ウィルクスは言った。

29

火曜日　午後五時—十時

彼らはポラックの家に電話をかけた。ウィルクスが話をした。家宅捜索令状をとることもできたのだが、許可を得るほうが穏当だった。で、ポラックの共謀という点で家族の者に同情しているウィルクスのほうが、許可を得やすかった。

許可はすぐ得られた。ポラック氏はこの申し出にすすんで応じたばかりでなく、警察に来てもらうことを歓迎していた。それで息子が少しでも助かるものなら、大勢でしらみつぶしに捜索してもらってもいい、とのことだった。捜索の結果かえって有罪を証明することになるかもしれない、とウィルクスはあらかじめ警告したが、それでも許可は得られた。

「たとえうちの息子がほんとうに有罪でも」と、ポラック氏は言った。「なんとかして助けてやるつもりです。しかし、法の邪魔だてをするつもりはありません。運を天にまかせます」

ご協力に感謝します、とウィルクスは言って、電話を切った。「いってみれば、自分の息子のほうに硬貨をはじいているのさ。そんなことをする必要はないのに」

「たしかに硬貨をはじいているが」とフェローズ。「いつも表が出ると信じきっているのさ。

家に自由に出入りしていいというんだから、せいぜい利用させてもらうとしよう」彼はみずから受話器を取り上げ、本署に電話した。七時に六人の部下をポラックの家にやって、家屋敷を徹底的に調べさせたかったのである。電話を切ると、彼は言った。「ここで急いでめしを食ってから出かけよう。女房にサンドイッチを二人前作るように言うよ」

三台の車に分乗した六人が集まってポラックの農場で待っていると、フェローズとウィルクスが予定より十分早く車で現われた。彼らはみな、ドアに近づく前にそれぞれ任務を言い渡された。ポラック夫妻は彼らを家に上げた。署長が予定の概略を伝えた。「ウィルクス部長とわたしとで、スタンレーの部屋と他の二階の部屋を調べたいと思います。それからこの三人に一階と地下室を調べてもらい、他の三人には納屋と庭を調べてもらおうと思います。よろしいですね？」

ポラック氏はうなずいた。「事件の解明に役立つことでしたら、何をなさっても結構です。うちの息子は人を殺して留置場に入れられている。どうなるかわからないと、わたしどもは気が狂ってしまいます。どっちつかずの状態には耐えられません。どんなことになろうと、わからないよりはましです」

署長はポラック氏に礼を述べ、一同は仕事にとりかかった。ポラック夫人がフェローズとウィルクスを二階の息子の部屋に案内した。彼女の態度はひややかだった。「あたしが折れなかったら、あんたがたは家に入れなかったんですからね。息子のものをつっつきまわしたり、息子の名をけがすものを捜しだそうとする権利なんか、あんたがたにはないはずですからね」

彼らはそれには答えず、彼女のあとについて、道路を見おろす部屋の戸口まで行った。「あたしがこのようにきちんとしてやるんですよ」と、彼女はひややかに言った。「引き出しや本や衣類は、あたしがきちんと整理しておいてやるんですよ。ここでは何も見つかりませんよ」

「マータ・ロベンズから手紙が来たことはありませんでしたか」と、フェローズは慎重にたずねた。

この名前を耳にすると、彼女の口元はいちだんとこわばった。「来たとしても、あたしは見たことがありませんね。ここに隠したりはしてませんよ。この部屋に隠したって、あたしに見つかってしまいますからね。この部屋は、あたしが掃除してるんです。あたしの見落とすような場所などありゃしませんよ」声が上ずってきた。「あんなに気をつけていたのに、どうしてあんな女とかかわり合いができたのか見当がつかない。まったく見当もつかない」彼女はくるりと向きを変えると、ホールへ駆けおりて行った。

フェローズは寝室のドアをしめ、ウィルクスはデスクの真ん中の引き出しをあけた。

「敵だ。警察はいつだって敵なんだ。法律を守っている良民にも、われわれは憎まれている」と、ウィルクスは言った。

「いやに感傷的になるじゃないか、シド」フェローズは、デスクに載せてある本棚に並べてある本のところへ行った。「ウエスタンか」彼は本の表題を読みあげた。「天文学の本に、フロイトの精神分析の本か――ふむ、こいつはちょっと興味があるぞ。〝目の前が真っ赤になった〟ってのは、あるいはこいつのせいかもしれん」

「殺害計画を書いたマータからの手紙でも見つかれば、しめたものなんだがな」引き出しから取りだした紙をえり分けながらウィルクスが言った。

「母親の目につくところからかい？」フェローズはひきつづき本を調べている。「夢判断の本か。それに、ラジオ・テレビの修理マニュアル。こいつは何だろう？」そう言って彼は、ペーパーバックを棚からおろした。

「おれはもうあきらめたよ。そいつは何だい？」ウィルクスは訊きながら、デスクの上にうず高く積みあげられたペーパーバックのほうに目を向けた。

「『戸口で待ち受けていた死』だ」フェローズは表題を読みあげた。「ウェア・ブース編、殺人事件十件の実話集だ」

「署にも一冊あるな。そうかい、きみが何を考えているのかわかったよ、フレッド。でも、そいつを見つけたからって、証拠にはならんぜ」

フェローズはその本を取りあげて、ベッドに腰をおろした。見返しには、スタンレーのサインと〈一九五九年八月六日〉という日付が書いてあった。

ウィルクスは別の一冊をぱらぱらめくりながら、なかば冗談のように言った。「ことによると、こういったものから〝愛〟とか〝ライバル〟って考えを仕入れたのかもしれん」本は全部で十八冊あり、そのなかに紙でも隠してないかと、振ってみたり、ページをめくってみたりしたが、何も出てこなかった。

「こいつだよ」とつぜんフェローズが言った。「こいつだよ、シド！」

たんすの引き出しにとりかかっていたウィルクスは、手を休め、振り向いた。「何があったんだい？」

「こいつの第一話だ。ここに印刷されてるんだ。まあ聞きたまえ。〝ルーファスは残酷な大男だった。あるとき妻の腹をひどくなぐったため、妻は二日間ものが食べられなかった〟」彼は目を上げた。顔から疲労のかげが消えていた。「二日間だ！　ポラックも自供のなかで〝二日間〟と言っている！」

ウィルクスはピューと口笛を鳴らし、眉を上げた。「うーむ、そうだったのか」

「スタンレー無罪説をどう思うかね？」

「どうもあやしくなったよ。ほかに何か？」

「そのすぐあとにこうある。すぐ次の部分だ。〝彼が妻をなぐったのは、そのときが初めてではない。彼は嫉妬ぶかい男で、しばしば妻をなぐり、手の大きさぐらいのあざをこしらえることがよくあった。場所もかまわずなぐられ、妻はそのたび悲鳴をあげた〟」

「つづけてくれ」ウィルクスは言った。「まるで音楽みたいだ」彼は棚のところへ行って、ポラックに影響を与えたと思われる本をぱらぱらめくった。「〝目の前が真っ赤になった〟とか、彼の夢なんかは、みんなこいつから仕入れたんだな、きっと」

フェローズは次のページをめくり、すばやく読んだ。

「〝そして、ルーファスは妻の愛人に殺された。玄関に出てきたところを撃たれたのである〟」

「ダムダム弾じゃないのかい？」

「手製のダムダム弾でだ。作りかたはマータから教わったというポラックの言葉はどうだ？　この本を買ったのは、殺人を思いたつずっと以前なんだぜ」

「そういった本を発禁にする法律をつくるべきだな。害毒を流すよ。そういったものからヒントを得たりするんだ」

「そんなことはないよ、シド。もともとそういった考えをいだいているのさ。人は犯罪の話を読むから犯罪を犯すんじゃない。もともとそういった素質があるから犯罪を犯すんだ。本からは、ほかの人間の犯罪方法を知るだけなのさ。やりかたを思いつくだけさ」

「ポラックはたしかに本からやりかたを思いついた」ウィルクスはうなるように言った。「そいつは間違いない」

フェローズは斜めに読みながら、ページを繰りつづけた。「そこの夢の本や精神分析の本に何かないかい？」彼は目を上げずにたずねた。「欄外に書きこみでもないかい？」

「書きこみなんかないね。名前と買った日付が見返しに書いてあるだけだ。そいつはどの本にも書いてある」

署長は読みつづけた。「こいつは関連があるかもしれない。人違いってやつだ。グリーヴズという少年が、駐まっている車のなかにいたアベックを殺した。自分の女がほかの男といっしょにいるものと思ったのだった。ところが、ぜんぜん別のアベックだった。そのふたりは車を借りたのだった」

「その話から、ヴィクターとジョージを混同させて捜査の目をくらまそうというヒントを得たんだと思うのかい？」

「ことによるとそうかもしれないが、まだわからん。もっと手がかりが必要だ」

手がかりはもうひとつあった。それは最後の話のなかにあった。「ここに変装の事件が出ている」と、署長は言った。「浮浪者に変装した近所の男が、押し入ろうとしているところを年とった守銭奴に見つかった。もみ合ううちに変装の一部が取れ、近所の男は正体を見破られることを恐れて、守銭奴を組み伏せ、ナイフで刺し殺した」彼は本をわきへ置いた。「ほかに何か見つかったかい？」

「これらの本に何か出ていない限りはね。この部屋にはもう何もない」

「これだけでも有力な証拠だ。陪審員はどんな反応を見せると思うかね？」

「その殺人実話集だけでかい？」

「そうさ」

ウィルクスは一瞬口ごもってから、「確証にはならんが、多少は効果があると思うね。検察当局に公判の際こいつを提出させよう。彼の自供が台なしになると思うね。この本は明らかに彼のバイブルだ」

フェローズはそれほど楽観的ではなかった。「そうかもしれんが、陪審員が心配だよ。あのジェニングズの野郎は、メリルよりはるかに頭がいいからな。純真な子どもが年上の女の毒牙にかかったなどと、滔々と弁じたてるだろうし、証人を続々と証言台に繰りだして、幼児の頃からのスタンレーの性格やら、母親に思いやりのある点などを称賛させ、ロベンズ夫人のショートパンツを非難させたりするだろうからな。この本を提出すれば、陪審員が彼女を有罪と認めることはなかろうと思うが、スタンレーの有罪の決め手になるかどうかは何とも言えんな。ほかに何か、とどめを刺すようなものがあるといいんだがな」

「きみがなにを見つけたいと思っているのか、よくわからんがね」

フェローズはふたたび本を取りあげた。「きみの言うように、こいつはスタンレーのバイブルだ」彼は本に向かって、「おい、バイブル、ほかにも何かやつに教えこんだのか？」

「自供のことで何か書いてないかい――相手を納得させる自供の仕方とか？」

「頭を働かせろよ」フェローズは表紙をあけ、スタンレーの署名と日付をじっと見つめた。「ちょっと待てよ。ここに彼のサインがある。名前と日付が書いてある。ほかの本にも書いてあるんだろう？」

「ひとつ残らず。雑誌にも書いてあるよ。なぜだい？」

「彼は記録しておくくせがある。本や雑誌を買った日みたいな、ちょっとしたことも記録している。殺人というような大きなことを記録に残していないだろうかね？」

「母親がしじゅうきれいに掃除しているこの部屋に？」

「もちろん、ここじゃない。母親に見つかるような場所じゃない。どこか秘密の場所にだ」

「納屋の拳銃を隠しておいた場所にもなかったぜ。調べてみたが」

「ほかにどこがあるだろう？　屋根裏か？　ほかの部屋か？」フェローズは立ちあがった。

「きっと記録を残していると思う。どこかに書いて、しまってあるはずだ。そういったものはどこへ隠すだろう？」

「天才なら、屋根裏とか、だれでも思いつきそうな場所を選びはしない。書きとめてあるとしても、ありきたりの場所には残してないね」

「ひとつ残らず当たってみよう。雑誌はどうだい？」

「なんにも書いてないよ」

「ほかのところをしらみつぶしに調べてみよう。まず、屋根裏からはじめよう。きみはほかの部屋を調べてみてくれ。ことによると、ほかの連中がなにか見つけだすかもしれんが」

屋根裏からは何も見つからなかった。二階の他の部屋も同様だった。フェローズとウィルクスは二時間にわたって調べ、調べおわるころまでには、六人の連中も、捜索は失敗だったと報告してきた。屋内でも庭でも、何の手がかりも発見されなかった。

「おれはまだ確信をいだいているんだ」寝室に戻ると、フェローズはうなるように言った。「なにか書きとめていると思うね」

ウィルクスが言った。「われわれの目につくところにはないね。そいつは明らかだ」

「彼の考えてるように考えることができれば――」

「アリバイ以外には、彼はあまり独創的なことをやってはいないよ。ほかの連中は帰ってしまった。おれたちだけでは――」

フェローズは指をぱちんと鳴らした。「そうだ！　彼の机の真ん中の引き出しには何があった？」

ウィルクスは思い出せなかった。彼はふたたび引き出しをあけて、「クリップ、ボールペン、消しゴム――」

フェローズはウィルクスを押しのけて、「ほかになにがある、シド？　ほかになにがある？」彼は引き出しをはずして、ベッドの上にふせた。「守銭奴と変装した隣人の事件を覚えているだろう？　あとのことは話さなかったが、机の引き出しの中身をすっかり火にくべてしまうまで、金が見つからなかったんだ。上げ底の下に隠してあった千ドル札の束は燃えてしまったのさ」彼は静かに言った。「きみは何を賭けたいかね？」そう言って彼はゆっくりと引き出しを持ちあげた。ベッドの上に散らばった消しゴム、ボールペン、クリップの上に、一枚の板――上げ底が載っていた。隠してあったのは紙の束だった。

求めていたもの、いやそれ以上のものがそこに全部そろっていた。まず、謎めいた文句が書いてある紙があらわれた。

60・1・16――四十五とその付属品を買う。九番街レイダーの店で。
60・2・20――オーバー、レイダーで。十五ドル。帽子二ドル。在庫品中最大のオーバー、時至ればいいトリックに使えるだろう。おれを小男と見違えるはず。変装用具。
60・2・21――納屋で変装してみる。実に滑稽。ＭＬにもＶＬにも、おれだということがわからないだろう。註―だれかほかの者にも会わなければならぬ！　ソレンスキーにでも？

60・4・7――ソレンスキーの家からＶＬの家まで六分

それに、マータ宛の、出さなかったラブレターが三通あった。彼女が読んだらぞっとするような手紙だった。みだらなことがいきいきと、念入りに書いてあった――病める人間の抑圧された欲望。「おそらく、このうちのある部分はジョージの話から覚えたのだろう」と、フェローズが註釈を加えた。

別の紙には、彼女にキスした日付が書いてあり、それとともに、彼女が顔をひっぱたかなかった理由についていろいろと解釈が加えてあり、彼女は自分を愛しているにちがいないと結論がくだしてあった。

それから、万一つかまった場合に言うべき偽りの自供の要点を書いた、とくにいまいましい紙があった。Ａ、Ｂ、Ｃというふうに分けて記録してあり、加筆訂正がほどこしてあった。

「セリフを完全に飲みこんでいたってわけだな」と、署長はうなるように言った。その紙に記してある日付は三月三日だった。

さらに、映画の上映時間、スタンフォードまでの所要時間などを書いた紙があり、〈アイスクリームつきのスクランブルド・エッグを注文すること〉と記してあった。犯罪を犯すに要する推定所要時間を記したメモには、〈一時十五分から二十分までのあいだに家へ帰ること。それより早くてもおそくてもいけない〉という文句と、〈ソレンスキーに〝ブリッジポート〟という言葉と〝肥料代五十ドル〟という言葉を聞かせ、〝ロベンズ〟とだけ言うこと〉という文句がつけ加えてあった。

これらのメモは充分いまわしいものだったが、最後のメモのそばにおいてみると、色あせてみえた。最後のメモは三ページからなっており、犯罪報告が得々と記されていた。変装の成功。一回目に、ブリッジポートから来たということと肥料代を貸してあるということを言わなかった失策を正すために、ソレンスキーを二度訪ねたこと。ヴィクターではなくマータが最初ドアをあけたときに、ポーチから急いで身を隠したこと。引き金を引き、ヴィクター・ロベンズが胸を朱《あけ》に染めてのけぞるのを見たときの、サディスティックな喜び。このメモには、〈五月十三日金曜日午前一時三十分〉と記してあった。彼は家に帰るとすぐ机に向かって、このなましい記録をしたためたのだ。

「うーむ」すっかり読みおわったとき、ウィルクスの言った言葉はそれだけだった。

「たいへんな息子を持ったものだねえ」フェローズは、勝ち誇った様子も失せ、声には悲しげなひびきがこもっていた。「両親に真相を隠す方法でもあればいいんだが。こんなことを話さずにすめばいいんだが」

「怪物みたいな男だ」と、ウィルクスは言った。気むずかしげな口調だった。「女を手に入れようとして女の夫を殺し、わが身に危険が迫ると、女をオオカミの群れに投じることも辞さない。取りかかる前に、すっかり計画を立てていたんだ」

「それもただ、マータ・ロベンズがキスを許したというだけで。いい子ね、いい子だけど衝動的ね、彼女はそんなことを言ったんだろう。そのためにヴィクターは死に、マータは夫を失い、ポラック夫妻は息子を失わなければならない。それというのも、衝動的な少年が悪気のないキスを一、二度したことが原因なのだ」彼はメモと本を手に取った。「犯罪者がいなくなって、警察署長がこんなことを言う必要がなくなればいいんだが」

彼は浮かぬ足どりでドアに向かった。

【編集部付記】

●本書は一九六三年、早川書房より《ハヤカワ・ミステリ》の一冊として刊行され、七七年にハヤカワ・ミステリ文庫に収録された。

●本文庫に収録するにあたり、訳者遺族の承諾を得て、旧版の誤植等と思われる箇所を訂正し、現在の読者に配慮して一部の文字遣い、人名表記等を改めさせていただいた。

解説

杉江松恋

ヒラリー・ウォーの出世作は長編第四作にあたる『失踪当時の服装は』（一九五二）である。古典的名作の評価を得ているので、読んだことはなくともあらすじだけはご存じの方も多いかもしれない。マサチューセッツ州ブリストルにある女子大学パーカー・カレッジの寄宿舎からマリリン・ローウェル・ミッチェルという学生が姿を消す。マリリンは大人というよりは、少女と呼ぶ方がふさわしい年齢であり、カレッジの寮母たちは彼女の行方を捜しあぐねた結果地元警察のフォード署長に捜索依頼を出すのである。乗り込んできた警察官たちが手がかりの一つとして重視したのが、マリリンの残した日記帳だった。

彼女は毎日のように自分の行動を綴っている。例えば、こんな風に。

「……あの実験で評価が決まるのでなかったら、生物科学はAだったにちがいない。たぶん、わたしには実践を重んじる気持ちが欠けているのだ。それはわかっている。スペイン語と英語は難しくないけれど、数学はお手上げだ……」

しかし、その中には彼女が不穏当な理由（堕胎や駆け落ちなど）で出奔したことの証拠となる記述は何もなく、捜査は空転し続けるのだった。

さて、ここに今一人の女性が書いた文章がある。マリリンと同じく寄宿制の女子大学に通う学生であり、彼女はある理由から一人の男性に身辺の出来事を書き綴る手紙を出し続けているのである。例えば、こんな風に。

「なんという厄日なんでしょう！　今朝は私は起床の鐘が鳴ったのを知らずにいたのです。そして大急ぎで着がえをしている最中に靴のひもは切れる、カラーのボタンは背中に落ちこむ、食事には遅れる、したがって第一時間目の暗誦にも遅刻……」

またある日はこんな可愛らしい記述も。

「……最近私が発見したことを、おじ様はお聞きになりたくはありませんか？　でも私のことを虚栄心が強いなんてお考えにならないと約束くださいましね？　では申し上げますわ。／私は美しゅうございます。／ほんとにそうなんですのよ。お部屋に三面鏡があるのに、それに気がつかないようだったら、私はよっぽど間抜けですわ……」

この手紙の書き手は幸い失踪はしないが、同じように謎めいた体験をする。それがアリス・ジーン・ウェブスター作『あしながおじさん』の主人公ジルーシャ（ジューディ）・アボットである（松本恵子訳、新潮文庫）。

この小説について今さら説明の必要もないかと思うが、孤児であるジューディは孤児院の評議員を務める匿名希望の紳士の援助をえて大学に進学する。彼女の課題は文学者になることであり、その鍛練手段として紳士に周期的に手紙を書くことを義務付けられる。その書簡形式で綴られたのが『あしながおじさん』なのである。ここまでは周知の常識であり、私もかつてはこの小説の愛読者の一人だった。そのことを断った上で一つの妄説を発表させて頂くが、前述の『失踪当時の服装は』のモデルは、実はこの『あしながおじさん』なのではないかと私は考えているのである。この妄説に納得して頂くためには、ウォーという作家についてもう少し詳しく述べる必要があるだろう。

ヒラリー・ボールドウィン・ウォーは一九二〇年、コネティカット州ニュー・ヘイヴンに生まれた。コネティカット州はアメリカ北東部の、いわゆるニュー・イングランド地方に属し、州の成立も一七八八年、全米で五番目と歴史の古い州である。旧くから鉱工業が発展したこともあって裕福な州であり、他州に比べて一人あたりの教育費支出も高い。すなわち、坊っちゃん嬢ちゃんの州なのである。それほど大きな都市がないため朴訥とした雰囲気があるが、東側に隣接するニューヨーク州のマンハッタンまで列車で一本という地理的条件もあり、必ずしも時流に取り残されるような田舎町ではない。

ウォーはこんな土地柄で生まれ、育った。進学したのもニュー・ヘイヴン市内にあるエール大学と、つまりは非常に世間の狭い生い立ちであることは間違いないだろう。およそ作家の創造性を育てる魅力的な環境には思われないのだが、案の定、エール大学出身のミステリ作家というのは他で聞いたことがない(『誓いの渚』のロジャー・L・サイモンが演劇の修士号をとったくらいか）。

在学中に校内紙の編集にたずさわるなど一応の文化的活動もしていたようだが、周囲の環境から察するに、他の作家予備軍の青年たちと切磋琢磨するよりは、読書と習作のくり返しという孤独な形でウォーの作家的野心は形成されたものなのではないかと思われる。彼はチャールズ・ボズウェルの犯罪実話を愛読していたようだが、同時に彼の十代はミステリの爛熟期である一九三〇年代とすっぽり重なっている。後にミステリ作家になろうともいう人物がこの時期に大西洋の両側で次々に発表されていた傑作の数々を手にとっていないはずがないだろう。彼のミステリ作家としての土台はまさにこの頃に形成されたのである。また一九三四年の『影なき男』を最後にダシール・ハメットが長い沈黙に入ったのと入れ替わるようにして、レイモンド・チャンドラーが作家活動を開始しているが、一九三九年に『大いなる眠り』が刊行された時、ウォーはエール大学の一年生だった。彼は一九四二年に大学を卒業し、一九四五年まで海軍のパイロットとして軍籍についているのだが、チャンドラーが人気作家として出世していく過程に羨望のまなざしを送っていたであろうことは間違いない。

したがって退役後、彼が初めて著したMadam Will Not Dine Tonight (1947) が、（残念ながら実物を見たことが無いのだが）オーソドックスなハードボイルド・スクール・スタイルの小説であったというのも無理のないことだろう。当然ながら、私立探偵シェリダン・ウェズリイ（他二作に登場）が登場するこの処女作は、ちっとも売れなかったらしい。当然だろう、それはすべて物真似にすぎなかったのだから（しかも同年ミッキー・スピレインが『裁くのは俺だ』でより鮮烈なデビューを飾っているとなればなおさらだ)。以降しばらくは鳴かず飛ばずで、彼はフリーの漫画書きやソングライターなどで糊口をしのぐことになる。

転機は一九五二年に訪れた。一九五〇年に書かれたまま出版されずにお蔵入りしていた『失踪当時の服装は』が、ニューヨークのダブルデイ社から出版されたのである。同作は警察捜査小説の原型とも言える里程標的作品だが、この小説のヒットによって一躍ウォーは有名作家の仲間入りを果たす。

ウォーによれば、アメリカのミステリの発展は、古典的探偵小説、ハードボイルド・スクール、そして警察捜査小説への三つの階梯を経たというが、古典的探偵小説と警察捜査小説の決定的な違いは、巨悪に対抗する巨大な知性(逆説的に言えば巨大な知性を光らせる巨悪)ではなく、市井の犯罪を組織的な捜査で追い詰める過程を描く点にある(WHODUNIT? 所収のエッセイ“The American Police Procedural”)。そして、警察捜査小説が主人公のヒーロー性を重視しない点も、しばしばそれで陳腐化の途をたどったハードボイルド・スクールの小説とは異なっていたのである。言うまでもなくこうしたスタイルの小説の嚆矢は一九四五年のローレンス・トリート『犠牲者のV』であるが、一般的な人気を得るには至らなかった。おもしろいことに、ウォーは前出のエッセイで、『犠牲者のV』ではなく『失踪当時の服装は』が受け入れられた理由を、その二作の間にラジオドラマ『ドラグネット』が放送され、大衆がそうしたドラマを欲していたからだと分析している。もちろん、彼は言及していないが、一九五一年にトマス・ウォルシュ『マンハッタンの悪夢』やウィリアム・P・マッギヴァーン『殺人者のためのバッジ』が発表されるなど、ミステリ界自体の潮流があったことは言うまでもない（現に五二年には、警察捜査小説のもう一人の名手ベン・ベンスンもデビューしているのである）。

では、そういった初期の警察捜査小説の中で、ウォーの作品がもっとも大きな反響を巻き起こしたのはいったいなぜなのであろうか？　この問題を考えるとき、常套句のように「実際の警察捜査活動に即して犯罪捜査がリアルに描かれ」たことの効果が言及されるのだが、少なくともウォーの小説に関しては十分ではない説明だ、と考えている。名をなした後のウォーが再三口にしているように、「実際の犯罪とは、少しもミステリではなく、少しもサスペンスではなく、少しも物語的ではな」（前述書）く、「おもしろくないことに、ミステリ作家の創り出す天才刑事の、見事な問題解決のカギは、現実には頭のいい刑事ならまっさきに気づくことである」（「実際の刑事たち」『私は目撃者』収録／サンリオ刊）わけで、現実の捜査は現実的な経験律に則って即物的に進められるものだからである。これをそのまま物語世界に落とし込んだところで読者を引きつける作品が生まれるはずもない。ミステリとして書かれ、ミステリとして読まれる作品であるからには、この小説が優れたミステリであるための条件を何か満たしているからだ、という説明が必要だろう。

むしろ『失踪当時の服装は』探偵役のフォード署長の捜査方法はイギリスのF・W・クロフツなどに近いものを感じさせる。クロフツの探偵であるフレンチ警部の捜査方法は、大雑把に言えば容疑者のリストを作成し、可能性の高い順番に消去を行っていくというものである。最後の大団円まで謎解きのカタルシスを得られないようにする古典的な探偵小説と異なり、容疑者Aを消したら次にBに取り掛かり、といった思考の飛躍を感じさせないスタイルが一般に地味とされる理由だろうが、逆にいったん消したはずの容疑者Aのトリックを暴くことによって、消えかかっていた可能性を一気に捜査線上に引き戻すなどのドンデン返しの醍醐味もキチンと用意されており、決して言われるほど地味な作家ではない。『失踪当時の服装は』も、マリリンの生死の確認から始まり、次々に可能性を消去していくことによって進行していく小説であり、手法はよく似ている。また途中、フォード署長が行う「実験」などは、フレンチ警部が『英仏海峡の謎』で行った実験を彷彿させるものがある。

ちなみに、クロフツの三〇年代の作品はこの『英仏海峡の謎』に始まり、『黄金の灰』まで長編一四作、もっとも作家として脂がのっていた時期である。レイモンド・チャンドラーがいわゆる本格派の作家を小馬鹿にしつつもクロフツだけには別格として敬意を払っていたことは有名だが、そのチャンドラーを敬愛し、後には個人的な親交まで結ぶに至ったウォーがクロフツを読まないはずがない（ましてや『英仏海峡の謎』の発端となる英国のニュー・ヘイヴンは、彼の生まれ故郷と同じ地名の町だ。十代の頃のヒラリー少年が関心をそそられないはずがないではないか）。コリン・デクスター『キドリントンから消えた娘』が『失踪当時の服装は』の影響下に書かれたことを指摘したのは故・瀬戸川猛資の『夜明けの睡魔』だが、こうやって影響関係を書き連ねてみると〈クロフツ—ウォー—デクスター〉という系譜が出来上がっておもしろい。もちろん若竹七海が『この町の誰かが』の解説で紹介しているように、マルティン・ベック・シリーズの作者マイ・シューヴァルー&ペール・ヴァールーもまたウォーから影響を受けているわけで、こちらの系譜も含めると大西洋をはさみ、まったく新たな作家の系譜が描けるような気がするのである。こうなるともう、黄金期本格だとか、警察小説だとか、ハードボイルド・スクールだとかいう小ジャンル分けの問題とは別の次元の話になっていく。だが、その検証は別の機会に譲るとして、今回は先を急ごう。

ひそかに思っているのは、ウォーこそはミステリの世界にセックスの動機を持ち込んだ張本人ではないだろうか、ということだ。チャンドラーが有閑階級の腐敗の表れとして性的関係を描いたり、その退廃的な発展のさせ方としてスピレーンがヌーディティーを描いたという先駆はあるが、性欲を動機として持ち込んだ作家というのは皆無である。というよりは一種のタブーであったとさえいえるだろう。『失踪当時の服装は』でセックスが過剰に意識されていることは、例えば渡辺剣次『ミステリイ・カクテル』（講談社文庫）などでも指摘されている通りなのだが、これは裏返せばよりセックスに対するタブー意識が強かったことの表れではないかと考えるのだ。一九四〇年代にデビューしたマーガレット・ミラーが精神分析のフィルターを通してこの問題を描くが、それほどに屈折した形でなければ、当時動機としてのセックスを描くことはできなかったのである。

そこで『あしながおじさん』と『失踪当時の服装は』の問題が登場してくる。

前述したとおり、両作は舞台設定がほぼ共通している。『あしながおじさん』に出てくる女子大学の所在地は明らかではないが、作者の出身校であるニューヨーク州ヴァッサー大学がモデルと見て間違いないだろう（有名なお嬢様学校だ）。『失踪当時の服装は』のパーカー・カレッジはマサチューセッツ州にあるそうだが、コネティカット州から一歩も出たことのないウォーのことであるから、やはり隣接したニューヨーク州のヴァッサー大学あたりをモデルにしたと推理する方が自然である。

ところで、『あしながおじさん』が書かれたのは一九一二年のことであるが、この小説はおそらくニュー・イングランド地方の子女の間で優良図書として愛読されたであろう。エール大学に進むような良家の子弟（含む推測）であるウォーが、『あしながおじさん』を読まずに成長するようなことがありえただろうか？

断じて否である。おそらくウォーにとっては、女子大生イコール『あしながおじさん』のジューディというイメージがエール大学入学まで継続したものと思われる。しかし同時にウォーはボズウェルの犯罪実録やミステリを愛読する早熟な読者でもあった。この二つの読書経験が大学生活という混沌の中でフュージョンを起こしたとき、いったい如何なる思考が生まれるものか、想像してみてほしい。『あしながおじさん』はピグマリオニズムともいえるほどに一方的な献身的愛情の物語だが、実際に大学生活で出会った娘たちとはもっと泥臭い交際があっただろう。そうなると『あしながおじさん』の清教徒的な潔癖さを茶化したい気持ちが湧き上がってくる。かねてから培ってきた血なまぐさい犯罪への関心がそこに融合し、次第に形をなしていき……。私はウォーがその着想を単なる行動ではなく、ミステリという創作の形によって表現したことに心から安堵の念を覚える。

あまり指摘されないことであるが、『あしながおじさん』はこの上なく立派な本格ミステリである。「あしながおじさん」という謎の人物の正体をジューディの手紙を手がかりにして推理するフーダニットの小説であり、その点からすれば今読み返しても間違いなくおもしろい。特に「おじさん」の素姓を匂わせる伏線の張り方が絶品である。そして、『失踪当時の服装は』は、裏「あしながおじさん」とも言うべき小説であり、それゆえに際立っておもしろい本格ミステリなのである。この二つの小説の違いはただ一つ、「セックス」の有無だ。古典的な探偵小説に描かれた、遺産相続のような金銭欲、男女の嫉妬、過去の所業に対する復讐、といった文明のフィルターのかかった動機ではなく、あくまでも生の「セックス」が動機自体にあるからこそ、ウォーは新しい。その新しさこそが、彼の目指したリアリティの本質であったはずだ。それはただ警察捜査の形を表面的になぞったところで、決して得られないものである。

さて、かなり回り道をしたが、ようやく『事件当夜は雨』にたどりつくことができた。私はこの小説がこれまで邦訳されたウォーの作品の中でもベストだと考えている。

ある雨の夜、果樹園を経営する男が突然戸口に現れた人物に射殺されるという謎めいた発端。手掛かりになるのは「わしはおまえさんに肥料代を五十ドル貸してある」という犯人の言葉だけだ。『夜明けの睡魔』にあるように、「一見、手がかりは多そうだが、調べてみるとすべてが漠然としている。男の正体もことばの意味もまったくの謎」という、五里霧中の状況が作り出されるのだ。その謎に挑むのがストックフォード市警察署長のフレッド・C・フェローズとシド・ウィルクス部長刑事のコンビであるが、地道に可能性を潰していく彼らの手法もしばしば行き詰まりを繰り返す。この過程も袋小路に突き当たってはまた次の道を捜すというものなので、もどかしいほどに緊迫している。

さらに、その上で作品全体を支配している構想が『あしながおじさん』をみごとに悪の物語へと換骨奪胎して見せたようなウォー的な思考回路を経て練られているのであるから、これで本格ミステリとしておもしろくならないわけがない。巨悪と巨大な知性の対決を描かないというウォーが、ぎりぎり警察捜査小説の枠の中に踏みとどまって書いた古典的探偵小説とでも言うべきか、伏線の大胆な放り出し方（読み返してアッと驚く）、警察を誤った方向に導こうとする悪のミスディレクションとそれに対抗するフェローズの知性とのせめぎ合いが劇的な化学反応を引き起こし、最上級の本格ミステリ作品を現出させているのである。犯人像の描かれ方だけをとって見てもこの小説の優秀さは明らかだろう。未読の読者のためにあえて書かないが、この犯人こそ、彼の作品中もっとも「ウォー的な」犯人像である。

創元推理文庫のウォー作品だけでは飽きたらなくなったという読者のために、これまでに邦訳のある他のフェローズものの概要を挙げておこう。シリーズの第一作である『ながい眠り』（一九五九）は『夜明けの睡魔』にも触れられているとおり、被害者の女性の正体が小説の三分の二まで経過してもわからないという悪夢のような話である。楽しみはそれだけではなくエラリー・クイーンの某作品（クイーンが主人公ではないお話）にも似た劇的な犯人指名場面が描かれる（『事件当夜は雨』中で触れられるバラバラ殺人とはおそらく『ながい眠り』のことだろう)。ちなみにJigsawの題名で六二年に、ウォー作品では唯一映画化されているようであるが、日本未公開のため未詳。一九六一年のシリーズ第三作が本書であり、以降第五作『生まれながらの犠牲者』（一九六二）、第六作『死の周辺』（一九六三）、第八作『失踪者』（一九六四）が訳されているが、どれも傑作だ（すべてハヤカワ・ミステリ）。『生まれながらの犠牲者』はまたもや少女の失踪事件を題材にしているが、マーガレット・ミラー風の後味の悪さを残して終わる佳品。『死の周辺』は刑務所から男が二人脱獄するという、マッギヴァーン『明日に賭ける』風の冒頭におやおやどうなるのかと思って読み進めると、最後の最後でちゃんと本格になるというひねりの効いた構成が見事である。『失踪者』ではストックフォード近郊のインディアン湖で女性の死体が見つかるという出だしで幕を開ける。途中ややだれる部分もあるが、最後の幕切れが実に印象的である。

なんだかおいしいところばかりちらつかせて不親切だ、という声が上がりそうな解説であるが、紙幅の都合でやむをえない。後は怒りに満ちた読者からのお便りが東京創元社に殺到し、慌てた編集部がウォー発掘に血眼になってくれるのを祈るのみである。

（蛇足）コネティカット州の地図を広げてストックフォードを捜そうとしても無駄である。作中から読み取れるのはこの町が州都ハートフォードやブリッジポートに比較的近く、海岸沿いのハイウェイを通って西隣のニューヨーク州まで行きやすいことなどである。この条件に合致し、しかも「～フォード」という名前を持つ都市は比較的多い（ウォーが住み、かつて市長を務めたこともあるギルフォードもそう）のだが、ここに一つだけ問題がある。『失踪者』によれば、ストックフォードの近郊にはインディアン湖なる湖がなければならないのだが、コネティカット州内にインディアン湖はなく、州の東側に隣接するロード・アイランド州にある。もっともこの州は小さな州であり、インディアン湖も州境から近いと言えば近い。しかし、ストックフォードを州の東側に置いてしまうと、今度はニューヨーク州に近いという最初の条件とは矛盾してしまうのだ。これを解決するためにはコネティカット州を東西からぎゅっと圧縮してしまわなければならない。ちょうどジューディ・アボットが描写したようにコネティカット州は「波形にちぢらしたマルセル式ウェーブ」のごとく丘陵と平地がひだひだのように続く地形なので、そのひだを一気に圧縮してしまえばいいというわけだ！……ただ、現実的にはギルフォードあたりを候補地として認定するくらいで、諦めておいた方がいいだろう。

ヒラリー・ウォー《フェローズ署長シリーズ》作品リスト

1 Sleep Long, My Love (1959) 別題 Jigsaw
ながい眠り（法村里絵訳　創元推理文庫）
2 Road Block (1960)
3 That Night It Rained (1961)
事件当夜は雨（吉田誠一訳　創元推理文庫）本書
4 The Late Mrs. D (1962)
5 Born Victim (1962)
生まれながらの犠牲者（法村里絵訳　創元推理文庫）
6 Death and Circumstance (1963)
死の周辺（高橋豊訳　ハヤカワ・ミステリ）
7 Prisoner's Plea (1963)
8 The Missing Man (1964)
失踪者（小倉多加志訳　ハヤカワ・ミステリ）

9　End of the Party (1965)
冷えきった週末（法村里絵訳　創元推理文庫）
10　Pure Poison (1966)
11　The Con Game (1968)

訳者紹介　1931年生まれ。東京外国語大学英米語学科卒。主な訳書、カー「死時計」「深夜の密使」「ビロードの悪魔」、マクドナルド「夜の終り」、ブラマ「マックス・カラドスの事件簿」、マシスン「名探偵群像」など多数。1987年没。

検印
廃止

事件当夜は雨

2000年5月19日　初版
2023年3月10日　4版

著　者　ヒラリー・ウォー

訳　者　吉《よし》　田《だ》　誠《せい》　一《いち》

発行所　（株）東京創元社
代表者　渋谷健太郎

162-0814/東京都新宿区新小川町1-5
電　話　03・3268・8231-営業部
03・3268・8204-編集部
URL　http://www.tsogen.co.jp
工友会印刷・本間製本

乱丁・落丁本は、ご面倒ですが小社までご送付ください。送料小社負担にてお取替えいたします。

ISBN978-4-488-15203-1　C0197

創元推理文庫

リュー・アーチャー初登場の記念碑的名作

THE MOVING TARGET◆Ross Macdonald

動く標的

ロス・マクドナルド 田口俊樹 訳

◆

ある富豪夫人から消えた夫を捜してほしいという依頼を受けた、私立探偵リュー・アーチャー。夫である石油業界の大物はロスアンジェルス空港から、お抱えパイロットをまいて姿を消したのだ！　そして10万ドルを用意せよという本人自筆の書状が届いた。誘拐なのか？　連続する殺人事件は何を意味するのか？　ハードボイルド史上不滅の探偵初登場の記念碑的名作。（解説・柿沼瑛子）